HEIDELBERG

Ich dreh' mich
noch einmal nach dir um

Peter | Pit | Elsasser

HEIDELBERG

*Ich dreh' mich
noch einmal nach dir um*

Eine Heidelberger
Nachkriegskindheit

In Erinnerung
an meine
Großeltern und Eltern

Für meine Geschwister
Wanda und Volker

Für meine Frau Linda
und meine Kinder
Vicky, Kim, Kelly,
Emely, Maike und
Jaemie sowie
Enkelkinder
Helene,
Rosalie
und
fol-
gen-
de

Für meine
Geburtsstadt
Heidelberg

und gegen das
Vergessen

Autor, Herausgeber, Gestaltung:
© 2014 Peter/Pit/Elsasser

Herstellung und Verlag:
BoD – Books on Demand, Norderstedt

ISBN 978-3-7322-9169-4

Fotos:
Die Urheber der abgebildeten Fotos sind alle direkt beim Bild vermerkt.

Besonderer Dank geht an:
Die Mitarbeiter des Stadtarchives Heidelberg, die mich bei der Suche nach
historischem Bildmaterial sehr unterstützt haben, sowie an die HSB, die RNZ, Ballarin,
Familie Schafheutle, Archiv Gottmann, Archiv der BASF, Parkhotel Atlantic u. a.
Marie-Rose Keller, die meine zahllosen Änderungen geduldig Korrektur gelesen hat.

www.kreativkurse-wiesloch.de
www.portrait-skulptur-kunst.de

Inhaltsverzeichnis:

Vorwort

Jede Familie hat ihre eigene Familiensaga. Nicht nur über ‚Die Buddenbrooks‘, ‚Die Hauptmanns‘ oder ‚Thyssens‘ können Bücher geschrieben werden, sondern auch über die ‚Schmidts‘, die ‚Nägeles‘ oder die ‚Elsassers‘, in deren Leben sich ebenfalls genug Stoff angesammelt hat.

Die Zutaten zu meinem kindheitsprägenden Leben sind Eltern und Geschwister, Großeltern, Onkels, Tanten, Cousins und Cousinen, sind Freunde und Klassenkameraden, aber auch die Ereignisse und die Menschen, an die man sich vielleicht nicht so gerne erinnert. Dazu gehören im besonderen Maße auch Örtlichkeiten wie Wohnungen, Häuser, Gärten, Landschaften, Plätze, Wasserläufe, verwunschene Ecken und erlebte Abenteuer. Genauso Lieder, Schlager, Filme, Klein- und Großereignisse. Ebenso die erste zaghafte Liebe und die zweite und dritte schon etwas stärkere - und das Sterben derselben und das Sterben von Menschen oder Tieren.

Ebenfalls prägend waren auch die Berufe der Eltern, das ständige und unermüdliche Nähen der Mutter auf ihrer ‚Pfaff‘. Das tägliche Weggehen des Vaters in die riesige und anonyme Badische Anilin & Soda Fabrik nach Ludwigshafen und dass ich viele Jahre nicht wusste, was ein Dipl.-Volkswirt ist, was er in dieser Firma tut und ob das erfüllend für ihn ist.

Ich bin Gott dankbar für meine Eltern, die mir trotz der schweren Kriegs- und Nachkriegszeit, bis hin zu meinem selbstständigen Leben, alles ermöglichen wollten, was sie konnten. Das weiß ich heute umso mehr zu schätzen, da ich selbst sechs Kinder habe und erkannte, was es bedeutet, bis sie da ankommen, wo man hofft oder glaubt, dass sie ankommen sollten, könnten oder wollen. Ich bin dankbar für meine Geschwister, die mich auf ihre ganz persönliche Weise nicht unwesentlich mitgeprägt haben.

Erinnern im Alter ist wie die Wiederbelebung einer tot geglaubten Zeit. Stellt man eines Tages jedoch plötzlich fest, dass da noch Leben drin ist und es wert ist, sie einer Mund-zu-Mund-Beatmung zu unterziehen, sollte man dranbleiben. Wenn ich beim Schreiben in die Tiefen der Vergangenheit abgetaucht bin, habe ich mich aus der Gegenwart verabschiedet und die Zeit einfach so lange angehalten, bis ich wieder auftauchte, um Luft zu holen.

Jemand meiner Generation, der die gleiche Epoche in Heidelberg erlebte, ja, vielleicht sogar Mitschüler, Mitkämpfer oder Gegner unser ‚Schlachten‘ war, Mitspieler beim ‚Klickern‘ oder beim ‚Gegsen‘ gewesen ist, wird vielleicht an manchen Stellen sagen: „Das war nicht so, das war doch ganz anders." Andere stellen fest: „Das hatte ich längst vergessen, aber jetzt erinnere ich mich wieder." Dadurch werden neue, ganz eigene Bilder lebendig.

Ich hoffe, dass dieses Buch Ihnen, dem Leser, Vergnügen bereitet und Sie vielleicht motiviert, Eigenes aufzuschreiben, um es der nachfolgenden Generation zu hinterlassen. Unsere Zeit, die in so schwindelerregendem Tempo von ungeahnten technischen und gesellschaftlichen Umbrüchen geprägt wurde wie bei keiner anderen Generation zuvor, hinterlässt sonst ein großes Loch des Vergessens von Werten, Erlebnissen und Empfindungen.

Ich habe erkennen müssen, dass ich meine Eltern viel mehr hätte fragen oder ganz einfach interessierter hätte zuhören sollen.

Hier mein Rezept für das vorliegende Buchgericht:

- Nimm als Basis das, an was du dich konkret erinnerst
- Gieße dazu, was du durch Erzählungen erfahren hast
- Ergänze es mit einer kleinen Portion Geschichte und Daten, die du am Wegesrand findest
- Gebe zum Stimulieren einen kleinen Schuss Romangeist dazu
- Hebe 1-2 Messerspitzen Legende zum Binden unter
- Garniere es mit Bildern aus Vergangenheit und Gegenwart, die das Gelesene sichtbar, erlebbar und begreifbar machen

Das Ganze wird vorsichtig untergehoben.

Guten Appetit!

Pit Elsasser

Tagträumer, Eisgang, Lebertran

Es war mal wieder einer der Tage, an denen Volker seinen kleinen Bruder Peter in der Luft hätte zerreißen können, wenn, ja wenn er ihn schon gefunden hätte. Immer er wurde losgeschickt, um ihn zu suchen, nur weil der sich mal wieder irgendwo verspielt und die Zeit völlig vergessen hatte. Das Schlimmste aber war, dass es an diesem späten Januarnachmittag eisig kalt war und es am Vormittag kräftig geschneit hatte. Volker wollte eigentlich lieber auf dem Kohlhof sein, um mit Freunden Ski zu fahren. Doch das hatte er sich an diesem Tag selber verbockt, weil er am Morgen eine schlechte Note in der Schule bekommen hatte. Damit war ‚Kohlhof ade'. Und jetzt bekam er, als Zugabe zu seiner ohnehin schon miesen Stimmung, noch das: kleinen Bruder suchen!

Peter war nach dem Kindergarten nicht nach Hause gekommen. Es fing bereits an zu dämmern, denn mitten im Januar wird es früh dunkel. Die Mutter hatte Volker beauftragt, oder besser gesagt, mehr gezwungen, mit ihr auf die Suche zu gehen.

Mit einer dicken Wut im Bauch lief Volker unwillig suchend durch die Hauptstraße, während seine Mutter durch die Landfriedstraße zum Märzgarten gehen wollte, um dort eventuell fündig zu werden.

Auf der wie immer sehr belebten Hauptstraße war es schon möglich, dass man jemanden übersah. Die Straßenbahnen fuhren in der engen Straße bimmelnd in beide Richtungen durch den Schnee. Dabei wirbelten sie links und rechts Schneewolken in die Luft und puderten die Fußgänger weiß ein. Die Gehwege waren so schmal, dass man bei den vielen Menschen aufpassen musste, nicht auf die Straße gedrückt zu werden. Die Autos machten es ebenso schwer, die Straße zu überqueren, sodass man nur sprintend dazwischen hindurchhechten konnte, wenn man die andere Straßenseite erreichen wollte. Bei dem Schnee und der Glätte in diesen Wochen war dies besonders gefährlich. Und bei alledem sollte er auch noch diesen Knirps finden.

Mit Ski auf der Hauptstraße vor dem Café Schafheutle unterwegs
© *Schafheutle*

11

Nachdem er beim ‚Kammer'-Kino die Straße endlich überqueren konnte, bog Volker von der lärmenden Hauptstraße in die Bienenstraße ab. Er hoffte, Peter im Bauamtsgarten zu finden. Vielleicht hat er bei einer Schneeballschlacht oder beim Bau eines Schneemannes, wie so oft, die Zeit vergessen. Volker bog nach rechts in die dunkle Toreinfahrt des Hauses Nr. 7 ab, durch die man in den verwilderten, vom Schnee bedeckten Garten gelangte. Zu dieser Zeit sah es hier recht gespenstisch und ungemütlich zwischen den Hinterhöfen der Häuser aus.

Dieser Garten vor dem Bauamt hatte für die Kinder der angrenzenden Straßen einen ganz besonderen Reiz. Erstens konnte man hier gut spielen und sich verstecken und man brauchte auf keinen Verkehr zu achten. Zweitens hatte er eine besondere Lage. Er war für die Kinder wie eine uneinnehmbare Festung. Das Gelände lag auf der einen Seite wie eine Burg hoch über der Bauamtsgasse direkt gegenüber dem Museumspark mit seinen großen majestätischen Bäumen. Von dieser Seite aus war der Bauamtsgarten nur durch einen Sandsteintorbogen mit einem Eisentor über eine steile Steintreppe zu erreichen.

Von der ca. drei bis vier Meter hohen Mauer aus konnte man, wenn man sich über deren Brüstung beugte, die Bauamtsgasse nach beiden Seiten hin gut überblicken, ohne gleich gesehen zu werden. Außerdem war es ein wahres Vergnügen, Freunde, Feinde oder Passanten mit Sand, Wasser oder im Winter mit Schneebällen zielsicher zu treffen, ohne von ihnen gesehen und erwischt zu werden.

Auf der anderen Seite, zur Bienenstraße hin, war das Gartengelände durch ein großes Mietshaus begrenzt und nur durch die dunkle Toreinfahrt über einen ansteigenden grob gepflasterten Weg zu erreichen. Dieses Holztor konnte man im ‚Kriegsfalle', wie auch das Gittertor an der Bauamtsgasse, schließen und zusätzlich mit Wachposten sichern. So war die Festung fast uneinnehmbar. Die Straßenbanden aus der Umgebung, vor allem die Neuenheimer, versuchten immer wieder, dieses Bollwerk einzunehmen. Vergebens.

Den tollen Halleffekt in der Einfahrt nutzend, schrie Volker jetzt wiederholt zornig: „Peeter, Peeeeter!" Nichts. Alles Rufen zeigte keine Wirkung. Ihn machte aber gleich stutzig, dass überhaupt keine Kinder im sonst belebten Garten waren. Peter blieb also wie vom Erdboden verschwunden. Volkers Zorn steigerte sich immer mehr und er malte sich schon aus, wie er es dem ‚Peterle' heimzahlen würde. So nannte er seinen Bruder etwas gehässig nach dem Schlager von Margot Eskens „Peterle, du liebes Peterle", den seine Mutter so gerne im Radio hörte.

Zur gleichen Zeit lief die Mutter mit hastigen Schritten, immer mal wieder rufend, durch die ruhige Landfriedstraße zum Märzgarten. Dieser Platz mit seinen mächtigen Bäumen, Büschen und Sträuchern und einigen Parkbänken um einen großen Sandkasten war ein weiterer beliebter Treffpunkt der Kinder. Aber was heißt hier beliebter Treffpunkt. Ihre Spielplätze waren immer da, wo etwas los war, wo man Freunde fand und Pläne für neue Streiche oder Abenteuer schmiedete. Das machte das Suchen ja auch so schwierig. Peter könnte zum Beispiel auch am Bunsen-Denkmal in der Ebert-Anlage, auf dem Zickzackweg im Stadtwald oder sogar oben am Riesenstein sein. Ihr wurde beim Nachdenken ganz schwindelig. Genauso könnte er aber auch am Neckar oder am … Plötzlich schoss es ihr ganz heiß durch den Kopf und kalt den Rücken hinunter. Der Neckar. An den hatte sie heute zuletzt gedacht, da der ja zugefroren und somit weniger gefährlich war als sonst, wenn er sein reißendes Wasser führte.

Peter ging in diesem Jahr in den Kindergarten im St.-Vincentius-Krankenhaus direkt am Neckarstaden, gegenüber der Stadthalle. Es war ein absolutes Verbot, nach dem Kindergarten an den Neckar zu gehen, und er hatte das wenigstens bisher,

Das Vincentius-Krankenhaus, wo sich damals im Erdgeschoss der katholische Kindergarten befand. Links das Restaurant ‚Vater Rhein‘, das in Sichtweite zum Neckar liegt

© Pit Elsasser

soweit sie wusste, auch immer eingehalten. Aber er war halt ein Träumer und hat einfach immer Zeit und Raum vergessen. Er wusste zwar, dass seine Mutter auf ihn wartete und dass, wenn er nicht rechtzeitig heimkäme, eine saftige Strafe fällig war. Aber es gab doch überall immer so viel Interessantes zu sehen. Und wen traf man nicht alles unterwegs, der einem den Gedanken ans Heimgehen schnell in den hintersten Winkel seines Hirnspeichers verschieben konnte.

Es war ein bitterkalter Winter 1946/47, wie man später feststellte der kälteste im ganzen Jahrhundert, und der Neckar war seit Wochen immer mehr zugefroren. Das Eis war mittlerweile so dick, dass die Stadtverwaltung am Tag zuvor den Fluss zum Begehen freigegeben hatte. So war er heute natürlich für die Heidelberger, und im Besonderen für die Kinder, ein beliebtes Ausflugsziel, um auf dem dicken Eis Schlittschuh zu laufen, zu glennen oder einfach mal auf die Neuenheimer Seite rüber zu spazieren, ohne eine Brücke oder das Fährschiff vom Rohrmann benutzen zu müssen. Es ging

sogar das Gerücht um, dass über das Wochenende eine Kettenreitschule aufgestellt werden könnte, die das seltene Schauspiel zu einem Volksfest für Jung und Alt machen sollte.

Die Mutter bog schnurstracks vom Märzgarten in die Märzgasse ab, überquerte die Hauptstraße, lief die Ziegelgasse runter und bog am Gasthaus ‚Vater Rhein' zum Neckarstaden ab, um an der Stadthalle vom hohen Ufer aus den Neckar überblicken zu können. Was sie da sah, machte sie allerdings ratlos. Wie sollte sie bei den vielen Menschen, der großen Entfernung und der schon fortgeschrittenen Dämmerung ihren Peter finden?

Die ganze Szenerie hatte etwas Unwirkliches, ja fast Bizarres an sich. Der graue Abendhimmel warf ein aschfahles Licht auf den zugefrorenen Fluss. Dort, wo sonst das bräunlichgraue Wasser in seinem Bett gemächlich Richtung Rhein gurgelte, wo sonst Schiffe das Wasser mit tuckerndem Motorengeräusch durchpflügten, war jetzt eine weißgraue Fläche. Hunderte von Menschen bewegten sich schemenhaft als dunkle Silhouetten kreuz und

14

quer wie aufgescheuchte Ameisen über das Eis. Die Kälte, der dampfende Atem der Menschen und die vom Schnee verschluckten Geräusche taten das Ihrige zu dieser unwirtlichen Stimmung. Die langsam auf der Uferstraße dahinkriechenden Autos mit ihrem Scheinwerferlicht erhellten punktuell die Szene, als ob es eine Zirkusmanege wäre.

Peters Mutter lief suchend in Richtung der Schiffsanlegestelle Rohrmann, in der Hoffnung, irgendwo in dem Grau Peters rotweiß gestreifte Strickmütze zu sehen, die sie ihm zu Beginn des Winters aus Wollresten gestrickt hatte, um seine Ohren vor der Kälte zu schützen.

Plötzlich stand Volker vor ihr; er hatte in der Zwischenzeit die gleiche Idee wie seine Mutter. Von der Bienenstraße aus hatte er nämlich die Menschen auf dem Eis gesehen und wusste sofort, wo sein Bruder zu suchen war. „Hast du ihn noch nicht gefunden?" - „Nein", gab Volker knurrig zurück und murmelte noch: „Wenn ich den erwische!" Dabei stieß er einen zischenden Schwall heißer Atemluft in die Kälte. „Pass auf", sagte die Mutter, „du suchst links und ich rechts vom Rohrmann, dann treffen wir uns wieder hier am Bootshaus." Unwillig und frierend ging Volker davon. Die Mutter rief ihm noch nach, dass er erst von oben, vom Gehweg aus suchen und dann auf dem Rückweg über das Eis gehen solle. Von der Straße aus hatte man einen besseren Überblick über die große Fläche. Die Dämmerung machte es aber zunehmend schwieriger, jemanden in diesem Szenario zu erkennen. Volker reagierte jedoch nicht mehr auf die Anweisung seiner Mutter und ging, ohne sich umzudrehen, zornig weiter.

Die Mutter ließ ihren Blick auf dem belebten Neckareis umherirren, und wenn sie etwas Rötliches sah, dachte sie jedes Mal schon, dass sie ihren Peter gefunden hätte. Doch plötzlich sah sie dort, wo schon die Vorbereitungen zum Aufbau des Karussells in Gang waren, eine rotweiße Mütze. Sie rief laut: „Peeeter!" Zwei-, dreimal wiederholte sie das und gestikulierte dabei heftig mit den Armen. Aber der Junge mit der Mütze reagierte nicht. Es war hoffnungslos, bei diesem Gewusel und bei den vielen Stimmen und dem Johlen der Kinder durchzudringen. Sie lief die Böschung hinunter aufs Eis, um, mit wankend schlitternden Schritten, dorthin zu laufen, wo sie Peter vermutete. Als sie näher kam, bemerkte sie jedoch bald, dass der Junge von der Größe her nicht ihr Sohn sein konnte.

Suchend ging sie weiter. In der Mitte des Flusses war das Eis glatter als am Rand, wo das gefrierende Wasser durch die Strudel und das schiebende Wasser viel mehr Eisbrocken und Unebenheiten erzeugt hatte. Außerdem machte der am Rand liegende Schnee das Eis stumpf. Hier in der Mitte war es ideal zum Schlittschuhlaufen. Wer aber hatte zu dieser Zeit, kurz nach dem Krieg, schon Schlittschuhe? Aber Schuhsohlen zum Glennen, die hatte jeder, und glennen konnte auch jeder. Vor allem die Kinder hatten ihren großen Spaß an diesem winterlichen Vergnügen.

Schlitternd, im Versuch, ihr Gleichgewicht zu halten, lief sie über das Eis auf eine Gruppe von Kindern zu, die eine lange, spiegelnde Glennbahn angelegt hatten, um mit großem Anlauf und ebenso großem Geschrei viele Meter weit wie schwerelos über die Untiefen des Neckars zu fliegen. Ein wahres Paradies für Kinder und Erwachsene in dieser kargen Zeit nach dem Krieg mit der Sehnsucht nach Fröhlichkeit, Zerstreuung und Freude. Endlich wieder ausgelassen sein können, und dann auch noch kostenlos.

In diesem Augenblick erinnerte sie sich an ihre Kindheit in Handschuhsheim. Mit Freunden hatte sie mitten auf der Mühltalstraße, beim ‚Bachlenz', wann immer es möglich war, eine Glenne angelegt. Dort hatte es sogar noch einen besonderen Reiz, da auf der abschüssigen Straße fantastisch lange Rutschpartien möglich waren. Ja, sie war auch immer mittendrin, und wie man erzählte, war sie meistens eine der Lautesten.

Plötzlich wurde sie aus ihren tiefen Gedanken gerissen, als ein Junge laut rief: „Aaaachtung, Peeeter, Baaaahn freeei!", losrannte und wie ein geölter Blitz über die Eisfläche flog und dabei rief: „Aaachtung, hier kommt der neue Weltreekooordleeeeer!"

Da stand er unvermittelt vor ihr. Mit seinem Blondschopf und einem vor Erregung roten Kopf, triefender Nase und, wie könnte es anders sein, ohne seine warme Mütze. Die aufgerollten groben Wollsocken über den Stiefeln, seine Skihosen, die die Mutter für ihn aus einem Armeemantelstoff genäht hatte, und sein Anorak waren von vielen Stürzen und Rutschpartien weiß gepudert, feucht und glitzerten im schwachen Licht der Straßenlaternen, das vom Ufer her herüberleuchtete.

Die Mutter rief laut und energisch ein lang gezogenes: „Peeeter!" Nachdem das aber noch nicht gefruchtet hatte, kam ein noch lauteres, dafür aber kurzes und messerscharfes: „Peter!"

Gerade wollte dieser wieder ansetzen, um zum Anfang der Glenne zurückzulaufen, um vielleicht doch noch weitere Zentimeter zum Rekord zuzulegen, als er durch die ihm bekannte Stimme, wie vom Blitz getroffen, zusammenzuckte und wie angewurzelt stehen blieb.

Alle Schuld dieser Welt wurde ihm mit einem Schlag bewusst. Jetzt erst merkte er, wie dunkel es schon geworden war. Er fühlte schlagartig, wie kalt seine Füße und Hände, wie glühend heiß seine Ohren waren und wie die plötzlich die Beine hochkriechende Kälte ihn augenblicklich anfangen ließ zu zittern. Er spürte, wie der Druck in der Blase, den er schon die ganze Zeit unterdrückt hatte, unerträglich und nicht mehr haltbar war.

Das Schlimmste für die Mutter war, dass Peter seine Mütze nicht aufhatte und somit seine Ohren der eisigen Kälte ungeschützt ausgeliefert waren. Sie ahnte schon, was jetzt wieder auf sie zukommen würde.

Peter litt nämlich jeden Winter unter schmerzenden und eiternden Ohren. Das hatte sie schon so viele schlaflose Nächte gekostet und dem Jungen jedes Mal das Leben schwer gemacht. Mit zweieinhalb Jahren bekam er an beiden Ohren eine schwere Mittelohrentzündung und zudem noch Scharlach. Er musste in der Hals-Nasen-Ohrenklinik an beiden Ohren operiert werden. Dabei wurde ihm jeweils ein kleines Stück Knochen hinter den Ohren herausgemeißelt, sodass er an der Stelle jetzt eine kleine Vertiefung hatte. Das war damals, am Ende des Krieges, eine harte und angstvolle Zeit für die Eltern und eine lebensbedrohliche für den kleinen Jungen. Das Traurige an dieser Operation war für die Mutter im Nachhinein, dass dafür Peters goldblonde Locken, die seinen ganzen Kopf bedeckten, abrasiert werden mussten.

Nach dem gut überstandenen Eingriff und seiner völligen Gesundung wuchsen ihm nur noch glatte, leicht gewellte Haare. Vielleicht war es gerade diesem erzwungenen Haarschnitt zu verdanken, dass Peter jetzt eine dichte, schnell wachsende und meist wilde, ungezähmte Haarpracht hatte. Bei den Erwachsenen brachte ihm das den Beinamen ‚Blondschopf' ein, den er aber überhaupt nicht leiden konnte. Außerdem hatten diese Erwachsenen dann oft noch das Bedürfnis, ihm mit der Hand, wie mit einem Kamm, durch die Haare zu fahren. Grrrr!

Für die Kinder ein Paradies, für Erwachsene eine Beschwernis - Schneechaos in der Stadt

© *Schafheutle*

So stand er also jetzt vor ihr und glühte aus allen Knopflöchern. Schuldbewusst blickte er sie mit seinen großen blauen Augen an. Angesichts der verärgerten Mutter füllten sich diese langsam aber sicher mit dicken Tränen, liefen ihm salzig über die heißen Wangen und brachten das schon glühende Gesicht so richtig zum Brennen.

Genau in diesem Moment kam von hinten Volker an. Er hatte zwischenzeitlich auch auf dem Eis gesucht und schlug nun Peter aus Wut mit voller Wucht seine Faust in den Oberarm. Zur schmerzhaften Verstärkung des Schlages ließ er dabei immer den Knöchel des Mittelfingers aus der Faust vorstehen, damit der Schlag eine noch nachhaltigere Wirkung hatte. So!

Dem hat er's jetzt gegeben. Bei Peter öffnete dieser Schlag alle Schleusen und er heulte haltlos und laut auf.

Volker bekam von seiner Mutter dafür eine schallende Ohrfeige, die sich in der Kälte als heiße, rote Spur auf seiner Backe abzeichnete. Er ließ sich aber nichts anmerken und schluckte den Schmerz runter.

Den Peter riss sie an der Hand zu sich, fragte gleichzeitig, wo seine rote Mütze sei, warum er nicht nach Hause gekommen sei und dass er ja überhaupt keinen Grund habe, zu heulen. Sie zerrte und zog ihn mit großen Schritten Richtung Ufer, und Volker folgte mit einigem Abstand. Peters Freund, mit dem er geglennt hatte, fragte noch zögerlich, ob sie wohl morgen ihre Rekorde fortsetzen könnten. Doch der Kopf von Peters Mutter flog urplötzlich herum und sie sagte barsch zu dem Jungen: „Müsstest du eigentlich nicht auch schon längst zu Hause sein?!" Mit gesenktem Kopf und tränenfeuchtem Gesicht lief Peter ängstlich und zitternd neben seiner Mutter die Bauamtsgasse hoch in Richtung Hauptstraße.

Gerade zündete, wie jeden Abend, der Laternenmann hier die letzten Gaslaternen an, denn mittlerweile war es schon ganz dunkel geworden. Die Kinder kannten diesen Mann; er zog mit seinem Fahrrad durch die Straßen und brachte mit einer langen Stange, an der vorne ein Haken war, die Gaslaternen zum Leuchten. Dabei wurde das einströmende Gas in den Gasstrümpfen aus nicht brennbarem Baumwollgewebe entzündet und warf nach einer gewissen Zeit ein fahles, warmes Licht auf die Straße.

Sonst grüßten die Jungs den Mann, wenn sie ihn sahen, und liefen oft einige Zeit mit ihm, immer in der Hoffnung, dass er sie auch mal, was hin und wieder vorkam, eine Laterne anzünden lasse. Aber jetzt hatten weder Volker noch Peter einen Blick für ihn übrig. Als der Mann sie hörte, drehte er sich um und sagte nur: „Holla, holla, was ist denn da passiert?" Ohne eine Antwort zu erwarten, ging er lächelnd weiter zur nächsten Laterne.

Die glitzernden Eiskristalle auf dem rutschigen Kopfsteinpflaster erzeugten in Peters verweinten Augen ein grelles Strahlenbündel, das wie ein furioses Feuerwerk funkelte und ihm so zusätzlich noch mehr wehtat.

Volker trottete mit seiner massiven Wut im Bauch über die vielen Ungerechtigkeiten, die er wegen seines Bruders mal wieder erleiden musste, hinterdrein. Na ja, auf der anderen Seite hatte es auch etwas Gutes. So war jetzt wenigstens sein verpfuschtes Diktat an diesem Abend kein Thema mehr. „Auch gut", dachte er so bei sich.

Die Mutter setzte Peter in der Küche auf das Chaiselongue und legte ihm fürs Erste eine warme Decke um die Schultern, damit er aufhörte zu zittern. Dann holte sie mit einem Schöpfbecher dampfend heißes Wasser aus dem ‚Schiff' im Kohleherd und goss es in die Badewanne. Das ‚Schiff' war ein rechteckiger verchromter Behälter, der mit der unteren Hälfte im Ofen und damit in der Glut hing, und im oberen Teil aus dem Herd herausragte. Verschlossen wurde das Ganze mit einem Deckel, der einen länglichen Griff hatte und den man nur mit einem Topflappen anfassen konnte, da er immer sehr heiß war.

Die gusseiserne und emaillierte Badewanne mit ihren vier geschwungenen Füßen stand auf der anderen Seite des Kamins ebenfalls in der Küche und wurde mit dem heißen Wasser ein paar Zentimeter hoch gefüllt. Die Mutter wiederholte das so lange, bis das Schiff leer war. Dann ließ sie kaltes Wasser aus dem Wasserhahn in die Wanne dazulaufen, bis das Badewasser eine angenehme Temperatur hatte. Sie zog Peter aus, der unterwegs auch noch in seine Hose gepieselt hatte, weil er es nicht mehr aushalten konnte, setzte ihn in die Wanne und rieb ihn kräftig ab, um seinen Kreislauf richtig in Schwung zu bringen. Vorher hatte sie jedoch noch neues Holz durch das Ofentürchen in die Glut geworfen und das Schiff wieder mit kaltem Wasser aufgefüllt, um später damit die kupferne Bettflasche mit heißem Wasser füllen zu können. Die nassen Kleider hängte sie erst mal zum Trocknen an die silberne Stange, die um den Ofen herum angebracht war.

Als dann die Bettflasche fertig und das Bett vorgewärmt war, legte sie den Jungen in die Federn, steckte ihm das Fieberthermometer in den Hintern, träufelte ihm Ohrentropfen in beide Ohren, stopfte kleine Wattepropfen hinterher und gab ihm noch einen Löffel Lebertran, um seine Abwehrkräfte zu stärken.

Das allerdings war zum Abschluss noch die härteste Strafe, denn Lebertran, aus der Leber von Fischen und Walen gewonnen, war eine ölige, übel schmeckende Flüssigkeit und nach dem Krieg das meistgehasste Medikament für Kinder, das einem fast zum Erbrechen reizen konnte. Protestierte man dagegen, kam meist nur ein Spruch wie: „Bös muss Bös vertreiben" – zack, und schon hatte man den Löffel im Mund! Wie überhaupt in der schlechten Zeit Naturmedikamente und -rezepturen Hochkonjunktur hatten, da ja Medizin wenig vorhanden und zudem teuer war. So bekam Peter, als er Keuchhusten hatte, ein selbst hergestelltes und ebenfalls sehr gewöhnungsbedürftiges Mittel verabreicht. Für diese Wundermedizin wurden rote Weinbergschnecken gesammelt, in ein Sieb über einem Topf gelegt, mit Zucker bestreut und über Nacht stehen gelassen. Am nächsten Morgen lagen die Schnecken ganz klein und verhutzelt im Sieb, während ihre gesamte Körperflüssigkeit in den Topf abgetropft war. Diese zähe, jedoch im Gegensatz zum Lebertran süße Flüssigkeit wurde als Medizin verabreicht und hat anscheinend recht gut geholfen, denn der Keuchhusten wurde zunehmend besser.

Die Nacht nach Peters ‚Eisgang‘ brachte genau das, was die Mutter befürchtet hatte: Ein glühendes und vor Ohrenschmerzen jammerndes Kind, dem der Eiter aus den Ohren lief. Die Nacht wurde zum Tag und der nächsten Tag zum Pflegenotstand erhob, und das bei all ihrer Arbeit, die sie in ihrem Schneiderzimmer noch zu erledigen hatte.

Im Krankheitsfalle durften die Kinder tagsüber immer im Wohnzimmer auf der Couch liegen. Die Mutter ließ dann die kleine Tür zum Schneiderzimmer offen stehen, damit sie alles mitbekommen konnte und die ungeduldigen, oft jämmerlich verlangenden Wünsche ihrer Patienten hörte. Außerdem konnte im Winter der ‚Kanonenofen‘, der in ihrem Arbeitszimmer stand, das Wohnzimmer noch miterwärmen.

Alle Gardinenpredigten über das, was geschehen war, nützten ihr jetzt auch nichts mehr, und die Hoffnung auf Besserung und Einsicht des verträumten Jungen musste bis auf Weiteres erst einmal wieder verschoben werden.

Das abenteuerliche Erlebnis, auf dem zugefrorenen Neckar zu spielen und zu glennen, wurde durch die dramatischen Folgen für Peter nur kurzzeitig geschmälert. Nach seiner Gesundung war das ein großes und wichtiges Gesprächsthema unter Freunden, wobei die Glennen, wie beim Jägerlatein, immer länger und länger wurden und die Rekorde nur so purzelten. Vielleicht würde ja der Neckar im nächsten Winter auch wieder zufrieren, dann könnte man das alles wiederholen und sicherlich auch noch steigern. Für dieses Jahr jedenfalls war der Spaß vorbei.

Theatercafé, Tonleitern, Hühnereis

Das erste Kapitel stammt überwiegend aus dem, was man mir und anderen immer und immer wieder erzählt hat, deshalb habe ich es in der Form einer Erzählung geschrieben. Ab diesem Kapitel sind es überwiegend eigene Erinnerungen und Erfahrungen, die ich deshalb in der Ich-Form schildere.

Das Haus, in dem wir zur Miete wohnten, stand und steht noch direkt an der Hauptstraße Ecke Friedrichstraße und ist in Heidelberg als das ‚Schafheutle‘ bekannt. Das ‚Theatercafé Schafheutle‘ galt immer als eine der ersten

In der viel befahrenen und engen Hauptstraße/Ecke Friedrichstraße lag das ‚Theatercafé Schafheutle‘, wo es sich auch heute noch befindet.
Auf dem Bild erkennt man, wie eng es hier zuging und wie gefährlich das gerade für Kinder sein konnte

© RNZ

Adressen für beste Konditoreiwaren, Pralinen, Kaffee und Eis. Das ‚Schafheutle‘ war Treffpunkt für Kaffeekränzchen, Liebespaare, Freunde, Künstler, Theaterbesucher, Offiziere der amerikanischen Armee und natürlich auch für Touristen aus aller Welt. Da Heidelberg im Krieg ja nicht zerstört wurde und bedingt durch die Anwesenheit der amerikanischen Streitkräfte, die nach Kriegsende hier ihr Hauptquartier aufgeschlagen hatten, wirkte diese Stadt wie ein Magnet auf den langsam wieder neu erwachenden Tourismus und die älteste Universität Deutschlands, die im Jahre 1386 von Kurfürst Ruprecht I. gegründet wurde.

Die Einrichtung des ‚Schafheutle‘ war für damalige Verhältnisse sehr stilvoll und fast pompös. Die Stühle, deren Sitzflächen mit rotem Samt bezogen und deren kunstvoll barocke Lehnen mit strahlenförmig geflochtenem Bast gefüllt waren, standen an runden Tischen mit weißen, frisch gestärkten Tischdecken. In der Mitte des Tisches waren auf einem zusätzlich aufgelegten Spitzendeckchen ein schweres silbernes Gefäß mit Zucker sowie eine Vase mit täglich frischen Blumen dekoriert. Auch die Vorhänge an den Fenstern mit ihren Wolkenstores, bogenförmigen Schabracken und seitlich gerafften Übergardinen waren aufwendig gemacht und gaben, im Zusammenspiel mit dem dunklen Teppich, den Räumen den typischen Saloncharakter eines Wiener Caféhauses, den man in jener Zeit so schätzte.

Die Einrichtung im ‚Schafheutle' hatte den Charme eines echten Wiener Caféhauses

© Schafheutle

Die Meißner Porzellanfiguren in den barocken Schränkchen mit gewölbten Glastüren in den Raumecken schienen das Treiben im Raum neugierig zu betrachten.

Elegante Wandlampen mit geschwungenen silbernen Haltern und weißen Schirmchen gaben den mit dunklem Holz verkleideten Fensterfüllungen und Raumdurchgängen ein edles Ambiente. Stilgerecht und harmonisch abgerundet wurde das Bild durch die Kronleuchter mit kleinen Schirmchen auf Kerzenbirnen.

Ging man ins ‚Schafheutle', wurde man gesehen, und man sah all die anderen ‚wichtigen' Menschen aus Heidelberg und Umgebung. Immer wieder hörte man zwischen dem allgemeinen Raunen vieler Gespräche ein plötzliches Rufen und überraschtes Begrüßen von schon lange nicht mehr gesehenen Freunden und Bekannten. Dies hatte zur Folge, dass die Köpfe der anderen Cafébesucher, ohne dabei das eigene Gespräch zu unterbrechen, blitzschnell in diese Richtung schwenkten, um zu sehen, wer da wen begrüßt und ob man vielleicht die Person nicht auch kennen könnte.

Der Eingangsbereich des Cafés mit seinen Schwingtüren wurde auf der rechten Seite beherrscht von der großen, mit den besten Pralinen und Kuchen gefüllten Glastheke. Hinter der Theke stand meistens die ‚Seele des Hauses' - Else Schafheutle - gut gebräunt, mit einer festen kräftigen Stimme mit dem leichten saarländischen Zungenschlag, ihren strahlenden Augen und ihrem charakteristischen freundlich-hellen Lachen. Sie bediente ‚ihre' Kunden ausgesprochen zuvorkommend und kompetent. Sie kannte fast jeden mit Namen und erkundigte sich, während sie den georderten Kuchen und die Pralinees richtete, nach deren Befinden, dem von Familienangehörigen oder Freunden. Ohne sie konnte man sich das Café gar nicht vorstellen. Sie war das 'Schafheutle' und prägte diese besondere Atmosphäre mit ihrer offenen sympathischen Persönlichkeit.

Die meist jungen Bedienungen mit ihren schwarzen engen Röcken, weißer Bluse und dem kleinen, spitzengeschmückten Schürzchen, unter dem sie in einer zweiten schwarzen Schürze den Geldbeutel trugen, waren bestens geschult und ebenso freundlich wie ihre Chefin.

Vom Eingangsbereich führte links ein großer Durchgang zum Sitzbereich des Cafés. Die Glasvitrinen in der Trennwand zwischen den Räumen erlaubten einen Durchblick, der oft schon dazu benutzt wurde, auszumachen, ob ‚seine Verabredung' schon da ist und wo sie sitzt. In diesen Vitrinen standen, schön dekoriert, feinste Figuren aus Meißner Porzellan und kunstvoll verzierte Pralinenpackungen mit goldenen Schleifchen und kleinen Röschen.

Das ‚Schafheutle' bei Nacht mit seiner damals modernen Neonlichtanlage

© Schafheutle

Otto Schafheutle war der Gebieter über die Backstube und die Chokolaterie, die sich hinter dem Café im Nachbargebäude in der Friedrichstraße befand. Er war der ruhige, ja fast aristokratisch wirkende Herr über die Qualität und das Aussehen der Waren. Unter seiner kompetenten Leitung wurden die ausgefallensten und feinsten Kuchen und Torten gebacken. Die Pralinen hatten ihren Ruf weit über Heidelberg hinaus und waren ein begehrtes und wertvolles Mitbringsel zu allen festlichen Gelegenheiten. Wenn dann der oder die Beschenkte auf das Etikett sah und ein lang gezogenes "Aaah, vom Schafheutle" hauchte, wusste man, dass man einem wirklichen Kenner genau das Richtige geschenkt hatte, der das zu schätzen weiß.

Den Beinamen ‚Theatercafé‘ erhielt das ‚Schafheutle‘ durch seine Nähe zum Theater. Dessen Haupteingang lag zwar in der Theaterstraße, aber sein Bühnen- und Künstlereingang war nur wenige Meter vom Café in der Friedrichstraße entfernt. Hier versammelten sich vor oder nach den Theateraufführungen gerne die Besucher, und vor allem auch die Künstler. Nach den Anspannungen der Proben und Aufführungen und dem Kampf

gegen das Lampenfieber wollte man sich hier ablenken, erholen oder über die Vorführung und den Stoff diskutieren. Dabei sonnten sich die Eleven genüsslich auf dem Markt der Eitelkeiten und genossen die bewundernden Blicke der anderen Cafébesucher. Diese wiederum erzählten dann gerne im Bekanntenkreis, dass sie direkt neben ‚dem‘ oder ‚der‘ gesessen haben, was wiederum eine bewundernde Aufmerksamkeit auf sie zog.

Frau Schafheutle war eine begeisterte Theaterbesucherin. Sie hatte natürlich ein Abonnement und ihren angestammten Platz in der ersten Reihe des wunderschönen barocken Theaters. Ihr Urteil galt etwas. Da konnte es schon mal vorkommen, dass ein Schauspieler im Freundeskreis mit Stolz verkündete: „Frau Schafheutle hat gelacht.“

Nach Premieren beherrschte eine ganz besondere Spannung die Luft des Cafés. Dann saßen die Künstler und ihre engsten Freunde nach dem Schließen des Cafés bis in den späten Abend in kleiner Runde beisammen und diskutierten über die Aufführung. Weiter ging es dann oft noch bis in die frühen Morgenstunden in der Wohnung unserer Eltern. Hier wartete man bei einem Glas Wein, einem Cognac oder einer Tasse Kaffee auf die ersten druckfrischen Ausgaben der ‚Rhein-Neckar-Zeitung‘ und des ‚Tageblatts‘, um die Kritiken im Feuilleton zu lesen. Je nachdem, wie diese ausfielen, wurden sie wutschnaubend zerrissen, heiß diskutiert oder mit stolzgeschwellter Brust aufgesaugt. Aber egal wie, wieder einmal hatte man es geschafft, zum Gesprächsstoff in der ganzen Stadt zu werden.

Da meine Eltern ein Klavier in der Wohnung hatten und einige der Künstler Opernsänger oder Sängerinnen waren, wärmten diese häufig am späten Nachmittag bei einem ‚spontanen‘ Besuch ihre Stimme vor dem nächsten Auftritt auf, um dann gut eingesungen durch den Bühneneingang in der Friedrichstraße direkt ins Theater zu verschwinden. Fast immer hatten sie einen Schal um den Hals geschlungen, sogar im Sommer, um ja nirgends

Es war immer ein Kommen und Gehen in Heidelbergs bekanntem Theatercafé. Hier verkehrten einfache Menschen ebenso wie berühmte oder noch berühmt werdende Persönlichkeiten

© *Schafheutle*

einen Windzug zu bekommen, der die Stimme beeinträchtigen könnte.

Das Tonleitersingen oder das Arienschmettern nervte Volker und mich ganz gewaltig. Wir verstanden sowieso nicht, dass man singen muss, wenn man etwas sagen wollte. Am schlimmsten empfanden wir die Koloraturen der Sopranstimme von Lotti Diehl, einer Freundin unserer Mutter, die in den Ohren richtig schmerzten. Dagegen faszinierte uns ihr Chow-Chow, den sie immer mitbrachte, denn der hatte eine blaue Zunge und so ein kuscheliges Fell. Während sie übte, spielten wir mit ihm in unserem Zimmer. Lotti war eine temperamentvolle Frau und hielt mit ihrer Meinung nicht hinterm Berg. So hatte sie sich bei meiner Mutter einmal unbeliebt gemacht, als sie nach meiner Geburt bei ihrem Besuch im St. Elisabeth zu ihr sagte, sie habe noch nie so ein hässliches Baby gesehen wie mich.

Am liebsten von allen war uns der Sänger Fred Dahlberg, der eine wunderschöne tiefe Bassstimme besaß und mit ihr auch beim Sprechen regelrecht zu spielen verstand. Seine Stimme schmerzte vor allem nicht in den Ohren. Er war immer gut aufgelegt und machte gerne viel Blödsinn mit uns. Die größte Freude hatten wir, wenn er das Lied ‚Im tiefen Keller' anstimmte und wir Buben mit unseren Kinderstimmen versuchten, genauso tief runterzukommen wie er, was uns natürlich nie gelang.

Für die Kinder der Friedrichstraße war es etwas Besonderes, mit Doris und Rudi, den Kindern von Schafheutles, befreundet zu sein. Aufregend war zum Beispiel, wenn die beiden Geburtstag hatten und diesen im geschlossenen Café feiern durften. Dann wurde eine große Tafel aufgebaut, an der die ganze Gästeschar mit herrlichen Kuchen und Kakao verwöhnt wurde. Einer der Höhepunkte war dann die ‚Eisbombe'. Das war eine große halbkugelförmige Silberschale, die bis zum Rande mit verschiedenen, natürlich selbst hergestellten Eissorten gefüllt war. Aus dieser bekam jeder in seinen vor ihm stehenden Silberbecher eine ordentliche Portion. Diese Köstlichkeit wurde dann mit einem flachen silbernen Eislöffel voller Genuss ausgelöffelt.

Die Backstube, in der normalerweise die Konditoren köstliche Kuchen und Eis herstellten, wurde an Geburtstagen zum Schattentheater und Spielraum umfunktioniert

© Schafheutle

Eine Besonderheit dieser Geburtstage war auch, dass in der Backstube eine kleine Bühne aufgebaut wurde, auf der an einer Querstange, das war zum Beispiel ein Ofenschieber, ein Bettlaken wie ein Vorhang aufgehängt war. Hinter dem Bettlaken wurde in einem bestimmten Abstand eine Lam-

25

pe aufgestellt. Wenn man sich zwischen Bettlaken und Licht stellte, warf der eigene Körper Schatten auf die ‚Leinwand'. Diese Schattenspiele, bei denen jeder, allein oder in einer Gruppe, mitspielen konnte, waren echte Stimmungsmacher und bei allen Geburtstagsgästen beliebt. Da wurden die schönsten Liebesszenen, die grauslichsten Morde und die spannendsten und wildesten Western dargestellt und mit großem ‚Hallo' und Applaus der Gäste begleitet.

An Fastnacht wurden in dieser Zeit noch fröhliche und ausgelassene Feste veranstaltet. Dazu war das Café mit Luftschlangen und den typischen Ziehharmonika-Girlanden geschmückt. Diese Fastnachtsfeiern waren nur für Erwachsene, und unsere Eltern waren meistens dabei. Sie brauchten ja nur die Treppe runterzugehen, um in den bunten Trubel einzutauchen. Volker und ich schlichen uns manchmal heimlich die Treppe runter und schauten durch die Tür in der Kaffeeküche zu, in die man vom Treppenhaus aus gelangen konnte. Zu später Stunde nahmen alle an der Polonaise durch das Café und die angrenzende Backstube teil, vorneweg die Musik und Otto und Else Schafheutle.

Das ‚Schafheutle' hatte hinter dem Haus, zwischen der Providenzkirche und dem evangelischen Kindergarten, einen großen Nutzgarten. Hier wurden alle möglichen Gemüsesorten für den Privatgebrauch und auch Blumen für die Vasen auf den Tischen im Café angepflanzt. In der hintersten Ecke war ein Hühnerstall mit Freigehege, aus dem die frischen Eier für die private Küche der Familie kamen. Heute ist dieses Gelände das Gartencafé mit beheiztem Wintergarten, ein beliebter Treffpunkt für Jung und Alt.

Der Hühnerstall im Garten hatte für uns einen nicht ganz uneigennützigen Nebeneffekt. Da gab es nämlich Hühner, die anstatt Eier für uns Kinder Eiskugeln legten. Wenn es bei uns Salat gab, durfte ich den Abfall in einer Schüssel den Hühnern bringen. Vorher hielt ich aber im ersten Stock an und ging in die große private Küche der Schafheutles, die direkt vom Treppenhaus aus zu erreichen war. Hier arbeiteten die Mutter von Frau Schafheutle, die Küchenhilfe Anni und das Kindermädchen Alma. Ich machte nach dem Anklopfen die Tür auf und sagte laut und

Für ein ‚Zehnerle' aus der Badischen Besatzungszone bekam man eine Kugel Eis

wichtig: „Gell, ich bring den Hühnern widder Salat zum Fresse." Frau Jungblut, so hieß die Mutter von Frau Schafheutle, hatte, wenn sie mich sah, immer einen Spruch auf Lager, den sie melodisch zu mir in Dialekt sagte: „Der Peter aus Saarbrücken hat 'nen Sack voll Mücken ..." Danach kam das, worauf ich natürlich spekuliert hatte: „Ja, ja, iss gut, wenn zurückkommsch, kommsch noch a mal rei, dann griegsch e paar Kugeln Eis in dei Schüssel", und das war in der kargen Zeit ein echter Wohlgenuss. Eis konnten wir uns für 10 Pfennig die Kugel auch direkt in der Kaffeeküche kaufen. Da erinnere ich mich noch, dass es zu dieser Zeit 10 Pfennige als Papiergeld gab. Da ja alles Metall für den Krieg gebraucht worden war, wurden selbst so kleine Werte auf ziemlich schlechtes Papier gedruckt.

Heidelberg hatte in jener Zeit eine lebendige Caféhauskultur. So gab es in der Stadtmitte neben dem ‚Café Schafheutle' noch weitere sehr beliebte Cafés, die mir geläufig sind, da ich als kleines Kind oft mitgenommen wurde.

Da war zum Beispiel das ‚Cafasö' in der Hauptstraße/Ecke Fahrtgasse, das über zwei Stockwerke ging. Eine besondere Attraktion ließ mich immer wieder neu staunen. Es war der gläserne Flügel, der im Eingangsbereich stand und auf dem live Caféhausmusik gespielt wurde. Das ganze Innenleben eines Flügels konnte man so betrachten und während des Spiels die Vorgänge und Bewegungen der Hämmer, die die Saiten anschlugen, erleben.

Das Café ‚Scheu', ein gemütliches kleines Café, das in der Hauptstraße/Ecke Untere Straße lag, war ein ebenso beliebter Treffpunkt für den lebensnotwendigen, mit Kaffee und Kuchen versüßten Informationsaustausch.

In der Unteren Straße/Ecke Haspelgasse war das ‚Café Knösel', das erste Café Heidelbergs. Ein traditionsreiches Haus mit einem eleganten Ambiente. Hier wurde 1863 der berühmte ‚Heidelberger Studentenkuss' ein leckeres Schokoladenkonfekt, erfunden. Die Geschichte, wie der Konditormeister auf die Idee kam, erfährt man aus der Werbung der noch heute in der Haspelgasse befindlichen Chocolaterie:

Die ‚Chocolaterie Knösel' in der Altstadt mit dem Erkennungszeichen des ein junges Mädchen küssenden Studenten – oder umgekehrt?

© *Chocolaterie Knösel*
Foto: Pit Elsasser

„Im Herzen der Altstadt liegt die älteste Chocolaterie und das traditionsreiche Café Knösel. 1863 gegründet, wurden sie bald zum beliebten Treffpunkt der Heidelberger Gesellschaft. Denn alle schätzten den humorvollen Fridolin Knösel, Chocolatier und Konditormeister mit Leib und Seele, und seine exquisiten Confiserien.

Vor allem die jungen Damen der vornehmen Pensionate liebten seine süßen Versuchungen und gingen dort ein und aus. Dies wiederum beobachte-

ten die Studenten aufmerksam. *Angezogen von den hübschen Besucherinnen, kamen auch sie immer zahlreicher. War es da verwunderlich, dass sich die jungen Leute hoffnungsvolle Blicke zuwarfen? Doch die Mädchen waren stets in Begleitung ihrer wachsamen Gouvernanten.*

Fridolin Knösel mit seinem großen Herzen entging die heimliche Sehnsucht der jungen Leute nicht. Einfallsreich, wie er war, überraschte er sie eines Tages mit einem besonders feinen Chocoladenkonfekt, das er schmunzelnd Studentenkuss nannte. Als Präsent überreicht, war es eine Geste der Verehrung - so fein und galant, dass selbst die gestrengen Gouvernanten nichts dagegen einwenden konnten.

Fortan ließen sich süße Botschaften diskret übermitteln. Sehr zur Freude der Studenten und Mädchen, die mit dem Studentenkuss von der Erfüllung ihrer Wünsche träumen durften."

Eine schöne Geschichte, in die man sich so richtig hineinfühlen kann und die so wunderbar zu Heidelberg passt. Sie erzählt von dem, was Heidelberg ausmacht – ein lebendiges junges Flair, das durch die Universität und ihre Studenten immer wieder neu mit jungem frischem Geist und kreativem Leben gefüllt wird.

Einige der Cafés haben bis heute überlebt, andere wurden leider geschlossen oder von modernen Caféhaus-Ketten übernommen.

Dieses Ölbild von Heidelberg (1931), von der Molkenkur aus gesehen, begleitet mich mein Leben lang.
Es ist von dem Maler Adolf Hacker, der in Heidelberg lebte und als ‚Schnellmaler' bezeichnet wurde, da er sogar aktuelle Ereignisse wie den Rathausbrand 1908 noch in der Nacht auf mehreren Bildern festhielt und am nächsten Tag verkaufte

Wohnung, Schneideratelier, Ereignisse

Die Wohnung im 2. Stock des Hauses Friedrichstraße 94 war recht groß. Sie hatte vier Zimmer, eine Küche, einen großen Flur und eine außerhalb der Wohnung liegende Toilette in einem kleinen Verbindungsflur. Zu ihr hatten auch andere Bewohner des Stockwerkes Zugang. Um auf die Toilette zu gelangen, hätten wir normalerweise durch die Wohnungstür gehen müssen. Da aber unsere Küche ein Fenster in den kleinen Verbindungsflur hatte, stiegen wir immer da durch, um den langen Umweg zu vermeiden.

Zentrum der Wohnung war die große Wohnküche. Hier standen der Kohleherd, der Gasherd, der Esstisch mit Stühlen, ein Küchenbuffet, ein Chaiselongue und eine frei stehende weiß emaillierte Badewanne auf geschwungenen Füßen. Darüber hing ein weißer Vaillant-Gasboiler, der für warmes Badewasser sorgte. Um Gas zu bekommen, musste man in der Drogerie ‚Gasmünzen' kaufen und in den Gaszähler werfen, ähnlich wie bei einer Parkuhr, damit für eine bestimmte Zeit das Gas in den Kochherd und den Boiler strömen konnte.

Der Boden in der Küche war ein roter Asphaltbelag, der von Zeit zu Zeit immer wieder gebohnert werden musste. Danach wurde er, genau wie die anderen Böden in der Wohnung, mit einem Blocker poliert. Ein Blocker ist ein schweres, bürstenähnliches Gerät mit Besenstiel und ganz kurzen Borsten. Durch

Auf dieser ‚Pfaff 130' hat unsere Mutter in Jahrzehnten unzählige Kleidungsstücke in Tag- und Nachtarbeit genäht, um die Familie über die Runden zu bringen

© Pit Elsasser

ständiges Hin- und Herziehen wurde so der Boden zum Glänzen gebracht. Das war meistens Volkers und meine Aufgabe, die wir nur mit viel Murren ausführten. Danach war der Boden schön glatt und glänzte wie eine Speckschwarte. Mit Socken ließ sich darauf herrlich glennen und man konnte sogar mit Rollschuhen fahren, was dem Boden wegen der Metallrollen allerdings nicht so gut bekam.

Von der Küche aus gelangte man ins sogenannte kleine Zimmer, das Schneideratelier unserer Mutter. Hier standen ein großer Bauerntisch mit gedrechselten Beinen, ein Regalschrank, ein Kanonenofen, die Schneiderpuppe und natürlich die schwarze Pfaff-Nähmaschine 130, an der die Mutter tage- und nächtelang unermüdlich trippelte, um die Familie finanziell über Wasser zu halten. Die Maschine war ihr Heiligtum. Hatte sie sich diese doch von ihrem ersten, schwer erarbeiteten Geld nach ihrer Schneiderlehre gekauft, um sich selbstständig zu machen.

An dieser Maschine ereignete sich eines Tages etwas für mich Dramatisches. Ich spielte wie so oft auf dem Boden, während meine Mutter nähte. Da gab es Stoffreste, Fäden oder Stecknadeln, die herunterfielen und mit denen man herrlich spielen konnte. Die Nadeln zum Beispiel ließen sich schön mit einem Hufeisenmagnet einsammeln, ein beliebter Auftrag der Mutter an uns, wenn sie eine Zeit lang ihre Ruhe brauchte. An diesem Tag tauchte ich plötzlich hinter der Nähmaschine auf und sah meiner Mutter beim Nähen zu. Dabei entdeckte ich, dass sich in einer runden Öffnung des Maschinengehäuses etwas bewegte, wenn die Mutter trippelte. Neugierig steckte ich mit einem „Oooh" meinen Zeigefinger in diese Öffnung. Durch das im Gehäuse rotierende Schwungrad, das zwei Segmentausschnitte hatte, wurde mir meine Fingerkuppe abgeschert. Da waren natürlich das Geschrei und die Aufregung groß. Herr Schafheutle fuhr meine Mutter und mich heulendes und blutendes Elend mit seinem Auto in eine Klinik in der Plöck zur Erstversorgung (diese Klinik sollte später in meinem Leben noch einmal eine Rolle spielen). Danach wurde der Finger in der Chirurgie später noch weiterversorgt. Seit dieser Zeit habe ich eine verkümmerte Fingerkuppe am rechten Zeigefinger, die aussieht wie ein gebogener Adlerzeh.

Als gelernte Schneidermeisterin durfte unsere Mutter auch Lehrlinge ausbilden. Da das Schneiderzimmer zu klein war, konnte das jedoch immer nur ein Lehrling sein. Diese Mädchen wurden zu Mitgliedern der Familie und mussten sich auch oft um uns Kinder kümmern, wenn die Mutter weg war oder wenn Kundinnen zur Anprobe kamen. Außerdem wurden sie auch zum Einkaufen in die Bäckerei, die Drogerie oder zum Milchholen beim ‚Reber' geschickt. Es war damals für Lehrlinge üblich, dass sie neben dem zu erlernenden Handwerk auch für die Reinigung der Arbeitsräume und für Hilfstätigkeiten herhalten mussten. Heute ist es fast undenkbar, dass ein Lehrling noch einen Besen in die Hand nehmen oder private Botengänge für den Arbeitgeber absolvieren muss.

Unser Wohnzimmer lag direkt neben dem Schneideratelier und war gleichzeitig auch Anproberaum für die Kundinnen. Hier wurden die Kleider abgesteckt, Säume mit dem Kreidebalg abgelängt und mit Stecknadeln fixiert. Dabei wurde natürlich viel über Gott und die Welt erzählt, Kaffee getrunken (wenn es welchen gab) oder auch mal ein Cognac gekippt. Da viele Kundinnen Frauen amerikanischer Offiziere waren, konnte unsere Mutter ihr spärliches, aber energisches Englisch, das sie auf zwei Amerikareisen gelernt hatte, sehr gut anwenden. Hier im Wohnzimmer standen eine Couch mit Tisch und Sesseln, das Klavier, der Wohnzimmerschrank mit einem Mittelteil aus Glas und eine Stehlampe mit großem Stoffschirm. Der Raum hatte drei Fenster zur Hauptstraße hin und war recht hell.

Das Eckzimmer zur Friedrichstraße war das Elternschlafzimmer mit vier Fenstern, zwei zur Hauptstraße und zwei zur Friedrichstraße. Es war durch die Geräusche von der Straße her mit Sicherheit der lauteste Raum. Die Eltern klagten oft über den Lärm der Straßenbahn, der Autos oder der sich um zwei, drei oder vier Uhr morgens mit lauten Stimmen auf der Straße voneinander verabschiedenden Nachtbummler. Besonders schlimm war, wenn ein nicht mehr ganz nüchterner Zeitgenosse am Uniplatz anfing, eine Blechdose bis vor zum Bismarckplatz zu kicken und womöglich dabei noch laut sang. Dieser Lärmpegel war für die Eltern nervtötend und an einen geruhsamen Schlaf war oft viele Nächte nicht zu denken. Diese Umstände veranlassten sie dann später, eine neue Wohnung in ruhigerer Lage zu suchen.

Das Kinderzimmer schloss sich auf der Seite zur Friedrichstraße an. Es war ein kleinerer Raum und hatte als Besonderheit in der Ecke einen Kachelofen, der jedoch nie in Betrieb war. Er hatte einen mit einer kleinen verzierten Gusseisentür verschlossenen Hohlraum. Dies war der ideale Ort, wenn wir uns selbst oder etwas vor den Eltern verbergen wollten - unser ‚Tresor‘ und unsere Dunkelkammer, in der man die geheimsten und wertvollsten Beutestücke verstecken konnte. Natürlich wussten das die Eltern, aber sie taten so, als wäre es ihnen nicht bekannt, und sie ließen uns so im Glauben, dass es das sicherste Versteck auf der ganzen Welt sei.

Im innen liegenden L-förmigen Flur befanden sich auf der einen Seite die Türen zu den einzelnen Zimmern und zur Küche und auf der anderen Seite war eine Glaswand als Abtrennung zwischen Wohnung und Treppen-

Unsere Mutter im Juli 1937 in eleganter Pose beim Fotografen mit ihrem Meisterstück, das sie zur Prüfung anfertigte

© Pit Elsasser

haus. Diese Glaswand war mit einer gelblichen Ölfarbe als Sichtschutz gestrichen. Darüber hat man mit einer Gummirolle ein Blümchenmuster in rötlicher Farbe aufgerollt, um den Eindruck zu erwecken, es sei eine Tapete. Diese Technik hat man damals häufig als Tapetenersatz in Räumen wie Fluren und Küchen verwendet, da sie billiger und schneller war. An einer Stelle in der Glaswand, die Richtung untere Treppe zeigte, hatten die Eltern ein ca. 2 cm großes Guckloch freigekratzt. Schaute man da hindurch, sah man frühzeitig, wer die Treppe hochkam, und konnte entscheiden, ob man den Besuch empfangen will oder nicht. Wollte man das nicht, mussten sich alle ganz ruhig verhalten, wenn an der Wohnungstür, oft mehrmals hintereinander, die schrille mechanische Drehklingel betätigt wurde. Hatte dies keinen Erfolg, zog der Besucher unverrichteter Dinge ab und wir durften uns wieder bewegen und sprechen.

Das Guckloch war vor allem auch deshalb so wichtig, weil unsere Mutter sehen konnte, welche Kundin gerade die Treppe hochkam. Das hatte seinen Grund darin, dass sie oft von den mitgebrachten Stoffen der Kundinnen durch sparsames Zuschneiden etwas für uns Kinder abfallen lassen konnte. Daraus nähte sie uns zum Beispiel eine kurze Hose, ein Hemd oder sogar einen Mantel. Kam dann eine Kundin und wir hatten gerade etwas aus deren Stoffen an, mussten wir schnell im Kinderzimmer verschwinden, etwas anderes anziehen oder, wenn die Kundin im Wohnzimmer war, auf die Straße zum Spielen gehen und nicht vorher zurückkommen, bis diese wieder gegangen war.

Zur Anprobe wurde das in Arbeit befindliche Kleid der Schneiderpuppe angezogen und diese, kurz bevor die Kundin kam, ins Wohnzimmer gestellt. Dann war je nach Kundin für die Kinder und den Lehrling höchste Alarmstufe. Keiner durfte mehr in die Nähe des wertvollen Stücks kommen, um ja keine Flecken zu machen oder Stecknadeln und Reihfäden zu ziehen. Die Schneiderpuppe war neben der Nähmaschine das wertvollste Stück im Schneiderzimmer. Nicht nur, dass sie teuer war, sondern sie sollte möglichst auch sauber bleiben, damit die wertvollen Stoffe gut zur Wirkung kamen und der erste Blick die Kundin beeindruckte.

Diese Wirkung war mir natürlich nicht bewusst, als mir eines Tages endlich der Wunsch eines jeden echten Jungen, ein Taschenmesser zu besitzen, erfüllt wurde. Dieses kleine silberne Klappmesser, das mein Vater als Werbegeschenk bekommen hatte, musste ich natürlich testen, ob es auch wirklich scharf genug sei. In einem ruhigen und unbeobachteten Augenblick fiel mein Blick auf die Puppe, und schon war schnell und ganz leicht ein Schnitt in die Weichteile der Puppe gesetzt. Der gespannte Stoff platzte so stark auf, dass die Wattierung darunter hervorquoll. Das hatte Spaß gemacht und erforderte natürlich noch weitere Versuche, die ich kreuz und quer setzte. Die Puppe sah danach sehr verletzt und ramponiert aus, und der Zorn meiner Mutter auf mich war unbändig groß, als sie in das Zimmer kam und das Malheur sah. Das Donnerwetter darauf war gewaltig und der sofortige Entzug des Taschenmessers noch die geringste Strafe. Meine Mutter wusste sich in diesem Augenblick nicht anders zu helfen, als die ‚Wunden' mit Heftpflaster zuzukleben, sodass die Puppe die nächsten Jahrzehnte als Mahnmal für diese Freveltat im Hause Elsasser weiterleben konnte. Erst meine Frau Linda nähte ihr einen neuen Überzug, der sie wieder in alter Frische erstrahlen ließ. So kann die Puppe heute noch als Dekoration in unserer Wohnung stehen und mich an diese Zeit erinnern.

Waren die Kundinnen nach der Anprobe dann endlich gegangen und unsere Mutter noch anderweitig beschäftigt, gelang es Volker und mir hin und wieder, ins Wohnzimmer zu schleichen und heimlich den letzten Tropfen aus den stehen gelassenen Gläsern zu schlürfen. Besonders beliebt war der Eierlikör, da der an dem Glas so schön hängen blieb und mit dem Finger abgestreift werden konnte. War es allerdings mal etwas mehr, hatte das natürlich seine besondere Wirkung auf uns und unser Verhalten. Alkoholiker wurden wir dadurch nicht.

Durch die amerikanischen Offiziers- und Generalsfrauen und durch die Weiterempfehlungen bekam unsere Mutter immer mehr Aufträge. Neben normalen Alltagskleidern musste sie zunehmend mehr und mehr Cock-

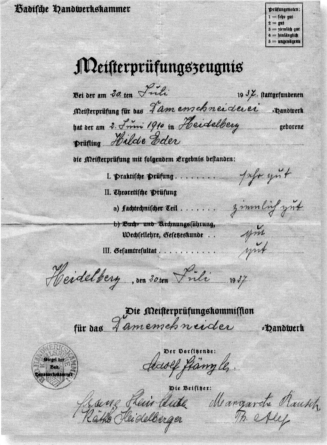

Der Meisterbrief meiner Mutter. Über die Note ‚ziemlich gut' hat sie sich gewaltig geärgert

© Pit Elsasser

tail- und Abendkleider nähen, die auf den zahlreichen amerikanischen Stehpartys zur Schau gestellt wurden. Diese Kleider waren oft reichlich mit Biesen verziert oder aufwendig mit Pailletten bestickt, sodass sie wie Prinzessinnen- und Königinnenroben aussahen. In der Fertigstellungsphase war höchste Reizbarkeit unserer Mutter vorprogrammiert und die Alarmstufe Rot wurde ausgerufen. Am schlimmsten genervt war sie aber, wenn die Kundin dann zur letzten Anprobe kam und wieder einmal unverhofft zu- oder abgenommen hatte. Dann musste sie das Kleid teilweise wieder auftrennen, um es weiter oder enger zu machen.

Meistens nähte sie natürlich zu Hause, oft aber auch direkt in den Villen der Kundinnen an der Bergstraße und sogar bis hoch nach Stuttgart. Da durfte oder musste auch ich manchmal mitgehen mit der strengen Auflage, ganz lieb zu sein und ja nichts anzufassen. Diese Häuser und Wohnungen der Armeeangehörigen hatten einen besondern Duft, der einfach anders war als der in deutschen Wohnungen. Dieser Duft hatte etwas mit Wohlstand und einer anderen Kultur zu tun und prägte sich für alle Zeit in mein Gedächtnis ein. Auch später, wenn ich in amerikanische Häuser kam oder in einem Straßenkreuzer mitfahren durfte, war er präsent.

War die Näharbeit erledigt, bekam unsere Mutter ihren oft viel zu kleinen Lohn. Wenn es hoch kam, erhielt sie neben etwas Geld zusätzlich eine Dose frischen ‚Maxwell‘-Bohnenkaffee. Die Blechdose war außen mit dem Namenszug und einer schräg sitzenden weißen Tasse bedruckt. Diese Dosen waren heiß begehrt und wurden nach der Leerung nicht etwa weggeworfen, sondern dienten oft jahrelang zur Aufbewahrung von Knöpfen, Nähseide oder anderen Utensilien. War die Kundin aber geizig, gab es nur den von ihr schon einmal aufgebrühten Kaffeesatz, der dann zu Hause ein zweites Mal aufgebrüht wurde. In dieser Zeit waren auch Zigaretten ein gebräuchliches Zahlungsmittel und eine heimliche Währung. Eine Stange amerikanische Zigaretten, wie ‚Camel‘ oder ‚Lucky Strike‘, war ca. 20 Mark wert. Mit ihnen konnte man, genauso wie mit Bohnenkaffee oder Nylonstrümpfen, auf dem Schwarzmarkt Lebensmittel, Brennmaterial oder Alkoholisches, aber auch Fahrräder, Kinderspielzeug oder Kleidung erstehen, was es sonst nur sehr schwer oder überhaupt nicht zu kaufen gab.

Für uns Kinder war Bohnenkaffee tabu. Wir tranken täglich den ‚Muckefuck‘, das war der ‚Linde‘s-Kaffee‘ in der weißen Packung mit den blauen Punkten und der Kaffeekanne über dem Namen. Er gehört zu der Sorte der Malzkaffees ohne Koffein. Der Name ‚Muckefuck‘ kommt vermutlich vom französischen ‚Mocca Faux‘, was so viel wie ‚falscher Mocca‘ heißt und nach der napoleonischen Zeit eingedeutscht wurde, hat also nichts mit Mücken zu tun hatte, wie wir als Kinder immer dachten.

Waren Kleider fertig zur Auslieferung und die Kundinnen wohnten in der Nähe, mussten oft wir Kinder sie austragen. Dazu wurden die Kleidungsstücke schön zusammengelegt und in Zeitungspapier verpackt, das mit Stecknadeln zusammengehalten wurde, denn Tesafilm oder etwas Ähnliches gab es noch nicht. Dann musste man seinen Arm waagrecht ausstrecken, damit das Paket darübergelegt werden konnte. In dieser Haltung lief man dann sehr vorsichtig, damit einen ja keine Stecknadel pikste, auf die Straße und zu der Kundin hin. Bevor es aber losging, kamen erst noch die strengen Ermahnungen, ja auf dem direktem Weg zur Kundin zu gehen, das Kleiderpaket nirgends abzulegen oder womöglich unterwegs zu spielen. Außerdem sollte man einen schönen Gruß ausrichten und Danke sagen. Es war nicht die beliebteste Dienstleistung, die wir zu erfüllen hatten, denn es sah schon ganz schön blöd aus, mit dem ausgestreckten Arm durch die Gegend zu laufen. So wollten wir auf keinen Fall von unseren Spielkameraden gesehen werden. Das Einzige, was lockte, war ein eventuelles Trinkgeld, das man von der Empfängerin zu erhalten hoffte. Bekam man eines, hat das Zehnerle nicht lange in unserer Tasche überlebt und es wurden Bonbons oder Klicker im Schreibwarengeschäft ‚Küstner‘ in der Plöck Ecke Friedrichstraße dafür gekauft. Bekam man jedoch kein Trinkgeld, wollte man garantiert das nächste Mal da nicht mehr hin. Dem half unsere Mutter dann dadurch ab, dass sie uns von sich aus ein Trinkgeld gab.

Der Orginalschriftzug des Schreibwarengeschäftes ist heute noch am Haus Plöck/Ecke Friedrichstraße zu sehen

© Pit Elsasser

Das Schneidern meiner Mutter hat mich mein ganzes Leben lang begleitet. Von dem frühen Lernen und Abgucken ihrer handwerklichen Fähigkeiten und der damit verbundenen Kreativität habe ich in meinen späteren Lehrjahren als Dekorateur, Grafiker und Kulissenbauer sowie in meinen freikünstlerischen Tätigkeiten richtig gut profitiert. Ich bekam ein Gefühl für Stoffe, Knöpfe, Spitzen, Gürtel, Rüschen, Pelze usw., wie sie hergestellt und kombiniert werden konnten. Ich lernte, mit der Hand zu nähen, wie man einen Faden durch das Nadelöhr einfädelt und den Fingerhut zu benutzen. Machte man den Faden zu lang, sodass einem fast der Arm nicht ausreichte, um ihn durch das Nähgut zu ziehen, sagte meine Mutter oft lächelnd den Spruch: „Langes Fädchen, faules Mädchen", was nichts anderes bedeutete, als dass man zu faul war, öfters einzufädeln.

Das Nähen mit der Maschine kam erst später dazu, ebenso das Bügeln mit und ohne Dämpftuch. Das Dämpftuch war der Vorläufer des Dampf-bügeleisens. Es wurde nass gemacht, ausgewrungen und zwischen den zu bügelnden Stoff und die Sohle des Bügeleisens gelegt. Fuhr man dann mit dem heißen Bügeleisen darüber, verdampfte das Wasser und glättete so den Stoff, ohne dass etwas verbrannte. Sehr trockene Bettwäsche und Hemden wurden vorher mit Wasser benetzt, zusammengerollt und eine Zeit lang liegen gelassen, damit die Feuchtigkeit den Stoff durchdringen konnte. Setzte man das heiße Bügeleisen auf, erzeugte es ein Zischgeräusch, wie es etwa eine Dampfmaschine oder eine Lokomotive macht. Gefährlich dabei war, dass man sich an dem heißen Dampf ganz schön verbrühen konnte, wenn man nicht aufpasste. Da an den Bügeleisen noch keine Temperatur eingestellt werden konnte, musste diese mit einem Finger getestet werden. Dazu wurde ein Finger an der Zunge befeuchtet und dann schnell über die heiße Bügelsohle geführt. War sie noch zu heiß, zog man kurz den Stecker heraus, damit das Eisen etwas abkühlen konnte. Das Bügelbrett hatte noch nicht wie heute ausklappbare Füße, sondern wurde auf zwei Stuhllehnen oder einen Tisch und eine Stuhllehne gelegt. Der Schneidertisch war vom vielen Ausrädeln der Schnitte mit dem Rädelrad völlig verlöchert und zu sonst nichts mehr zu gebrauchen, es sei denn, man legte, wenn man ihn zum Beispiel mal für ein Fest brauchte, eine Tischdecke darauf.

Kurz nach dem Krieg lernte meine Mutter den Unternehmer Max Berk kennen, der in Nußloch eine Fabrik für Textilien aufbaute. Für ihn entwarf und nähte sie die ersten Modell-Kinderkleider. Ich erin-nere mich an Besuche im mitten in Nußloch liegenden Werk und dass die Näherinnen während ihrer Arbeit bei offenen Fenstern gemeinsam fröh-lich Lieder sangen.

Die Atmosphäre im kleinen Atelier meiner Mutter ist mir heute noch gegenwärtig und ich liebe es immer noch, in solch kleine historische Werk-stätten zu schauen. Es gibt Heimatmuseen, wie zum Beispiel das Heimat- und Winzermuseum in Rauenberg, die solche Kleinode liebevoll ausstellen und damit der Nachwelt als Meilensteine der Entwicklung auf dem Weg in unser hoch technisiertes Zeitalter demonstrieren. Sieht man die Leistungen und die Qualität der Produkte, die mit uns oft primitiv anmutenden Werk-zeugen erstellt wurden, kann man vor Neid über das Können der Altvorde-ren nur erblassen.

Zackenrädchen zum Ausrädeln der Schnittmuster-bögen, was unsere Tischplatte mit den Jahren sehr unan-sehnlich machte

© Pit Elsasser

Eltern, Geschwister, Lebensart

Unser Vater, Wilhelm Oskar Elsasser, geb. 18. Juni 1904 in Bad Rappenau, kam meist sehr spätabends von der Arbeit nach Hause. Er arbeitete in einer großen Chemiefirma in Ludwigshafen, der BASF, und musste täglich früh aus dem Haus gehen. Er ging zu Fuß an den Bismarckplatz, stieg dort in einen Firmenbus und fuhr mit vielen anderen nach Ludwigshafen direkt ins Werk. Abends, wenn er zurückkam, holten wir ihn manchmal zu Fuß mit unserer Mutter an der Haltestelle am Bismarckplatz ab. Wenn Zahltag war, damals bekam man den Lohn noch bar ausbezahlt mit einem Lohnstreifen in einem Kuvert, brachte unser Vater meistens eine oder zwei Tafeln Schokolade mit, die wir dann zu Hause genüsslich teilten. Unser Vater war ein stattlicher Mann mit schlohweißen Haaren. Er war von Beruf Dipl.-Volkswirt und im Einkauf seiner ‚Anilin‘ tätig.

In seinem Geburtsort Bad Rappenau wohnte er nur kurze Zeit. Sein Vater war bei der Reichsbahn tätig und wurde immer mal wieder versetzt, sodass häufiges Umziehen in der Familie angesagt war. Aus diesem Grunde, damit er nicht ständig die Schule wechseln musste, wurde unser Vater nach der Volksschule in ein katholisches Internat in Sasbach im Schwarzwald eingeschult, um dort sein Abitur zu machen. Danach studierte er Volkswirtschaft, zuerst an der Uni in Würzburg und dann in Heidelberg, wo er auch seinen Abschluss machte.

Während seiner Studienzeit in Heidelberg betätigte sich mein Vater oft als Fremdenführer in der Stadt und auf dem Schloss, um sein spärliches

Unser Vater während seiner Schulzeit im Internat in Sasbach

© Pit Elsasser

Unser Vater auf einem der Studentenbälle seiner katholischen Studentenverbindung ‚Arminia' in Heidelberg

© Pit Elsasser

Philipp Mechling, seinerzeit Heidelbergs berühmtester Schlossführer, vor einem Holzmodell der Schlossruine, das im Ruprechtsbau steht

© Heidelberger Stadtarchiv

Studentensalär aufzubessern. Heidelberg hatte es ihm angetan und er liebte diese Stadt von ganzem Herzen. Diese Liebe zu einer der schönsten Städte der Welt versuchte er Menschen aus aller Welt zu vermitteln. Dazu dienten ihm auch seine Sprachkenntnisse in Englisch und Französisch. Aber auch seine Lateinkenntnisse waren in besonderer Weise nützlich, da viele Inschriften und Dokumente in Lateinisch abgefasst waren. Am Englischen College auf der Neuenheimer Seite des Neckars, in der Nähe der Alten Brücke, war er einige Zeit auch als Nachhilfelehrer tätig.

Der berühmteste hauptamtliche Heidelberger Schlossführer war seinerzeit Philipp Mechling, der meinen Vater als Hilfsführer anlernte. Auch ich kann mich noch sehr gut an den kleinen alten Mann mit der Schildmütze und dem schwarzen Mantel erinnern, der mit seinem typischen Kaiser-Wilhelm-Bart unter den anderen Schlossführern, die täglich am Haupteingang zum Schlosspark auf Kunden warteten, herausstach. Seine berühmteste Kundin war sicherlich die spätere Königin Elisabeth von England, die ihn zu ihrer Krönung am 2. Juni 1953 einlud, was natürlich in Heidelberg eine Sensation war. Ob er in seinem hohen Alter wirklich hingefahren ist, entzieht sich meiner Kenntnis.

Unsere Mutter, Hilda Katharina Nägele, wurde am 2. Juni 1910 in Handschuhsheim geboren und am 3. Juni als erstes Baby, so erzählte sie uns immer, in der neu erbauten Friedenskirche getauft. Die Diskrepanz im Datum zwischen ihrer Taufe und der offiziellen Einweihung der Kirche durch Großherzog Friedrich II. und seine Gemahlin, Großherzogin Hilda von Baden am 29. Juni 1910 kann ich mir nur so erklären, dass diese einfach einige Wochen später stattfand. Trotzdem bekam sie, wegen der ja bereits vorher angekündigten Anwesenheit der Großherzogin, deren Vornamen Hilda. Später nannte sie sich jedoch immer Hilde, weil ihr das „A" nicht gefiel, das beim Rufen so gedehnt ausgesprochen wurde – „Hildaaa"

Nach der Volksschule ging sie in Heidelberg zu einer Schneiderin in die Lehre und erlernte das Damen-Schneiderhandwerk. Im Juli 1937 legte sie vor der Badischen Handwerkskammer Karlsruhe ihre Meisterprüfung ab.

Sie war in unserer Familie die treibende Kraft und ihr Handwerk als selbstständige Schneiderin bestimmte zu Hause in starkem Maße unser Leben. Sie ist in Handschuhsheim in der Kriegsstraße geboren und in der Friedensstraße aufgewachsen. Zwei Straßen, die parallel zueinander verlaufen. Über diesen Umstand haben wir oft geschmunzelt und gewitzelt, da Krieg und Frieden in ihrem Charakter stets präsent waren und ihrer Kämpfernatur entsprachen. Für uns Kinder und unseren Vater ging

Auf dem Bild der offiziellen Einweihung am 29. Juni 1910 mit dem in der Kutsche vorfahrenden Großherzogenpaar kann man gut sehen, in welche Zeit unsere Mutter hineingeboren wurde. Das angeschnittene Haus im Hintergrund (l. o.) mit dem Fenster ist das Wohnhaus unserer Großeltern

Bild aus dem Jahrbuch zur ‚Hendsemer Kerwe 1985'
© unbekannt

sie, wenn es sein musste, auf die Barrikaden und verstand zu kämpfen wie eine Löwin. Zwangsläufig eckte sie dabei auch oft an, berechtigt oder unberechtigt, und musste irgendwann irgendwie wieder Frieden schließen – was ihr jedoch nicht immer gelang.

Unser Vater war handwerklich ziemlich unbegabt. Ich kann mich nur erinnern, dass er unsere Schuhe besohlte, Absätze erneuerte und Eisen auf Absätze und Spitzen genagelt hat, damit die Schuhe länger hielten. Deshalb hat unsere Mutter alles erledigt. Durch ihre Fähigkeiten haben wir Kinder schon früh gelernt, ein Bügeleisen zu reparieren, Lampen und Sicherungen auszutauschen, die Nähmaschine zu ölen und einsatzfähig zu halten. Das bewirkte, dass Volker als Ältester später ein versierter ,Motorenauseinandernehmer' an Mopeds, Motorrädern und Autos wurde, von dem ich wiederum, allerdings oft unter Zwang, viel gelernt habe.

Nachdem sie die Meisterprüfung absolviert hatte, tat sich unsere Mutter mit ihrer Freundin Susi zusammen und machte sich selbstständig. Sie mieteten in Heidelberg in der Friedrichstraße 1 eine Wohnung im Parterre an, wo sie wohnten und gleichzeitig auch ihre kleine Schneiderei betrieben. Dieses Haus gehörte der Familie Schafheutle. Als unsere Eltern heirateten, zogen sie über die Straße in das Haus Hauptstraße 94, dessen Eingang jedoch in der Friedrichstraße ist und in dem sich im Erdgeschoss das bekannte ,Café Schafheutle' auch heute noch befindet.

Unsere Eltern lernten sich auf einem Studentenkommerz in der Stadthal-

40

le kennen und haben am 25. Juni 1938 in Heidelberg geheiratet. Für unsere Mutter war es die zweite Ehe. Die erste Ehe mit dem Chemiker Kurt Eder wurde geschieden. Aus dieser Verbindung stammt unsere Halbschwester Wanda, die am 6. April 1931 in Handschuhsheim geboren wurde. Vor der Scheidung war unsere Mutter zweimal in Amerika, um ihre Ehe zu retten, denn ihr Mann wollte ursprünglich nur vorübergehend an der Universität von Illinois in einem Forschungslabor arbeiten und hatte sie mit Wanda alleine in Deutschland zurückgelassen. Da er jedoch keine Anstalten machte, bald wieder zurückzukommen, reichte sie nach ihrer letzten Rückkehr aus den USA die Scheidung ein.

Wanda wuchs dann bei Oma und Opa in Handschuhsheim auf, wo sie bis zu deren Tod lebte. Sie war nach ihrer Schulzeit in dem evangelischen Kindergarten auf dem Gelände in der Mühltalstraße, wo unsere Großeltern lebten, als Kindergartenhelferin tätig. Nachdem unsere Oma 1954 verstorben war, versorgte Wanda weiterhin den Opa. Um das Jahr 1955 zogen beide aus dem Haus in der Mühltalstraße aus, da dort das Paul-Gerhardt-Gemeindehaus errichtet werden sollte, und dafür mussten das Wohnhaus und die Scheune abgerissen werden. Sie zogen in eine Wohnung in der Oberen Büttengasse. Dort blieb Wanda auch nach dem Tod von Opa noch kurze Zeit weiter wohnen, bis sie ihren Mann kennenlernte und die beiden bald darauf heirateten. Zu einem Jungen, den ihr Mann mit in die Ehe brachte, gesellten sich noch ein Mädchen und ein Junge.

Das ‚St. Elisabeth‘ unterhalb des Stückgartens an der 314 Stufen langen Schlosstreppe vom Kornmarkt bis zum Schlosseingang, auf der viele Heidelberger Babys ‚geburtswillig‘ gelaufen wurden

© Pit Elsasser

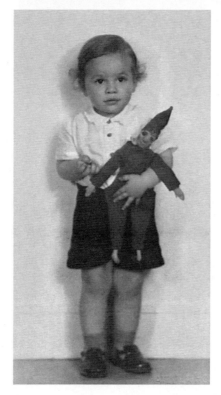

Mein Bruder Volker beim Fotografen. Nach diesem Foto wurde später ein Ölbild gemalt, das neben meinem Porträt in unserer Wohnung hing

© Pit Elsasser

Mein Bruder Volker wurde in Heidelberg am 4. Mai 1939 im St. Elisabeth, unterhalb des Stückgartens, in eine Zeit geboren, die geprägt war von großen politischen Umwälzungen und der Angst vor der zerstörerischen Kraft des Krieges, der im September 1939 mit dem Angriff auf Polen begann und sich zum Zweiten Weltkrieg entwickeln sollte. Er hat noch bewusst die Bombenalarme und die Ängste miterlebt, wenn er beim Heulen der Sirenen mitten in der Nacht sein immer gepacktes Köfferchen nehmen und in den Keller des Hauses gehen musste. Gott sei Dank fielen auf Heidelberg nur vereinzelte Bomben, aber die Städte Mannheim und Ludwigshafen wurden schwer zerstört. Meine Eltern hatten sich gerade eine neue Wohnung in der Gaisbergstraße angeschaut, in die sie eventuell nach meiner Geburt ziehen wollten. Einige Tage später wurde dieses Haus von einer der wenigen Bomben getroffen, die auf Heidelberg fielen.

Ich wurde mitten in diesen Kriegswirren am 12. September 1942, ebenfalls im St. Elisabeth, geboren und dort am 18. September auf den Namen Hans Peter in der Klinikkapelle getauft.

Anscheinend hatte ich noch keine Lust, auf diese Welt zu kommen, denn der Arzt meinte, als meine Mutter mit beginnenden Wehen und ihrem Köfferchen in der Hand vor ihm erschien, es sei noch nicht so weit und sie solle wieder nach Hause gehen. Da hat er meine Mutter aber schlecht gekannt, denn sie sagte energisch: „Ich gehe nicht mehr nach Hause." Sie ließ ihr Köfferchen stehen und ist die lange Schlosstreppe, die in der Altstadt beginnt und am St. Elisabeth vorbei bis zum Schlosseingang hochführt, rauf- und runtergelaufen, um mich geburtswillig zu stimmen. Diese Treppe mit ihren 314 steilen Stufen wurde von vielen Heidelberger Frauen erfolgreich unter Seufzen als Geburtshelfer genutzt – man hätte diese Treppe mit Fug und Recht auch Heidelbergs ‚Seufzertreppe' nennen können.

Für mich haben die Auswirkungen des Krieges keine scharf umrissenen Erlebnisse mehr parat. Aber es gibt noch so zwei, drei wahrscheinlich traumatische Erinnerungen, wie zum Beispiel die Zugfahrten nach Breslau, wo mein Vater in dieser Zeit für die BASF tätig war und von uns ab und zu besucht wurde. Dunkle Bahnhöfe, überfüllte Züge und die Angst, von der Mutter getrennt zu werden, wenn Kinder wie Gepäckstücke von fremden Menschen aus den Zugfenstern gehoben wurden, weil es sonst unmöglich war, mit einem Kind auf dem Arm und Gepäck in der Hand bis zur Tür durchzukommen.

Skilaufen im Schwarzwald gehörte für unsere Eltern, hier noch unverheiratet im Schnee liegend, zu den großen Vergnügungen dieser Zeit

© Pit Elsasser

Mit dem Gehalt des Vaters und den Einnahmen aus der Schneiderei der Mutter konnte unsere Familie im normalen Standard leben. Die Ansprüche waren in dieser turbulenten Zeit nicht groß, und so war man froh, wenn man jeden Monat über die Runden kam. Große Urlaube gab es nicht, nur im Winter fuhren die Eltern ab und zu ein paar Tage oder auch übers Wochenende mit dem Skiclub Heidelberg mit Bussen in den Schwarzwald oder in den Odenwald zum Skifahren. Unsere Mutter war eine begeisterte Skifahrerin und Gründungsmitglied des Skiclubs Heidelberg (SC Heidelberg).

Zwei Seiten aus dem Gästebuch des Kohlhofes in Heidelberg von 1935, auf denen unsere Mutter noch mit ihrem ersten Ehenamen ‚Eder‘ (s. Kreuz) unterschrieben hat

© Repro: Kohlhof

So sahen früher die Skier mit der einfachsten Riemenbindung aus. Die Stöcke waren entweder aus Haselnuss oder wie hier aus Bambus. Später gab es die berühmte „Kandahar-Bindung", die man auf Langlauf und Abfahrten einstellen konnte

© Pit Elsasser

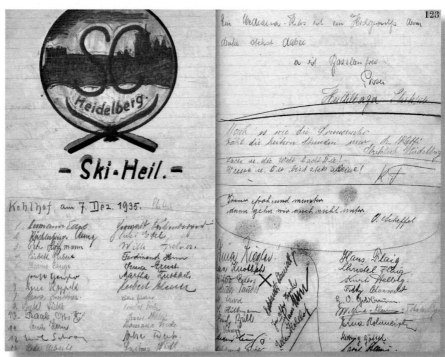

Unser Vater wurde von ihr liebevoll ‚mitgeschleppt‘ und musste das Skifahren mühsam und möglichst schnell erlernen, damit er bald mit den anderen mithalten konnte. Da er jedoch nicht gerade ein sportlicher Typ war, fiel ihm das nicht leicht, und so hat er unfreiwillig zu mancher schönen Skifahreranekdote beigetragen, über die am Abend auf der Hütte bei Vesper und Glühwein herzlich gelacht wurde. Volker durfte, er war ja drei Jahre älter als ich, schon öfter mitfahren und war seinem Temperament entsprechend ein draufgängerischer kleiner Rennfahrer. Kein Berg war ihm zu hoch und keine Abfahrt zu steil. Ich verbrachte diese Zeiten dann immer bei Oma, Opa und Wanda in Handschuhsheim, die sich freuten, wenn ich bei ihnen übernachten durfte. Aus diesem Grunde habe ich zu Handschuhsheim eine besondere emotionale Beziehung.

Der Krieg brachte es mit sich, dass selbst diese kleinen Freuden sich immer schwerer realisieren ließen. So wurden sogar gegen Ende des Krieges für den Russlandfeldzug Skier für die Wehrmacht eingezogen, was die echten Skihasen zu den kreativsten Versteckideen inspirierte, um ihre geliebten Bretter samt Stöcken und den Steigfellen nicht abgeben zu müssen. Steigfelle gehörten damals zur Ausrüstung guter Skiläufer, denn es gab noch keine Lifte, die einen den Berg hochzogen. Die Felle, etwa so lang und breit wie die Skier, waren aus Seehundfell gemacht und wurden unter die Laufflächen gespannt. Der gleichmäßige, nur in eine Richtung gehende Haarwuchs bewirkte, dass beim Bergaufgehen die Skier nicht nach hinten wegrutschen konnten, nach vorne aber eine gewisse Gleitfähigkeit behielten. Ging es dann wieder eine längere Strecke bergab, musste man die Felle entfernen, um sie am nächsten längeren Hang wieder aufzuziehen.

Der Königstuhl, Heidelbergs Hausberg, die große Kohlhofwiese bis rüber zum Weißen Stein und Wilhelmsfeld waren das Revier aller wintersportbegeisterten Heidelberger. Dieser Sport ist nicht mit dem heutigen Skisport zu vergleichen. Tourengehen und auf Hütten übernachten war die Art, wie man damals das Skifahren betrieb. Meine ersten Skier waren Holzbretter, die vorne spitz und etwas abgeflacht waren. Als Bindung war über jedes Brett ein Rollladengurt genagelt worden, in den meine kleinen Skischuhe genau reinpassten. Noch ein Paar Haselnussstöcke in die Hand, und ab ging es im Laufschritt.

Nach einem zünftigen Wintersporttag auf der Kohlhofwiese gehörte es oft dazu, dass man in den ‚Kohlhof' zur Sause ging. Von so einem feucht-fröhlichen Abend zeugt der Eintrag in das Gästebuch des Restaurants, den ich zufällig eines Tages dort entdeckte. Hier sind viele bekannte Heidelberger verewigt, die Gründungsmitglieder des Ski-Clubs waren. Dazu gehörten auch unsere Mutter, die noch mit ihrem Ehenamen Eder aus erster Ehe unterschrieben hat, sowie ihre beste Freundin Susi Hilbmann, unsere spätere Nenntante Susi Rieger.

Es war die Zeit der Wanderbewegung und des ‚Zupfgeigenhansl'. Susi und unsere Mutter waren dabei sehr aktiv, wenn es mit Klampfe, Rucksack und einem fröhlichen Lied auf den Lippen in die freie Natur ging. Unterwegs sang man auch schon mal vor einem Bauernhof, um eine kleine Brotzeit mit Most zu erhalten.

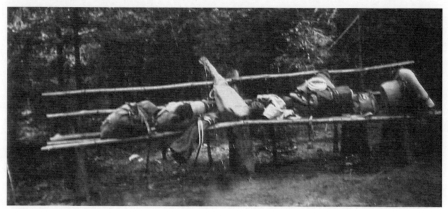

Stillleben im Wald – mit Klampfe, Verpflegung, Schlafsack und dem ‚Zupfgeigenhansl' im Rucksack ging es raus in die Natur

© Pit Elsasser

Die singende
Wandergruppe mit
Tante Susi (li.) und
unserer Mutter
(re.)

© Pit Elsasser

Der
Zupfgeigenhansl

Herausgegeben von Hans Breuer
unter Mitwirkung vieler Wandervögel
mit leichter Gitarrenbegleitung versehen von
Heinrich Scherrer, Kgl. bayer. Kammervirtuos

Friedrich Hofmeister in Leipzig

Das Liederbuch des
Wandervogels und
der Jugendbewegung

© Repro Pit Elsasser

Eine von uns immer gern gehörte Geschichte war, wenn unsere Mutter erzählte, dass sie auf einer solchen Wanderung im Odenwald einmal kein Nachtquartier gefunden haben und in ihrer Not zur Polizei gingen. Diese bot ihnen dann an, eine Nacht in der Gefängniszelle zu übernachten, was sie nach einiger Überlegung dann auch taten. Am nächsten Tag wurden sie wieder freundlich ‚freigelassen' und bekamen sogar noch eine Tasse Kaffee zum Abschied.

Feiern konnten sie jedenfalls alle sehr gut, und so ist manche Nachtwanderung - oder im Winter eine Nachtabfahrt - in feuchtfröhlicher Gaudi erst in den Morgenstunden zu Ende gegangen. Die Sprüche über den Namen im Gästebuch des ‚Kohlhofes' zeigen, welche Frohnaturen die Menschen auch in den schweren Zeiten damals waren und dass sie eine Portion Galgenhumor zu schätzen wussten.

Lache und die Welt lacht mit Dir, weine und Du bist stets alleine!

Mach es wie die Sonnenuhr, zähl' die heiteren Stunden nur.

Immer froh und munter, dann gehen wir auch nicht unter.

Omas, Opas, Verwandtschaft

Die Großeltern mütterlicherseits, Susanne geb. Elfner und Johann Peter Nägele, Flaschnermeister, genannt ‚Sannsche‘ und ‚Nägeles Pet‘, lebten mitten in Handschuhsheim in der Mühltalstraße 13-15.

Die Elfner sind eine alteingesessene Handschuhsheimer Familie. Das Geburtshaus unserer Großmutter steht in der Mühltalstraße, schräg gegenüber ihrem späteren Wohnhaus.

Die Vorfahren der Nägele waren Handwerker und Bauern und kamen ursprünglich aus der Schweiz, was sich auch in ihrem typisch Schweizer Namen ausdrückt. Die Schweizer haben sich, in Ermangelung von Verdienstmöglichkeiten in ihrem Land, nach dem Dreißigjährigen Krieg und dem Pfälzischen Erbfolgekrieg hier angesiedelt und die zerstörten Ortschaften in Deutschland mitaufgebaut und die verwüsteten Felder und Wälder neu bewirtschaftet.

Das Geburtshaus des Großvaters befindet sich in der Straße Zum Steinberg Richtung Friedhof, auf der linken Seite. Der Großvater war im Ersten Weltkrieg Soldat und hat in der grauenhaften Schlacht um Verdun mitgekämpft.

Das Gelände, auf dem das Wohnhaus unserer Großeltern stand und in dem sie zur Miete wohnten, lag hinter einer hohen Mauer aus grob behauenen Sandsteinen. Diese wehrhafte Mauer war ein Teil des früheren Burggartens der Herren von Helmstatt, den Besitzern der Tiefburg. Zur Mühltalstraße hin war die Mauer unterbrochen von einem großen grünen Holztor, das von einem mächtigen Sandsteinbogen eingefasst war. Auf dem Schlussstein des Bogens stand eine aus Sandstein gehauene Eichel, das Zeichen derer von Helmstatt. An der Ecke zur Kriegsstraße hin wurde die Mauer Teil einer hohen Scheune mit mittelalterlichem Fachwerkaufbau. In die Giebelseite zur Mühltalstraße waren leere Fensteröffnungen und zur Hofseite kreuzförmige Lüftungsöffnungen eingelassen, um den nötigen Durchzug für die Trocknung von Getreide und Tabakblättern zu erreichen.

Die Mauer mit der Scheune bestimmte auf dieser Straßenseite sehr stark das Bild der Mühltalstraße. Die oberhalb und unterhalb davon stehenden Häuser mit ihren Gaststätten und Geschäften, die kleingliedrig und in verschiedenen Stilen gebaut waren, ließen an dieser Stelle eine majestätische Ruhe einkehren. Die Krone der Mauer war immer mit dichten Efeukissen bewachsen und hatte dadurch etwas Geheimnisvolles.

Oma ‚Sannsche‘ und Opa ‚Pet‘, Menschen, denen man ansieht, dass sie kein leichtes Leben hatten und durch zwei erlebte Weltkriege viel entbehren mussten

© Pit Elsasser

Wenn man durch eine kleinere Tür, welche im großen Tor eingelassen war und als Personeneingang diente, eintrat, öffnete sich der Blick auf ein großes Gelände mit mehreren Gebäuden. Ein ausgebauter Bereich im Erdgeschoss der Scheune, gleich rechts, diente der evangelischen Nähschule als Klassenzimmer. Es war nicht mehr als ein kahler und kühler Raum

mit einem Eisenofen, einigen Schulbänken und einem kleinen Vorraum. Danach kamen das Plumpsklo für die Bewohner des Wohnhauses, eine Treppe, die in den oberen Stock der Scheune führte, und dann Opas Spenglerwerkstatt. Oben in der Scheune unter dem Dach war ein großer Tabakspeicher, in dem unser Opa seine auf Fäden aufgezogenen Tabakblätter trocknete, die er für sich selbst anbaute.

An diesen Schopfen schloss sich entlang der Mauer zur Kriegsstraße ein eingezäuntes Gartengelände an. Dort hatten die Großeltern und die Mitbewohner alles mögliche Gartengemüse und Blumen angepflanzt. Am Ende des Geländes führte eine schmiedeeiserne Tür zu der hinter der Mauer stehenden evangelischen Friedenskirche, die mit ihrer majestätischen Größe die ganze Umgebung beherrschte.

In dem zweistöckigen Wohnhaus gegenüber der Scheune wohnten drei Parteien in recht einfachen und kleinen Wohnungen. Eine Stiege mit vier Steinstufen führte in das Treppenhaus, das über dem Keller im Hochparterre begann.

Hinter dem Wohnhaus war in einem quer stehenden Gebäude der evangelische Kindergarten untergebracht. Davor lag dessen Spielgelände mit Sandkästen, Rutschbahnen und Schaukeln, die von großen Bäumen überschattet waren.

Der Glockenschlag der Friedenskirche zu jeder viertel und vollen Stunde sowie das Geläut zu Gottesdiensten, Hochzeiten und Beerdigungen waren ein wichtiger Bestandteil des Lebens in Handschuhsheim und somit auch im Hause der Großeltern. Danach richtete man sich in allen Dingen. Armbanduhren konnte man sich nicht leisten. Die einzige Uhr im Hause hatte Opa immer an einer silbernen Kette in seiner rechten Westentasche stecken, sie war sein ganz besonderes Heiligtum und es war fast eine sakrale Handlung, wenn er sie herauszog, sie in die Handfläche gleiten ließ und die Zeit ablas. War sie nicht stimmig mit der Kirchturmuhr, zog er am Rändelrad, stellte sie richtig und zog sie bei dieser Gelegenheit auch gleich auf. Wann man in der Frühe aufstand, sich zum Mittagessen traf, vom Feld heim- oder abends ins Bett ging, immer war die Kirchturmuhr das alles bestimmende Maß. Auch nachts, wenn man nicht schlafen konnte, erfuhr man durch den viertelstündlichen Glockenschlag, wie spät es ist und wie lange man noch wach liegen musste, um endlich aufstehen zu können.

Die Großeltern wohnten im ersten Stock über dem Hochparterre. Ging man die Holztreppe hoch, wurde man durch das Knarren der Stufen als Besucher bereits angekündigt. Das Treppenhaus war erfüllt von dem Duft des Bohnerwachses, mit dem jeden Samstag die Stufen, nachdem sie feucht gewischt waren, gewachst und poliert wurden.

Nach dem ersten Podest führten die Stufen in die entgegengesetzte Richtung weiter. Oben befand sich gleich links die Tür zur Wohnung der Mitbewohnerin Else, einer alleinstehenden Frau. Drehte

Opa, Wanda, eine Freundin und unser Vater mit den gefürchteten Cowboys Peter und Volker

© Pit Elsasser

man sich noch weiter nach links, kam man über einen schmalen offenen Flur zur großelterlichen Küche. Als Absicherung zur Treppe hin war ein wackeliges Holzgeländer angebracht. Rechts von der Treppe im Flur lagen das Wohn- und Schlafzimmer der Großeltern. Man musste also immer über den Flur des Treppenhauses, wenn man in den anderen Teil der Wohnung wollte. Vielleicht war auch aus diesem Grunde die Küche der Dreh- und Angelpunkt im Leben der Großeltern.

Gegessen wurde an dem kleinen Esstisch, der mit einer Längsseite an der Wand neben dem Fenster stand. Auf dem Tisch lag ein Gummituch als Tischdecke. Bevor sich Opa zum Essen hinsetzte, zog er als Erstes die Tischschublade auf und schärfte an einem Schärfstahl sein und Omas Messer. Beide hatten sehr schlecht sitzende Zahnprothesen und mussten sich alles Fleisch, Brot usw. sehr klein in ‚Reiterchen‘ schneiden, damit sie es kauen konnten. Mittags gab es immer eine Suppe vor dem Essen, die unter der Woche aus einer leichten Fleischbrühe mit Fadennudeln oder für uns Kinder mit Buchstabennudeln bestand. Sehr gerne aß ich auch die Flädlesuppe meiner Oma, das waren getrocknete Pfannkuchenstreifen in Suppenbrühe. Auf dem Tisch standen Salz und eine Flasche Maggi zum Nachwürzen der Suppe. Außerdem war immer auch noch Brot auf dem Tisch, um den Magen schneller zu füllen. Abends gab es ein zünftiges Vesper mit Fleischwurst, Leberwurst, Blutwurst und dem Stinkerkäse ‚Spitzbub'. Opa trank zu allen Mahlzeiten seinen selbst erzeugten Most, während wir Kinder Zitronenlimo bekamen.

Das Wohnzimmer wurde selten benutzt und nur an Weihnachten oder einem Geburtstag beheizt. Ansonsten war es Durchgang zum Schlafzimmer und, so wie dieses, immer recht kühl und ungemütlich. In diesem Raum stand auch noch ein Bett, das, so wie damals alle Betten, sehr hoch war und auf dem ein dickes Deckbett und ein fülliges Kopfkissen lagen. In diesem Bett schlief ich, wenn ich bei den Großeltern übernachtete, ansonsten schlief darin meine Schwester Wanda, die bei den Großeltern aufwuchs. Abends wurden Stühle mit der Lehne zum Bett davorgestellt, damit ich im Schlaf nicht rausfallen konnte, denn bei dieser Höhe hätte ich mich bei einem Sturz ziemlich verletzen können.

An Weihnachten wurde im Wohnzimmer ein kleiner Tannenbaum sehr spärlich mit Kugeln, Kerzen und ein wenig Lametta geschmückt. Er stand auf einem mit einer weißen Tischdecke belegten Ecktisch. Darauf lagen die wenigen kleinen Geschenke, die nach dem kurzen Singen eines Weih-

nachtsliedes verteilt wurden. Schon beim Singen des Liedes fing unsere Oma meistens an zu weinen, denn an einem Heiligabend war ihre Mutter gestorben und die Erinnerung daran hat sie immer wieder zu Tränen gerührt, was wir Kinder noch nicht so richtig verstehen konnten, denn an Weihnachten freut man sich doch.

Das Schlafzimmer der Großeltern war ein etwas dunkler Raum. Der hatte zwar zwei Fenster, jedoch war aus Platzmangel das eine Fenster mit einem großen Kleiderschrank zugestellt. Über den wuchtigen, dunkel gebeizten Betten hing ein für diese Zeit typisches Bild mit Goldrahmen. Es zeigte Jesus mit kleinen Kindern und Schafen in einer imaginären Landschaft. Links und rechts der Betten stand jeweils ein Nachttisch; in seinem unteren Teil waren die emaillierten Nachttöpfe untergebracht. Wenn man nachts auf die Toilette musste, benutzte man dazu einen Nachttopf, da es in der Dunkelheit nicht möglich war, über den Hof auf das Plumpsklo zu gehen. Nach dem ‚Geschäft' wurde der Topf am Fußende unter das Bett gestellt. Dadurch roch es im unbeheizten Schlafzimmer immer etwas unangenehm nach kaltem Urin, nach Schweiß und feuchter Atemluft.

In der Küche fand das Leben der Nägeles statt. Hier traf man sich zum Essen, Reden und Verweilen. Hier war es im Winter wohlig warm und im Sommer schön kühl. An dem kleinen Küchentisch war immer ein Plätzchen für Besucher frei, die dann in echtem Hendsemer Dialekt über Gott und die Welt sprachen. Als Kinder hörten wir gerne bei diesen Geschichten zu.

Am meisten interessierte uns allerdings, wenn über unsere Mutter als kleines Kind gesprochen und ihre Missetaten erzählt wurden. Dann hatten wir eine diebische Freude, wenn wir erfuhren, was sie für eine wilde Hilde war und dafür auch so manche saftige Strafe erleiden musste.

Mit dem Kohleherd in der Küche wurde geheizt, gekocht und im Winter im ‚Schiff‘ das Wasser für die abendlichen Bettflaschen erhitzt. Auch die Körperpflege wurde in der Küche am steinernen Küchenbecken mit kaltem Wasser getätigt, da es im ganzen Haus kein Bad oder so etwas Ähnliches gab. Auf einer kleinen Ablage unter dem Spiegel standen jeden Abend zwei Wassergläser, in die Oma und Opa über Nacht ihr Gebiss reinlegten, um es in einer speziellen Flüssigkeit zu reinigen.

Die Friedenskirche mit ihren zahlreichen Türmchen, Erkern und dem großen Glockenturm

© Pit Elsasser

Da in Schlafräumen im Winter generell nicht geheizt wurde, waren die Bettflaschen als wärmende Bettgenossen von großer Bedeutung. Sie waren aus Kupferblech gemacht, hatten oben in der Mitte einen Deckel aus Messing und ringsum eine Naht, wo das Ober- und Unterteil miteinander verlötet waren. Immer wieder kam es vor, dass diese Gefäße ein kleines Loch bekamen und leckten. Opa lötete dann mit einem großen Lötkolben und einem Bunsenbrenner die Löcher wieder zu. Er machte das auch für andere Leute aus Handschuhsheim, da er ja Spengler war und sein Handwerk gut beherrschte. So sahen die Bettflaschen mit ihren Beulen, manchmal fielen sie nachts auch aus dem Bett, und den vielen Lötstellen ganz skurril aus. Aber das tat ihrer wärmenden Aufgabe keinen Abbruch, denn weggeworfen wurde nichts und was man reparieren konnte, wurde repariert.

51

Während ich von den Großeltern mütterlicherseits viel zu erzählen weiß, kann ich von meinen Großeltern väterlicherseits nicht viel persönlich Erlebtes berichten, außer, dass, wie ich herausgefunden habe, die Geschichte dieser Familienseite recht kompliziert war.

Unser Großvater Joseph Elsasser, geboren in Asbach, das heute zu Obrigheim gehört, war dreimal verheiratet und hatte insgesamt 9 Kinder. Mit seiner ersten Frau Rosa, geb. Weber, hatte er einen Sohn namens Joseph.

Nach dem frühen Tod seiner Frau heiratete er in Heidelberg seine zweite Frau Maria Barbara, unsere leibliche Großmutter. Sie gebar ihm fünf Kinder, wovon eines früh verstarb. Nach dem Tode unserer Großmutter heiratete Opa Joseph zum dritten Mal. Diese Frau war seine Haushälterin und hieß Josephine. Mit ihr hatte er dann noch zwei Töchter, unsere Tanten Anna und Franziska. So kam es, dass wir Kinder von dieser Seite nur die Stiefmutter und die ledig gebliebenen Stiefschwestern unseres Vaters kannten, die in Heidelberg bei ihrer Mutter in der Zähringerstraße wohnten. Bemerkenswert ist, dass alle Kinder des Joseph Elsasser, außer Franziska, studiert haben.

Unser Großvater Joseph Elsasser, der ein richtiger Patriarch gewesen sein muss

© Pit Elsasser

Die Besuche bei der Oma und den Tanten waren bei uns Kindern nicht so sehr beliebt. Die drei Frauen wohnten in einer Erdgeschosswohnung, in der meistens die Rollläden halb geschlossen waren, wodurch es in der Wohnung immer ziemlich duster war. Wahrscheinlich kann ich es deswegen heute noch nicht leiden, wenn in einer Wohnung die Rollläden geschlossen werden. In dieser Wohnung lag auch immer der Duft oder besser gesagt der Gestank von Mottenkugeln in der Luft. Anna und Franziska trugen nämlich gerne Pelzmäntel oder mit Pelz besetzte Mäntel, die in mit Mottenkugeln präparierten Schränken hingen. Das Mobiliar war dunkel, schwer und alt und auf jedem Sessel hingen gehäkelte Schondeckchen. Das Wohnzimmer war eiskalt und wurde nur selten für Besuch geöffnet. Die Oma kenne ich nur als gewichtige Frau, in einem Sessel sitzend, schwer atmend und mit ganz dicken, mit Binden umwickelten ‚Wasserbeinen‘. Ihr einen Begrüßungs- oder Abschiedskuss zu geben, kostete uns immer eine große Überwindung. Tante Franziska war uns noch die Liebste, da sie auch ganz lustig sein konnte, während Anna sich etwas hochnäsig gab, da sie studiert hatte – sagte wenigstens unsere Mutter immer.

Da unser Großvater bei der Eisenbahn als Bahnvorsteher arbeitete und als Beamter oft versetzt wurde, kam es, dass die Kinder in ganz unterschiedlichen Orten geboren wurden. Unser Vater erblickte z. B. in Bad Rappenau das Licht der Welt, hat aber als Kind nur kurz dort gelebt. Seine drei leiblichen Geschwister wurden alle an unterschiedlichen Orten geboren.

Georg, der Älteste, ist 1944 in Frankreich gefallen. Er lebte mit seiner Frau und seinen zwei Kindern in Offenburg.

Der zweitälteste, Karl, war Beamter beim Arbeitsamt in Mannheim und lebte mit seiner Frau und seinen beiden Söhnen in Mannheim.

Seine Schwester Maria lebte mit ihrem Mann, der Schuhmacher war, und ihren zwei Kindern in Ladenburg. Dort betrieben sie in der Altstadt eine Schuhmacherei. In der Mannheimer Innenstadt gehörte ihnen noch ein Haus, in dem sie ein Orthopädisches Schuhgeschäft führten, das im Krieg jedoch völlig ausgebombt wurde. Nach dem Ende des Krieges bauten sie es mühsam wieder auf. Auch der Laden wurde neu eröffnet und nach dem Tod ihres Mannes von ihr und ihren Kindern weitergeführt.

In diesem Geschäft mit angeschlossener Werkstatt bekam ich später öfter Einlagen für meine Senkfüße angepasst. Manchmal wurden auch an unseren Schuhen notwendige größere Reparaturen dort ausgeführt. Kleinere Schäden, wie fehlende Eisen, Schutz vor Abnutzung auf die Spitzen und Absätze aufgenagelt, sowie kleinere Löcher in der Sohle richtete mein Vater selbst. Außerdem pflegte er unsere Schuhe mit Schuhcreme und im Winter unsere Skistiefel mit Wasser abweisendem Seehundfett. Das war eine der wenigen handwerklichen Arbeiten meines Vaters, an die ich mich als Kind deutlich erinnern kann.

Wahrscheinlich hat sich das auch deswegen eingeprägt, weil wir Jungs es nicht leiden konnten, diese klappernden Eisen an den Schuhen zu haben. Wie sollte man sich da wie ein Indianer oder Cowboy anschleichen können? Früh haben wir deshalb von unserer Mutter gelernt, uns aus echtem Leder Mokassins selbst zu

Ein Gedicht unseres Vaters an seinen Bruder Georg, der ihn 1927 in Würzburg während seines Studiums besuchte

© Pit Elsasser

diese wurden zum

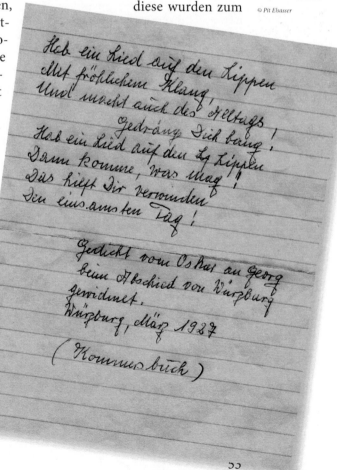

nähen, so, wie sie die Indianer anfertigten. Aus Leder haben wir auch Messerscheiden, Pfeilköcher und Indianerschmuck angefertigt und mit selbst gedrehten Kordeln aus Wollresten und Holzperlen verziert. Leder war zu dieser Zeit sehr rar und nur durch die Tätigkeit und Beziehungen unserer Mutter oder über die Schuhmacherei unserer Tante Maria zu erhalten. Noch heute kann ich kein Stück von diesem Naturstoff wegwerfen, da er für mich immer noch einen ganz besonderen Wert darstellt, aus dem man ja eventuell noch mal etwas machen könnte.

Unser Cousin Horst, Sohn meiner Tante Maria, der schon ein paar Jahre älter war als wir, ist ein begeisterter Rollerfahrer gewesen. Seine ‚Vespa‘ war sein Ein und Alles und wurde in jeder freien Minute über die damals noch wenig befahrenen Straßen bewegt. Er war Mitglied im Mannheimer Vespaclub, dessen Mitglieder häufig Ausfahrten in Pulks von mehreren Rollern durch den Odenwald, die Pfalz oder auch ins Ausland unternahmen.

Eine der beliebtesten Tätigkeiten der ‚Vespen‘ war das langsame ‚Schaufahren‘ über die Planken von Mannheim oder durch die Hauptstraße in Heidelberg. Die Freundinnen saßen dann oft lässig im Damensitz, also mit beiden Beinen auf einer Seite, und präsentierten sich in ihren figurbetonten Köstümen, ihren Hemdblusenkleidern oder ihren Glockenröcken mit wallend luftigen Petticoats darunter.

„Die Männer hocken wie Affen auf einem Schleifstein“, sagte meine Mutter etwas verächtlich, wenn diese die Schuhspitzen rechts und links lässig über das Bodenblech herausstreckten und am Gasgriff spielten, um den Motor Aufmerksamkeit heischend zum ‚Sprechen‘ zu bringen. Hatte das ‚Baby‘, wie die Freundin zu der Zeit häufig genannt wurde, noch einen der begehrten tragbaren Kofferradios in der Hand, aus dem die passende Musik erklang, war die Beachtung durch die Passanten sicher. Immer öfter fuhren aber auch Frauen selbst dieses Kultgefährt, das gleich nach dem Krieg von der Firma Piaggio in Italien gebaut wurde und einen unbeschreiblichen Siegeszug durch Europa antrat. Der Roller wurde zum Auto der kleinen Leute, bekam man doch, im Gegensatz zum Motorrad, bei leichtem Regen keine nassen Schuhe und Beine, denn durch das Front- und Bodenblech war man einigermaßen vor Spritzwasser geschützt. Eine Windschutzscheibe erhöhte noch den Komfort, ein zusätzlicher Beiwagen erlaubte sogar das Mitnehmen von Gepäck oder einer dritten Person.

Hendesse, Stroßeboh, Mühldal

Ich war sehr gerne bei meinen Großeltern und meiner Schwester Wanda,
und sie liebten es, wenn ich bei ihnen war. Am meisten freute es mich,
wenn ich dort übernachten durfte.
Das war öfter mal über das Wochenende der Fall, oder dann, wenn meine Eltern mit Volker in den Ferien
zum Skifahren gingen. Da ich für
manche dieser Unternehmungen
noch zu klein war, wurde ich dann
einfach für einige Zeit nach Hendes-
se gebracht. Hier erlebte ich immer

*Meine Schwester
Wanda, mein Bruder
Volker und Cousine
Gisela, die Tochter
unseres Onkels Peter,
im Hof hinter dem
großen Tor*

© Pit Elsasser

schöne Zeiten, wenn ich mit Opa ins Feld oder in seinen Weinberg durfte,
wenn ich beim Mosten und beim Auffädeln der Tabakblätter helfen durfte. Besonders gerne war ich auch bei meiner Oma in der Küche, wenn sie
zu Mittag kochte, Obst einmachte oder an Weihnachten Plätzchen backte.
Wenn sie für sonntags Kuchen backte, besonders ihren goldgelben Biskuit,
durfte ich die Teigschüssel ausschlecken. Der Duft des Backens verbreitete
sich im ganzen Haus, vermischte sich mit dem des Bohnerwachses und

läutete so mit den Glocken der Friedenskirche den Sonntag ein. Ein
Stück Heimatgefühl, das ich heute
noch ganz stark verspüre und nicht
missen wollte.

Die Fahrt nach Handschuhsheim
erfolgte, da meine Eltern kein Auto
hatten, immer mit der Straßenbahn.
Die Straßenbahn war in dieser Zeit
das innerstädtische Transportmittel
schlechthin. Sie fuhr fast vor unserer Haustüre an der Theaterstraße ab

*Im Eckhaus befand
sich die Metzgerei
Mutschler, daneben
das Gasthaus ‚Zum
Löwen'*

© Marie-Rose Keller

und endete, nach einem Umstieg am Bismarckplatz, direkt in Handschuhsheim an der Tiefburg. Von hier aus war es nur noch ein kurzer Weg zu Fuß
die Mühltalstraße hoch bis zu den Großeltern. Dieses kurze Stück konnte
allerdings sehr lang werden, weil meine Mutter auf diesem Weg immer eine
ganze Menge Leute traf, mit denen sie sich im breitesten Hendsemerisch
unterhielt, sodass ich meistens nichts verstand. Oft ließ ich sie dann einfach

stehen und ging alleine weiter, weil mir das zu lange dauerte. Erst recht, wenn sie dann noch in der Metzgerei Mutschler neben dem Gasthaus ‚Zum Löwen' einkaufen ging und so noch mehr Gespräche in Aussicht standen.

Auf dem kurzen Stück von der Haltestelle bis zum Hoftor der Großeltern gab es viele interessante Dinge zu beobachten. Da war zum Beispiel der Mühlbach, der auf der rechten Seite der Mühltalstraße im offenen Bach-bett den Berg hinabrauschte. Lediglich bei Toreinfahrten der Bauernhäuser waren Übergänge aus schweren Sandsteinplatten gelegt, sodass der Bach mit Fuhrwerken überquert werden konnte. Täglich sah man in Hendes-se Kuhfuhrwerke gemächlich die Mühltalstraße hoch- und runterfahren. Erwischte man den richtigen Augenblick, konnte man sich hinten auf den Bremsbaum am Wagen setzen und ein Stück mitfahren, ohne dass es der meist vorne neben der Kuh laufende Bauer bemerkte. Traktoren waren für die kleineren Bauernbetriebe noch unerschwinglich. Später leisteten sie sich ein ‚Hakole', ein selbst fahrendes, vielseitig verwendbares Gefährt.

Die Fahrt mit der Linie 3 nach Handschuhsheim war für mich immer ein großes Erlebnis. Schon beim Umsteigen am Bismarckplatz ging es los. Da

56

standen noch die Arkaden. Das war ein niedriges Gebäude mit einem Säulengang und verschiedenen kleinen Geschäften. Die Auslagen der Schaufenster interessierten meine Eltern ebenso wie uns Kinder. Besonders erinnere ich mich an ein Geschäft, das Unholtz hieß und in dem man Messer und Andenken kaufen konnte. Da gab es zum Beispiel das rote Schweizer Messer, das uns magisch anzog, oder Mickymaus-Artikel aus Amerika, wie Armbanduhren, in denen der Kopf der Mickymaus als Sekundenzeiger fungierte und ständig hin und her wackelte. Alles unerfüllbare Träume, da die Geldmittel einfach zu knapp und andere Dinge immer wichtiger waren. Volker und ich fanden aber trotzdem eine Möglichkeit, uns das zu leisten, was wir uns wünschten, und das ging so: Jeder von uns durfte sich im Wech-

sel etwas aussuchen, was er sich wünschte, was der andere jedoch nicht mehr nehmen konnte, weil es schon ‚verkauft' war. „Ich nehme das Messer, ich die Mickymaus-Uhr, ich die Uhrenkette, ich den ...", das spielten wir so lange, bis die Bahn kam oder das Schaufenster ‚leergekauft' war. Das gleiche Spiel trieben wir später auch oft im Kino mit den Produkten, die in Werbefilmen vor der Wochenschau und dem Hauptfilm gezeigt wurden.

In der Straßenbahnlinie 3 nach Handschuhsheim ging es mit den fesselnden Erlebnissen gleich weiter. Da war zum Beispiel der Schaffner oder die Schaffnerin, die in einer dunkelblauen Uniform - mit Schirmmütze die Männer und mit Schiffchenmütze die Frauen - ihren Dienst taten und den Leuten die Fahrkarten lösten und sie entwerteten. Der energische und doch freundliche Ruf „Noch jemand zugestiegen, bitte?" löste bei den Fahrgästen ohne Fahrkarte ein hektisches Suchen nach dem Geldbeutel in Hosen- und Handtaschen aus. Beim Nennen des Zieles klappte der Schaffner eine dicke schwarze Ledermappe auf, die in einer an einem Lederriemen um seinen Hals hängenden Tasche verstaut war. In dieser Mappe waren nebeneinander die Blöcke mit den Fahrscheinen befestigt. Am Lederriemen hing eine kleine weiße Box, in der sich ein nasses Schwämmchen zum Befeuchten der Finger befand, um die Fahrkarten schneller und besser abzählen zu können. Je nach Fahrziel wurde aus einem der Blöcke die entsprechende Karte abgerissen und an einer ganz bestimmten Stelle mit der silbernen, an einer Kette hängenden Fahrkarten-

Straßenbahnschaffnerin beim Abkassieren mit ihrer Schiffchenmütze, mit der Bauchtasche, dem Geldwechsler, der Knipszange und dem Schwämmchen in der weißen Box

© HSB

knipszange entwertet. Dabei machte sie ein knackendes Geräusch und die herausgeknipsten Papierblättchen fielen wie Konfetti auf den Boden. Über dem Fahrkartenbuch war der Münzwechsler, für mich neben der silbernen Lochzange das interessanteste Handwerkszeug des Schaffners, das man sich vorstellen konnte.

In vier nebeneinander angebrachten verchromten Röhrchen wurde das Münzgeld aufbewahrt. Je nach Wert der Münzen wurde das Geldstück in den passenden Schlitz über den Röhrchen gesteckt und fiel dann auf die be-reits darin aufgestapelten Geldstücke. Jedes dieser Röhrchen hatte schmale Schlitze, damit man die Höhe der Geldsäule erkennen konnte. Unten hatte jedes Münzröhrchen ein kleines Hebelchen, mit dem der Schaffner schnell und geschickt das Rückgeld herausgeben konnte. Dabei betätigte er das je-weilige Hebelchen mit dem Daumen so oft, wie er die Münze brauchte. Bei dieser Tätigkeit zählte er meist halblaut mit und glitt dabei mit der Hand flink an der Fünf-, Zehn-, Fünfzigpfennig- oder der Einemarksäule hin und her, bis er die entsprechende Menge der Münzen hatte. Die Geldstücke fielen mit einem klappernden Geräusch in seine geöffnete Hand. Bekam er Kleingeld, ließ er die Münzen in das entsprechende Röhrchen fallen. Ein faszinierendes Gerät, das für ganz große Kinderaugen sorgte.

Das Papiergeld befand sich hinter den Fahrkartenblöcken in einem speziellen Fach der Tasche. Die Scheine waren ebenfalls nach Wert sortiert und mit Gummibändern festgehalten. Hatte der Fahrgast seine Karte und sein Rückgeld erhalten, ging der Fahrkartenverkauf mit einem energischen „Noch jemand, bitte?" weiter, das keinen Zweifel an der Autorität des Schaffners aufkommen ließ und daran, dass er jeden, den er als Schwarzfahrer erwischt, unweigerlich zur Rechenschaft ziehen würde.

Die Schaffner mussten sich, wenn die Bahn voll war, ganz schön sputen, um alle neu Zugestiegenen bis zur nächsten Haltestelle abzukassieren. Kaum hatte die Straßenbahn eine neue Haltestelle erreicht, rief er laut den Namen der Haltestelle und drängelte sich zur nächsten Ausgangstür durch. Mit einem eleganten Sprung, immer in Fahrtrichtung, setzte er, kurz bevor die Bahn hielt, seinen Fuß auf die Straße, um dann noch mit zwei, drei schnellen Schritten die Fahrgeschwindigkeit der noch rollenden Bahn auszugleichen. Dass dies nur ihm erlaubt war, konnte man an einem weißen Emailschild mit schwarzer Schrift über der Tür erkennen. Hier stand: „Das Auf- und Abspringen während der Fahrt ist nicht gestattet."

So sah der Kleingeldzähler des Schaffners aus, mit dem er per Tastendruck das Wechselgeld in seine Hand abzählte oder das erhaltene oben in die Schlitze einfüllte – ein wahrhaft faszinierendes Spielzeug in Kinderaugen

© Pit Elsasser

Wenn die Bahn dann stand, beobachtete er die Ein- und Aussteigenden, beantwortete hier und da Fragen zu Anschlussbahnen oder sprach kurz mit einem Bekannten und stieg als Letzter wieder ein. Nach einem kurzen Blick zurück auf die Haltestelle zog er an einer Lederschnur, die durch den ganzen Wagen über den Köpfen der Menschen von der vorderen zur hinteren Tür verlief. Damit betätigte er über ein Gelenk den Klöppel zu der Glocke auf dem Dach der Bahn. Mit diesem kurzen ruckartigen Zug an dem Lederseil erklang die Glocke und signalisierte dem Fahrer, dass er weiterfahren konnte. Den Fahrgästen sagte dieses kurze „Bimm", dass die Bahn anfährt, sie sich festhalten müssen und keiner mehr aus- oder einsteigen darf. Zog der Schaffner aber dreimal kurz hintereinander an dem Seil »Bimm, bimm,

bimm«, war das das Signal für den Fahrer, dass etwas nicht in Ordnung ist und er sofort wieder anhalten muss. Hatte sich die Störung erledigt, ging es mit einem weiteren einfachen „Bimm" wieder weiter. War der Schaffner oder die Schaffnerin sehr klein, mussten sie sich auf die Zehenspitzen stellen, um an das Lederseil zu kommen, was ganz schön komisch aussah.

War der Schaffner für uns schon ein toller Berufswunsch, wollten wir aber mit zunehmendem Alter lieber Straßenbahnfahrer werden. Der Platz an seiner Seite wurde zum erklärten Stammplatz bei jeder Fahrt. Wehe, da stand schon jemand oder die Bahn war gerammelt voll, dann war die Enttäuschung groß und die Fahrt nur halb so interessant.

Er war derjenige, der alles in seiner Hand hatte. Er war Herr über den Geschwindigkeitsregler, die Bremsen und die Fahrglocke im Boden der Plattform. Durch kurze schnelle Tritte auf eine kleine runde Metallplatte erklangen außerhalb der Bahn laute Glockentöne, die den anderen Verkehrsteilnehmern signalisierten, dass hier eine Bahn auf Schienen kommt, die nicht ausweichen kann, und dass deshalb alle anderen ausweichen müssen. Fußgänger, Fuhrwerke oder Autos wurden so von den Schienen vertrieben, sonst konnte der Fahrplan nicht eingehalten werden.

Der Fahrer stand im Vorraum zum Fahrgastraum, der durch eine Schiebetür abgetrennt war, und er sah jeden, der vorne einstieg. Wenn im Feierabendverkehr viele Fahrgäste sich in die Bahn drängelten, die Sitze im Innern alle besetzt waren und nur noch Stehplätze zur Verfügung standen, dann kam es vor, dass es im Vorraum gerammelt voll war. Keiner wollte nach innen gehen, um möglichst in der Nähe der Tür bleiben zu können, damit er an seiner Haltestelle schnell aussteigen konnte. War das der Fall, dann rief der Fahrer oder auch der Schaffner laut und unmissverständlich „Durchgehen bitte, bitte durchgehen!" Meistens folgten die Menschen sehr widerwillig und bewegten sich nur langsam und erst nach einer weiteren Aufforderung. Ging dann nichts mehr, kam an die Fahrgäste, die noch außen standen, ein energisches „Zurückbleiben, die Bahn ist besetzt!" Darauf folgte ein besonders kräftiges Signal der Fahrerglocke und die Bahn setzte sich ganz langsam in Bewegung, damit auch der Letzte verstand, dass nichts mehr geht und er auf die folgende Bahn warten muss.

An der nächsten Haltestelle drängelten sich die Neueinsteiger oft schon in den Wagen, bevor die Leute, die hier rauswollten, ausgestiegen waren. Dann kam der unmissverständliche Spruch vom Schaffner „Leit, losst doch erscht emol d'Leit aussteige." Hatte dann endlich wieder jeder seinen Platz gefunden, ging die Fahrt weiter bis zur nächsten Haltestelle, wo sich meist das gleiche zähe Szenario wieder abspielte.

Spektakulär war auch eine Notbremsung der Straßenbahn. Da die Räder bei einer Vollbremsung auf den Schienen leicht ins Rutschen kommen konnten, hat man eine Sandbremse eingebaut. Dabei wurde aus einem Vorratsbehälter unter der ersten Sitzbank im Fahrgastraum über ein Rohr Sand vor die Räder auf die Schienen gestreut. Das scheußlich reibende und kreischende Geräusch signalisierte den Fahrgästen sowie den Straßenpassanten eine wirklich gefahrvolle Situation, sodass alle erschreckt zusammenzuckten.

In den Anfangsjahren nach dem Krieg fuhren auf der Strecke nach Handschuhsheim noch Straßenbahnanhänger mit einer offenen Plattform. Das heißt, man konnte hier im Freien die Fahrt verbringen, sich den Wind um die Nase wehen lassen und hatte so einen herrlichen Blick auf die Umgebung und die Betriebsamkeit auf den Straßen.

In Handschuhsheim hielt die Bahn an der Tiefburg auf der rechten Seite der Burg und fuhr dann, wenn die Fahrgäste ausgestiegen waren, mit kreischenden Schienengeräuschen um die Burg herum, damit auf der anderen Seite die Leute einsteigen konnten, die nach Heidelberg wollten. Leider wurde uns nie erlaubt, diese ,Burgschleife' mitzufahren, da das den Schaffnern ,streng verboten' war, wie sie sagten.

Bei den Großeltern angekommen, gab es nach dem ersten Hallo von mir gleich die erste Frage „Was machen wir heute, Opa?" Dann kam das, was ich niemals vergessen kann. Wenn mein Opa sein verschmitztes Lächeln aufsetzte, mich seine himmelblauen Augen leuchtend anblitzten, die Lachfalten an seinen Augen ganz tief und ausgeprägt hervortraten und sich sein kleiner grauer Schnurrbart mit dem Lächeln liebevoll in die Breite zog, dann schien die Sonne – das war halt mein Opa. Und wenn er dann sagte „Ich muss in de ,Hillich', gehsch mit?", war ich glücklich. Das hieß, wir beluden den Leiterwagen mit Spaten, Hacken und Rechen, bekamen von der Oma ein Vesper und eine Feldflasche voll frisch gekochtem Tee mit, und dann ging es los. Ich durfte hinten auf dem Leiterwagen sitzen und Opa zog mich die Mühltalstraße und weiter den Steinberg hoch, am Friedhof vorbei, und dann ging es abwärts in die Feldfluren Richtung Dossenheim. Es blieb auf diesem Weg nicht aus, dass Opa unterwegs öfter anhielt, um mit vorbeikommenden oder in ihren Gärten arbeitenden Hendsemern über dies und das zu plaudern und Neuigkeiten auszutauschen.

Im Hillich endlich angekommen, blieb der Wagen auf dem Weg stehen und man ging 5 - 6 krumme Steinstufen hoch, um zum Gartentürle zu gelangen. Dieses war mit einem Vorhängeschloss verschlossen und durfte, wie konnte es anders sein, von mir aufgeschlossen werden. Auf dem Grundstück stand eine kleine Hütte für Gartengeräte und Utensilien, die man einfach braucht, um einen Nutzgarten zu betreiben. Diese Hütte war mein ‚Spielhaus' und hinter der Hütte befand sich ‚mein Garten', in dem ich gärtnern durfte. Die Großeltern bauten hier alle möglichen Gemüse- und Obstsorten an, die sie zum Leben brauchten. Eine davon ist mir besonders in Erinnerung geblieben. Das ist der Mohn, der benötigt wurde, um herrliche Mohnstrudel und Mohnbrote zu backen. Die Mohnkapseln wuchsen auf langen Stielen und wenn sie reif wurden, schlugen sie im Wind immer aneinander und verursachten dabei ein eigenartiges Klappern. Wurden die Kapseln geerntet, konnte man sie außerdem schön als Rasseln benutzen. Was in allen diesen Gärten nicht fehlen durfte, waren Blumen. In der Zeit der Blüte ging Opa niemals ohne einen Strauß Osterglocken, Astern, Nelken, Pfingstrosen oder Flieder nach Hause. Vielleicht habe ich später deshalb so gerne Wiesenblumensträuße gepflückt und verschenkt.

In der Erinnerung waren das wirklich glückliche Kindertage in Handschuhsheim, die sich unbewusst tief ins Herz eingebrannt haben. Das Gefühl empfinde ich ungefähr so, wie bei einer alten Schallplatte, die etwas kratzt und eiert, dafür aber umso mehr geliebt und gehütet wird und durch keine moderne CD ersetzt werden kann.

Wenn die Glocken der Friedenskirche halb zwölf schlugen, packten wir unsere Sachen in den Wagen und zogen wieder heimwärts. Punkt zwölf wurde gegessen. Wanda war dann von der Schule da und wir saßen gemeinsam am Tisch in der Küche.

Opa hatte den Ersten Weltkrieg, von dem ja Millionen Männer nicht zurückgekommen sind, als Soldat in Frankreich, und wenn ich mich recht entsinne, bei der Schlacht um Verdun erlebt. An diese Zeit erinnerten seine Stiefel, ‚Knobelbecher' genannt, und die darüber getragenen Lederstulpen, die er immer zur Feldarbeit anzog. Diese Ausrüstung konnten die zurückkehrenden Soldaten damals behalten, weil sie keiner mehr haben wollte, nachdem der Krieg verloren war. Für den Großvater hatten sie jedoch einen hohen Wert, da sie sehr robust und praktisch nicht kaputt zu kriegen waren. Genau das Richtige für die Feldarbeit. Das Bild, das sich mir eingeprägt hat, ist mein Opa in dieser Ausstattung, bei der seine O-Beine so richtig zur Geltung kamen. Dazu gehörten seine Weste mit der Uhrenkette und der Hut, der seine dünnen schütteren Haare verdeckte.

Meine Oma war eine sehr zierliche und schmale Frau, die von schwerem Asthma gezeichnet war. Es gab Tage, da rang sie nach Luft und konnte kaum die Treppen steigen. Es gab auch Nächte, da dachte man, sie würde beim nächsten Asthmaanfall ersticken, was mich natürlich sehr sehr ängstigte. Aber trotz aller Schwierigkeiten war sie eine energische und tatkräftige Person, die auch nicht mit ihrer Meinung hinterm Berg hielt und ihren Haushalt und die Gartenarbeit meisterte. Auch ihr Lächeln ist mir in schöner Erinnerung, wenn sie sich liebevoll um uns kümmerte oder wenn sie bei Entscheidungen, die ich zu treffen hatte und es ihr egal war, was ich machen würde, sagte: „Wid wid", was so viel heißt wie: „Mach, was du willst."

Eine schöne Geschichte, die meine Mutter uns erzählte aus der Zeit, als sie und ihre Geschwister noch Kinder waren, unterstreicht, wie energisch Oma sein konnte. Als mein Opa einmal spät nachts stockbetrunken von der ‚Ros' nach Hause kam und sein Bett nicht finden konnte, dabei aber das ganze Haus aufweckte und alle Kinder seinen Zustand sahen, verlor Oma irgendwann die Geduld und trat dem vor dem Bett stehenden Opa mit solch einer Wucht in den Hintern, dass er ganz plötzlich die Horizontale fand. Am nächsten Morgen stöhnte er über Schmerzen am Hintern und fragte meine Mutter, ob sie wüsste, wer ihn in den Hintern getreten hätte. Sie sagte, dass sie darüber nichts wisse und konnte sich dabei kaum das Lachen verkneifen. Auch die anderen schwiegen beharrlich. Ihm blieb deshalb nichts anderes

Das ‚Gasthaus zur Rose', damals das Stammlokal meines Opas und meines Onkels

© Pit Elsasser

übrig, als dem Übeltäter Schläge anzudrohen, wenn er ihn erwische. Erst Jahre später kam es dann doch ans Licht, dass es seine eigene Frau war. So war Oma Sannsche, robust und kränklich zugleich. Wenn wir bei meinen Großeltern als Familie alle mal wieder zusammensaßen, plagten wir ab und zu die Oma, uns wieder diese Geschichte zu erzählen. Das war dann immer wieder Anlass für ein großes Gelächter, bei dem selbst Opa herzlich mitschmunzeln konnte.

Was ich als Kind nicht verstehen konnte, war die Tatsache, die ich aus Erzählungen erfuhr, dass meine Mutter früher von unserem Opa, natürlich nur, wenn sie es verdient hatte, eine schallende Ohrfeige erhielt. Mein guter Opa hat meine Mutter geschlagen? – Das ging mir nicht in den Kopf. Später erst erfuhr ich, dass meine Mutter ein richtiger Lausbub war und sie es wahrscheinlich öfters nötig hatte. Von ihren Geschwistern Liese und Peter war sie nämlich diejenige, die ihren Kopf am meisten durchsetzte – halt eine echte Nägele.

Der Sonntagmorgen in Handschuhsheim war meistens dadurch geprägt,

Der Stammtisch in der ,Rose', an dem mein Opa (li. Kreuz) und mein Onkel Peter (re.) sitzen. Ganz links, mit der weißen Jacke, der Wirt der ,Rose' mit seiner Tochter. Dieses Foto hing dann jahrzehntelang hinten an der Wand bei den anderen Bildern

dass Oma, nachdem Opa den Ofen angezündet hatte, sich um das Essen kümmerte. Opa jedoch machte sich fertig für seinen Stammtisch in der ,Ros'. Ungefähr um halb zwölf bekam ich von Oma oft den Auftrag, in die ,Ros' zu gehen und Opa zum Mittagessen abzuholen. Das war ein Auftrag, den ich von ganzem Herzen gerne ausführte. Denn kam ich ins Gasthaus und sagte zum Opa, dass er zum Essen kommen solle, sagte er: „Ja, Bub is recht, ma hawe noch Zeit. Setz dich erscht e mol do her und trink noch was." Dann bekam ich eine Limo und konnte bei den Männern sitzen, zu denen auch mein Lieblingsonkel Peter gehörte.

Nach vielen Diskussionen über die Probleme der Zeit, über landwirtschaftliche Fragen und den Tratsch aus ,Hendesse' gingen wir nach Hause. Da hatte Opa vom Wein schon leicht glänzende Augen und konnte ganz verschmitzt lächeln. Daheim nahm er erst einmal den Mostkrug, ein grauer Salzbrandkrug mit dunkelblauen Motiven und einem Spruchband mit einer Weinweisheit drauf, und ging mit mir in den Gewölbekeller unter dem Haus. Um dorthin zu gelangen, mussten wir ins Freie und zur Stirnseite des Hauses gehen. Da war ein niedriger Torbogen aus Sandstein mit einem verschlossenen Holztor. Hatte man die Tür geöffnet, ging es gleich eine sehr steile Holztreppe hinunter in die Dunkelheit des fensterlosen Kellers. Erst nach ein paar Stufen war der Lichtschalter, mit dem man zwei schwache Glühbirnen anknipsen konnte, die den Raum in ein fahles Licht hüllten. Da lagen die Fässer, in denen Opas ganzer Stolz und sein Lebenselixier lagerten. Sein Most und immer auch noch ein Fass Oberlin, ein sehr dunkler Rotwein aus der Oberlin-Traube, der gerne auch mal von Oma, mit Wasser vermischt, getrunken wurde. Ich glaube mich noch zu erinnern, dass man diesen Wein sowieso nur verdünnt genießen konnte, da er einem sonst die Schuhe ausgezogen hätte. Der Keller war erfüllt von dem strengen Geruch des gärenden und ausgegärten Mostes, vermischt mit der Ausdünstung des feuchten und gestampften Lehmbodens und den ebenfalls feuchten Sandsteinwänden, die im unteren Bereich Salpeterausblühungen hatten.

Die Fässer lagen auf Holzbalken, die wiederum auf Backsteinen gelagert waren, damit der feuchte Boden das Holz der Fässer nicht angreifen konnte. Manche Fässer waren rund, andere oval, und hatten vorne eine Öffnung, um sie zu reinigen und zu schwefeln. Das musste jedes Mal, bevor sie neu gefüllt wurden, gemacht werden, damit sie dicht und sauber für den neuen Wein

So etwa sah es in Opas Keller aus, in dem sein geliebter Most in Fässern heranreifte, aber nie alt wurde

© Pit Elsasser

waren. Außerdem standen im Keller immer noch Gefäße wie Korbflaschen und graue oder braune Salzbrand-Keramikgefäße herum. In den Ständern, wie man diese Gefäße nannte, hat man Sauerkraut oder früher auch Fleisch mit Salz eingepökelt, um es haltbar zu machen. Das musste man tun, wenn man über den Winter etwas zu essen haben wollte, denn Eisschränke für den Privathaushalt waren noch nicht erfunden. Die einzigen Besitzer von Eisschränken mit Stangeneis waren Brauereien und Gaststätten, die damit die Getränke und ihre Lebensmittel kühlten.

Opa ging dann zu einem ganz bestimmten Fass, nahm einen Schlauch, der darauf lag, steckte ihn in das obere Spundloch, nahm das andere Ende in den Mund und saugte fest daran. Dann steckte er den Schlauch ganz schnell in den auf dem Boden stehenden Krug, sodass der ,gezogene' Wein durch die Schwerkraft in das Gefäß hineinlaufen konnte. Danach stiegen wir wieder aus der Dunkelheit ans Licht und an die frische Luft, um in die Küche zum Mittagessen zu gehen.

Am Wochenende gingen viele Menschen zur Körperreinigung in das sogenannte ,Volksbad', um dort zu duschen oder sogar zu baden. Dafür be-

*Das Handschuhs-
heimer Schlösschen
am Graham-Park,
der nach dem letzten
privaten Besitzer,
dem Engländer John
Benjamin Graham,
benannt ist*

© Pit Elsasser

zahlte man fünfzig Pfennige und konnte sich bis zu 30 Minuten lang mal wieder von Kopf bis Fuß waschen oder in der Badewanne räkeln. Eine strenge Aufsicht achtete darauf, dass keiner zu lange diese Wonne genoss. Da man sich dafür nicht anmelden konnte, mussten die Reinigungsbedürftigen oft lange warten, bis sie drankamen. Unter der Woche wurde sich meist mit einem Lappen und Kernseife aus einer Steingutschüssel mit kaltem Wasser gewaschen, deren Füllung oft auch für zwei Personen herhalten musste. Das frische Wasser stand in einem großen Krug daneben und wurde vorher in der Küche oder im Hof aufgefüllt. Das Schmutzwasser wurde in einen Eimer geleert und noch zum Putzen oder Wäschewaschen benutzt.

Die Volksbäder gab es nur in den größeren Orten. In Handschuhsheim war es im Untergeschoss des ‚Schlösschens‘ untergebracht. Als Kinder gingen wir gerne da vorbei, weil meist eine feuchtwarme, nach Seife riechende Luft aus den leicht geöffneten Oberlichtern strömte. Es war ein beliebter Spaß, in die Fenster ein lautes ‚Hallo‘ zu rufen und dann schnell wegzurennen, um die schimpfenden Stimmen nicht mehr abzuwarten.

Die Tiefburg, die wesentlich älter ist als das Heidelberger Schloss, bildet das Zentrum von Handschuhsheim und hatte für uns immer etwas Unheimliches und Geheimnisvolles. Man erzählte sich, dass in die dicke Mauer der Außenwand einmal ein Ritter als Strafe bei lebendigem Leib eingemauert wurde. Das trug anfänglich natürlich nicht gerade dazu bei, gerne in das Innere der Burg zu gehen. Auf dem Platz davor fand jedes Jahr die Hendse-

mer Kerwe statt, die auch noch heute gefeiert wird. Die Straßenbahn fuhr in der Kerwezeit deshalb nur bis zur St.-Vitus-Kirche, von wo aus dann die Fahrgäste zur Tiefburg laufen mussten. Diese Kirche ist übrigens die älteste Kirche Heidelbergs. Ihre Ursprünge liegen in der Karolingischen Zeit und ihre ältesten noch erhaltenen Bauteile sind um 1053 - 1057 datiert.

Ja, die Kerwe in Hendesse war für uns immer ein Erlebnis, und es wäre undenkbar gewesen, nicht jedes Jahr dabei zu sein. Von den Großeltern gab es natürlich Kerwegeld, das meist fünfzig Pfennige betrug. Dafür konnte man sich in dieser Zeit, zusammen mit dem Kerwegeld der Eltern, fast einen halben Tag vergnügen, da die Fahrgeschäfte meist nur zehn Pfennige kosteten und die Süßigkeiten noch recht billig waren.

Ein besonderes Ereignis an der Kerwe war der Kerweumzug mit der Kerweredd vom ‚Kerweschlack'l‘ und dem Hammeltanz auf dem Lindenplatz. Die ‚Redd‘ wurde vom ‚Kerweschlack'l‘ meist mit den Worten eröffnet „Ihr liewe Leit vun Hendesse“. Sie war gespickt mit vergangenen Ereignissen und Missgeschicken aus dem Ort, die auf humorvolle Art und Weise im breitesten Dialekt vorgetragen wurden. Da wurde nichts und niemand verschont und eingefleischte Hendsemer hatten viel zu lachen oder auch knirschend das eigene Malheur, das von der Menge mit schadenfrohem Lachen bedacht wurde, zu ertragen.

Beim Kerweumzug wurde ein Hammel mitgeführt, der später auf dem Lindenplatz beim Lindentanz von ausgesuchten Paaren verschiedener Ver-

eine ertanzt werden konnte. Das geschah so, dass die Musikkapelle immer wieder die gleiche Polka spielte, nach der die Paare tanzen mussten. Vorher erhielt ein Pärchen einen Blumenstrauß in die Hand, der während des Tanzes von Paar zu Paar weitergegeben wurde. Ich glaube, bevor der Tanz begann, wurde ein Wecker auf eine den Tänzern unbekannte Zeit gestellt. Dessen Klingeln war für die Kapelle dann das Zeichen, die Musik sofort abzubrechen. Das Paar, das in diesem Augenblick den Blumenstrauß in Händen hielt, hatte den Hammel gewonnen. Das Weitergeben des Blumenstraußes geschah, je länger die Zeit fortschritt, immer hektischer, da eigentlich keines der Paare den Hammel gewinnen wollte, was wir Kinder wiederum nicht verstehen konnten. Unsere Mutter hat uns dann aber darüber aufgeklärt, dass der Hammel zwar einen gewissen Wert hat, aber das Paar, das den Preis gewinnt, ganz schön tief in die Tasche greifen muss, um für alle Freunde Freibier zu zahlen, egal wo sie auf der Kerwe hinkommen. Unter Umständen also eine sehr teure Angelegenheit für das Paar. Der Hammel wurde dann noch gut herangefüttert, bis er schlachtreif war und verspeist werden konnte – vermutlich wiederum mit vielen Mitessern und Mittrinkern.

Vom Bahnhof Handschuhsheim aus fuhr bis zum 18. Dezember 1949 noch der ‚Feurige Elias‘ nach Weinheim. Eine kasten-förmige Dampflok mit offenem Führerstand zog die wenigen Wagen unter lautem Getöse, Funken sprühend und mit erheblicher Rauchentwicklung die Bergstraße entlang.

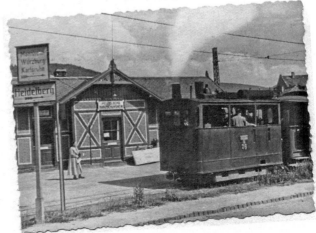

Riegers Garten, Tom Prox, Porträtsitzung

Einer der wichtigsten Treffpunkte der Kinder der Friedrichstraße war ‚Riegers Garten'. Wir nannten ihn deshalb so, weil dort Tante Susi und Onkel Eugen Rieger mit ihren Söhnen Wolfgang und Eckhart wohnten, obwohl der Garten und das Wohnhaus Schafheutles gehörten. Die Familie Rieger wohnte in der Wohnung, in der meine Mutter mit ihrer Freundin Susi, unserer 'Nenntante', nach ihrer bestandenen Meisterprüfung im Schneiderhandwerk ihre eigene Schneiderstube gründete. Erst als meine Mutter meinen Vater heiratete, zog sie aus, um mit ihm gegenüber in eine frei gewordene Wohnung im zweiten Stock des Cafés ‚Schafheutle' zu ziehen, während Susi mit Eugen in der Schneiderstube eine Familie gründete.

Unsere Mutter mit Volker auf dem Arm in Riegers Garten vor den Fenstern der Wohnung von Tante Susi und Onkel Eugen

© *Pit Elsasser*

Zur Friedrichstraße hin war der Garten durch eine halbhohe Mauer direkt am Gehweg begrenzt und wurde durch ein eisernes Tor betreten. An der linken Seite stand das Wohnhaus mit seinen tief gelegenen Fenstern mit Klappläden im Erdgeschoss und dem in der Mitte befindlichen Hauseingang. Rechts vom Eingang im Erdgeschoss wohnten Riegers, links davon ein älteres Ehepaar.

Vor dem Hauseingang stand ein großer gestutzter Ahornbaum mit starken Ästen. Er sah aus wie die Bäume auf der Neuenheimer Neckarseite, die jedes Jahr geschnitten werden, um nicht zu groß zu werden, und dabei immer stärker verknorren. Eine Schaukel an einem waagrecht herausragenden Ast trug viel zum Leben im Garten bei. Vom Haus aus führte ein Weg im rechten Winkel direkt auf ein Holzgartenhaus zu. Dieses Gartenhaus hatte eine kleine offene und überdachte Veranda und einen geschlossenen Teil mit zwei Fenstern und einer Türöffnung. Es war aus dunklem und schon verwittertem Holz und stand erhöht auf kleinen Fundamenten. Die Veranda hatte ein Geländer aus senkrechten Stäben. Dieses Haus war unser Refugium. Es war unsere Burg, unser Schloss, unsere Arztpraxis oder ein

Indianerwigwam, so wie wir es gerade brauchten. Es war aber auch unser Schutz bei Regen, unser Wohnzimmer zum Feiern und wenn es sein musste zum Langweilen, Traurig- oder Alleinsein, was aber eher selten vorkam.

Links vom Gartenhaus bis zur angrenzenden Mauer zum Nachbarhaus stand ein Schuppen mit einem Lattenverschlag, in dem so mancher Schatz sein trauriges Dasein fristete. Hier fand man alte Fahrräder, Skier und Skistöcke, alte Koffer, Leiterwagen und sonstiges Gerümpel. Das Tollste war aber das Klepper-Boot mit Segel, mit dem Susi, meine Mutter und ihre Freunde auf dem Neckar die schönsten Paddel- und Segeltouren unternahmen, von denen sie uns oft erzählten.

Unsere Mutter als junges Mädchen, in schicker Matrosenkleidung auf dem Klepper-Boot posierend

© Pit Elsasser

Klepper-Boote sind aus einem mit blauem Stoff bespannten Holzrippenrumpf, den man zusammenlegen und so auf einer untergespannten Achse mit zwei Rädern leicht als Paket transportieren konnte. Diese Faltboote gibt es schon über 100 Jahre, sie wurden anfangs auch Hadernkahn genannt. Sie hatten zwei Sitzplätze aus Holz, ein Segel, zwei Paddel und am Heck ein Steuer, das mit Seilzügen über zwei Fußpedale betätigt wurde.

Die längste Wasserwandertour, von der wir erzählt bekamen, machten die Freunde der Wandervögel neckarabwärts von der Neckarquelle bis nach Heidelberg, nachdem zuvor Boot und Passagiere mit dem Zug zum Ausgangspunkt transportiert worden waren. Uns Kinder faszinierte das, obwohl wir gar nicht richtig erfassen konnten, wie lang diese Strecke ist. Dabei mussten mehrere Stauwehre überwunden und abends immer wieder am Ufer ein Lagerplatz zum Zelten für die Nacht gefunden werden. Abends am Lagerfeuer wurden dann die Wandervogellieder zur Gitarre gesungen, bevor man erschöpft in den Schlafsack sank.

Dieses stillgelegte Boot, keine der Eltern hatten mehr die Zeit und das Geld, damit noch auf Tour zu gehen, war unser ganzer Stolz. Es war unser Piratenschiff, mit dem wir um die ganze Welt segelten, andere Schiffe mit unseren Kanonen versenkten oder selbst versenkt wurden. Leider gab es aber auch immer wieder Ärger mit den Erwachsenen, wenn wir es gar zu wild in den Stürmen und den meterhohen Wellenbergen unserer Fantasie traktierten und dabei auch zerstörten.

Rechts von der Hütte war ein relativ ungepflegter Garten, der von der Mauer zur Friedrichstraße begrenzt war. Diese Mauer, deren obere Kante sich etwa auf Kopfhöhe der vorbeilaufenden Passanten befand, war unsere Aussichtsplattform und unser Beobachtungsposten. Da man von hier die ganze Friedrichstraße nach beiden Seiten einsehen konnte, hielten wir Ausschau nach Freunden oder gar Feinden, die womöglich in unser Reich eindringen wollten. Auf ihr balancierten wir oder lagen einfach auf dem Rücken und träumten vor uns hin. Dieses Paradies war für uns Kinder der Friedrichstraße, für unsere Fantasien und Sehnsüchte Dreh- und Angelpunkt unserer Erlebniswelten unmittelbar vor unserer Haustüre.

Wenn man in das Wohnhaus eintrat, wurde man von einem dunklen kühlen Flur empfangen, von dem man links in eine Wohnung, geradeaus ins Treppenhaus, halbrechts in den Keller und rechts in die Wohnung der Riegers gelangte. Deren Wohnungstür war etwas Besonderes, was ich erst später als Erwachsener wieder sah. Sie war außen mit braunem Leder gepolstert und mit Polsternägeln in einem diagonalen quadratischen Muster wie eine Steppdecke beschlagen. Direkt hinter dieser Tür war nochmals eine Tür und erst dann konnte man in die Wohnung eintreten. Hier hatte vermutlich vorher ein Anwalt oder ein Arzt seine Kanzlei bzw. seine Praxis, und die Tür musste deshalb schalldicht sein, damit man draußen nichts hören konnte.

In der Wohnung von Tante Susi war es meistens ziemlich chaotisch, und wir hielten uns deshalb recht selten drinnen auf. Eckhart und Wolfgang, unsere Freunde und Spielkameraden, traf man sowieso fast immer draußen an. Denn nach dem Kindergarten und später nach der Schule und den leidigen Hausaufgaben gab es nur den Drang ins Freie zu Spiel und Spaß mit Freunden.

Der schon erwähnte Baum mit der Schaukel diente neben dem reinen Schaukeln in unserer Fantasie auch als Hochseiltrapez in einer imaginären Zirkuskuppel, in der wir die Artisten waren.

Wir stellten dann eine Leiter, die wir aus dem Schopfen holten, in einem gewissen Abstand zur Schaukel auf, wechselten das Schaukelbrett gegen eine Stange aus, die uns als Trapez diente. Der ‚Springer‘ ergriff mit ausgestrecktem Arm die Stange, stieg die Leiter hoch und setzte die Stange mit einem kräftigen Schwung in eine gleichmäßige Schaukelbewegung.

Der ‚Springer‘ musste jetzt den richtigen Augenblick abwarten, um mit einem kräftigen Hechtsprung und zielsicherem Blick und Griff im Flug die Stange zu erwischen, wenn sie ihm am nächsten war. Hatte man sie erwischt, machte er jetzt als ‚Flieger' ein paar herrliche lang gezogene Schwünge, um dann im richtigen Augenblick die Stange loszulassen und mit einem eleganten Sprung mit den Füßen auf dem harten Boden zu landen.

So konnten wir das gefährliche Leben der Artisten live erleben. Da spürte man das Prickeln und die Spannung vor einem womöglich todbringenden Sprung von der Leiter hinüber zum frei schwingenden Trapez. Entscheidend war der richtige Moment, um die Stange im Flug mit sicherem Griff zu erwischen. Viele, viele Male ist das gelungen und wurde immer und immer wieder wiederholt. Bis auf das eine Mal, als ich den Moment nicht richtig erwischt habe, die Stange verfehlte und flach wie eine Flunder, mit dem Gesicht nach unten auf dem Boden landete. Eine gebrochene Nase, aufgeschlagene Knie, blaue Flecken, ein verkratztes Gesicht, gemischt mit Sand, vielen Tränen und Geheul, waren die Folgen. Dazu kam dann noch das Gezetere und Geschimpfe meiner Mutter, nachdem sie jemand aus der Schneiderei geholt hatte. Danach wurde uns allen verboten, diese akrobatischen Kunstflüge weiterhin auszuüben, sonst würde die Schaukel ganz gesperrt. Mein Misserfolg hatte wahrscheinlich zur Folge, dass später keines der Kinder der Friedrichstraße Artist werden konnte oder wollte.

Es gab in dieser Zeit nach dem Krieg viele gefährliche Spiele. Angefangen vom Auffinden von Munition und Waffen aus dem Krieg, welche die Leute beim Einmarsch der Amerikaner schnell versteckt oder weggeworfen haben. Mit den Amerikanern zog auch der Wilde Westen verstärkt in unsere Spielwelt ein und bestimmte unsere Fantasie. Durch die Älteren, die schon lesen konnten, war das die Welt des Karl May oder der Heftchenromane wie Tom Prox, Billy Jenkins, Tom Mix und viele andere mehr. Mein Bruder Volker verschlang geradezu diese Hefte. Meist saß er dabei auf der Toilette und musste immer wieder aufgefordert werden, rauszukommen, damit man reinkonnte. Auch unter der Bettdecke las er mit einer Taschenlampe, wenn das Licht im Zimmer ausgeschaltet werden musste. Aus diesen Romanheftchen entsprangen auch so manche Reime. So erinnere ich mich zum Beispiel an diesen, der die Tatsache aufgreift, dass es immer, wenn es am spannendsten war, im nächsten Heft weiterging: ‚Ein Schuss kracht, Tom Prox erwacht, er geht zum Fenster, er sieht Gespenster, er zieht den Colt – Fortsetzung folgt.'

Sich anschleichen wie Winnetou, schießen wie Old Shatterhand und auf Iltschi reiten wie der Wind war allgegenwärtig und verfolgte uns bis in den Schlaf. Hatte man Gefangene gemacht, wurden diese natürlich an den Marterpfahl gebunden, traktiert und mit einem wilden Tanz um sie herum mürbe gemacht. In der Hektik des Kampfes und im Siegestaumel konnte es allerdings auch passieren, dass die Fessel anstatt um die Brust auch mal an

den Hals gelegt wurde und dabei ein Gefangener, wie zum Beispiel mein Bruder Volker, wirklich beinahe erhängt worden wäre. Als ich sah, wie er langsam rot anlief, bin ich schreiend zu meiner Mutter gerannt und habe ihr erzählt, was gerade passiert. Sie hat im Treppe-runter-Rennen den Vater des ‚Henkers‘, Herrn Schafheutle, alarmiert, sodass mein Bruder noch rechtzeitig gerettet werden konnte.

Zu den Kindern der Friedrichstraße zählten neben meinem Bruder Volker und mir Rudi und Doris Schafheutle, Eckhart und Wolfgang Rieger, Gabi, ein Mädchen aus dem Nachbarhaus, und die Flamme-Brüder Jochen und Michael. Die beiden wohnten schräg gegenüber in der Hauptstraße, rechts von dem Haus mit den zwei Drachen im Giebel. Sie gehörten zu unserer Clique und waren ebenfalls immer in ‚Riegers Garten‘ anzutreffen. Ihr Vater war der Kunstmaler Dietrich Flamme, ein in Heidelberg bekannter Künstler, der 1946 von mir mit viel Geduld ein Pastell-Porträt malte, das mich mit voller blonder Haarpracht zeigt, auf die er sehr viel Wert legte, da sie für mich so typisch wäre.

Mit Gabi aus dem Nachbarhaus, wir waren etwa vier bis fünf Jahre alt, verbinde ich eine besondere Begebenheit, die eine nachhaltige Wirkung hatte. Wir spielten im Garten von Schafheutles an der Mauer zum evangelischen Kindergarten, als ich plötzlich ganz dringend ‚musste‘ und an die Mauer pinkelte. Gabi sagte, dass sie auch ‚müsse‘ und setzte sich in kurzem Abstand von mir hin. Ich fragte sie, warum sie sich hinhockt und nicht

Dieses Porträt von mir im Alter von vier Jahren, wurde 1946 in zwei Sitzungen von dem bekannten Heidelberger Maler Dietrich Flamme gemalt.
Das war auch ungefähr die Zeit, als ich mit Gabi meine ersten ‚Erfahrungen' machte

© Pit Elsasser

wie ich hinstellt. Sie erwiderte, dass sie das auch schon versucht habe, aber sich ziemlich die Beine nassgepinkelt habe – sie hätte ja schließlich kein Spitzle wie die Buben. „Wieso", fragte ich völlig unschuldig und unwissend, „hast du da unten was anderes als ich?" Um das zu erkunden, verschwanden wir im Keller ihres Hauses auf die Kellertreppe, machten unsere Hosen runter und betrachteten uns gegenseitig. Ah ja, da war ein Unterschied, ich hatte etwas, was sie nicht hatte. Plötzlich drückte sie ihren Körper fest an den meinen und sagte: „Das machen die Erwachsenen auch so." Ich konnte später nur vermuten, dass sie ihre Eltern schon mal beim Liebesspiel beobachtet hatte oder dass sie bereits aufgeklärt worden war. Oben im Treppenhaus schlug plötzlich laut hallend eine Tür zu und jemand kam die Treppe herunter. Wir hielten den Atem an. Instinktiv spürten wir, dass das, was wir machten, irgendwie nicht in Ordnung war, zogen uns blitzschnell an und flüchteten in den Garten.

Ein paar Tage später spielten wir bei uns in der Wohnung und Gabi sagte, sie müsse auf die Toilette. Ich sagte: „Ich geh mit", und verschwand mit ihr in der Toilette in unserem kleinen Zwischenflur und schloss die Tür ab. Ich wollte doch unbedingt sehen, wie Mädchen ‚rabbeln', wie man damals dazu noch sagte. Wir haben wahrscheinlich ziemlich laut dabei gesprochen, denn plötzlich pochte es wie Donnerhall an der Tür und meine Mutter rief laut: „Was macht ihr da? Macht sofort die Tür auf!" Wie eine Furie kam sie herein und schimpfte uns für das, was wir getan hatten, aus. Sie schickte Gabi sofort mit der Drohung nach Hause: „Ich komme gleich zu deinen Eltern!" Ich wurde erst ausgefragt, was, wie oft und wo wir so was schon gemacht hätten. Mit diesen Informationen lief sie zu Gabis Eltern und vollführte dort ein ziemliches Theater. Denn für sie war eines klar: Diese kleine ‚Eva' hatte ihr ‚Peterle' verführt. Die Eltern von Gabi nahmen das Ganze eher gelassen. Mit der Drohung: „Wart ab, wenn dein Vater heute Abend heimkommt", bekam ich Zimmerarrest. Mein armer Vater. Er wirkte ziemlich hilflos und beließ es bei kräftigen Ermahnungen. Ein Erlebnis, das mich noch bis in meine frühe Jugend im Verhältnis zu Mädchen begleiten sollte. Aufgeklärt, warum das so ‚schlimm' war, wurde ich jedoch nicht.

Klicker, Gegsen, Völkerball

Neben Riegers Garten, der immer der erste Anlaufpunkt für uns war, gab es noch zwei weitere Plätze, die als Garten bezeichnet wurden. Das waren der Bauamtsgarten und der Märzgarten. Beide Gärten gibt es noch heute, sie sind Spielplätze für Kinder geblieben, allerdings nicht mehr in dem Zustand der Vierziger- und Fünfzigerjahre. Damals gab es nur einen großen Kasten (oder war es eine Grube?) mit Sand, der sicherlich niemals ausgetauscht wurde, einen Schaukelbalken und vielleicht noch eine Rutschbahn. Ansonsten viel erdigen Boden, niedergetrampeltes Gras und - na ja, das war's dann auch schon, mehr brauchten wir nicht.

Der Märzgarten, Ecke Märzgasse und Landfriedstraße gelegen, war wie noch heute ein Spielplatz, aber für uns auch Treffpunkt für Aktionen im Stadtwald und auf dem Riesenstein. Unter den großen Bäumen und dem schützenden Buschwerk auf der Seite zu den Häusern konnte man gut Abenteuer planen, sich perfekt verstecken und jemanden beobachten, der einen nicht sehen sollte.

Beliebtestes Spiel im Märzgarten war das ‚Klickern‘. Jeder richtige Junge, ich glaube Mädchen haben das seltener gespielt, hatte einen Beutel mit Klickern in der Tasche, der oben einen Saum mit einem Schnurzug hatte, um ihn verschließen zu können. Diesen Beutel hat anfangs für uns meist unsere Mutter genäht, später, als wir nähen konnten, machten wir das selbst.

Der Märzgarten, Ecke Landfriedstraße/Märzgasse und Plöck gelegen, ist auch heute noch ein beliebter Spielplatz, jedoch mit Gummi-Sicherheitsboden und pädagogischen Spielgeräten – wie haben wir ohne das überlebt?

© Pit Elsasser

Die Klicker waren aus gebranntem Ton und in vielen verschiedenen Farben, und sogar in Silber und Gold, lackiert. Jene waren natürlich besonders begehrt und oft auch Tauschobjekte gegen zwei Kugeln mit normaler Farbe. Allerdings konnten auch sie es nicht mit den aufkommenden Glasklickern aufnehmen, in denen wunderschöne Farbschlieren leuchteten. Diese Klicker waren natürlich recht teuer und nur Kinder von betuchten Eltern konnten sie sich leisten. Im Tauschhandel, wenn es überhaupt dazu kam, musste man etliche einfache Tonklicker für einen Glasklicker opfern. Hatte man einen oder zwei, wurden sie nicht leichtfertig verspielt, sondern gehütet und nur als allerletztes Mittel eingesetzt.

Das Spiel begann immer erst, wenn einer seinen Haxen in den Boden rammte und sich wie ein Zirkel im Kreis drehte, um damit ein Spielloch zu graben. Im Märzgarten gab es meistens schon Löcher oder kleine Mulden, die jedoch nach einem starken Regen zugeschwemmt waren. Also mussten sie erst wieder neu erstellt werden. Diese Technik hatte natürlich zur Folge, dass die Schuhabsätze und das Oberleder an der Ferse stark in Mitleidenschaft gezogen wurden, was wiederum zu Hause oft schwere Schelte nach sich zog, da Schuhe in dieser Zeit sehr teuer waren. Meistens hatte man nur zwei Paar, eines für werktags und eines für sonntags. Im Sommer noch ein Paar Sandalen und im Winter ein Paar Stiefel. War das Loch fertig, wurden die aufgeworfenen Erdhäufchen am Rand mit der Hand gleichmäßig verteilt und eventuell verpustet, damit eine glatte und hindernisfreie Fläche vor dem Loch gewährleistet war, denn die Klicker mussten leicht rollen können. Danach ging meist derjenige, der das Loch gemacht hatte, je nach dem vereinbarten Schwierigkeitsgrad zwei, drei oder vier große Schritte vom Loch weg, kratzte dort mit der Schuhaußenseite die Abwurflinie in den Boden,

Ein Klickersäckchen mit den wertvollen Glasklickern

© Pit Elsasser

Je weiter das Spiel voran schritt, umso mehr konnte man die Konzentration und Anspannung in den Gesichtern der Spieler ablesen

© RNZ

und das Spiel konnte beginnen. Jetzt waren Geschicklichkeit und Konzentration gefragt, um seine Klicker in die beste Ausgangsposition zu bringen.

Es galt, die Klicker entweder direkt in das Loch zu spielen oder sie zumindest so nah wie möglich an das Loch zu bringen. Durch ‚Angegsen‘ konnte man dann Klicker der Mitspieler, die vor dem Loch lagen, für sich verbuchen, wenn diese mit dem eigenen in das Loch fielen. Das geschah dadurch, dass man in der zweiten Runde, wenn alle Mitspieler geworfen hatten, entweder den Zeigefinger wie einen Hockeyschläger krümmte und seinen vor dem Loch liegenden Klicker in das Loch schubste, oder bei größeren Entfernungen den Zeigefinger auf den Daumen presste und ihn, wie von einem Katapult geschossen, ins Loch schnippte. Wenn er dabei noch den Klicker eines Mitspielers mitnahm war das ein toller Gewinn.

Natürlich gab es große Unterschiede in der Treffsicherheit der Mitspieler, je nachdem, wie alt sie waren. So kam es schon mal vor, dass man mit einem vollen Klickersäckchen zum Märzgarten kam und mit einem leeren, vielleicht sogar mit Tränen in den Augen über den herben Verlust, nach Hause ging, weil die Älteren einfach besser spielten.

Eine weitere Variante war, dass in einen umgedrehten Schuhkarton verschieden große Öffnungen, wie kleine Türchen, geschnitten wurden, in die dann die Klicker aus einer gewissen Entfernung zu spielen waren. Je nachdem, welchen Wert man über die Türchen geschrieben hatte, konnte man die entsprechende Anzahl an Klickern gewinnen. Große Öffnung kleiner Gewinn, kleine Öffnung großer Gewinn. Alle Klicker, die nicht im Karton landeten und vor ihm liegen blieben, gehörten dem Besitzer des Schuhkartons.

Ein anderes beliebtes Spiel war das ‚Gegsen‘. Es war das Spiel mit Pfennigen, das man gegen jede Wand, jeden Schrank, jede Treppenstufe oder Fußbodenleiste spielen konnte. Einzige Bedingung für den Spielort war, dass es da keinen Schlitz geben durfte, in den die Pfennigstücke rutschen konnten. Dieses Spiel war besonders in der Schule in den Pausen sehr beliebt.

Pfennigmünzen, die zum Gegsen gegen die Wand benötigt wurden

© Pit Elsasser

Aus einer bestimmten, zuvor festgelegten Entfernung musste ein Pfennig so nah wie möglich in die Ecke geworfen werden. Der Pfennig musste aber auf seiner flachen Seite rutschen und durfte nicht rollen. Dabei war es erlaubt, andere Geldstücke ‚weg-zugegsen‘. Leider kam es dabei häufig vor, dass das gegnerische Geldstück näher an die Wand

rutschte als das eigene und sich somit die eigenen Chancen verschlechterten. Man konnte nur hoffen, dass der nachfolgende Spieler das gleiche Pech hatte und dadurch das eigene Geldstück wieder eine neue Chance bekam.

Hatten alle Spieler ihr Spiel gemacht, durfte derjenige, dessen Pfennig am nächsten an der Wand lag, alle Geldstücke einsammeln. Aber noch gehörten sie ihm nicht. Jetzt kam noch die schwierigste Aufgabe, nämlich das Dreifachwerfen und -fangen der zu einem Turm auf der Hand aufeinandergeschichteten Pfennige. Das geschah so: Der Geldstapel wurde auf die Fingerspitzen der flach ausgestreckten Hand gesetzt. Dann warf man den Stapel kurz in die Luft, um ihn auf dem Handrücken aufzufangen. Darauf wurde alles noch einmal hochgeworfen und mit einer Grapschbewegung der Hand aus der Luft eingefangen. Erst jetzt war man Besitzer des Geldes bzw. von dem, was bei der Prozedur übrig geblieben war. Alles, was auf dem Weg dahin runtergefallen war, gehörte nämlich dem Zweiten, der die gleiche Zeremonie ausführen musste. Was da wieder runterfiel, gehörte dem Nächsten usw. Je mehr Mitspieler, je höher war der Stapel und umso geringer die Chance, alles zu behalten. Das Geheimnis der Geschicklichkeitsprüfung war, den Vorgang des Hochwerfens, Auffangens, des erneuten Hochwerfens und Wiederfangens so schnell wie möglich auszuführen, damit die Geldstücke keine Zeit hatten, sich in der Luft zu trennen und auf den Boden zu fallen. Das bedingte ständiges Training, sodass man immer wieder Kinder sah, die diesen Vorgang permanent, sogar beim Laufen auf der Straße, wiederholten, um immer perfekter zu werden.

Die Spiele unserer Kindheit waren in der Regel Gemeinschaftsspiele, das heißt, man ging auf die Suche nach Mitspielern. „Spielsch mit?", war sicherlich die am meisten gestellte Frage. Dann ging es nur noch darum, was man spielen wollte. War das ausgehandelt und waren je nach Spiel auch schon Mannschaften zusammengestellt worden, konnte es losgehen.

Beliebte Gemeinschaftsspiele waren zum Beispiel ‚Wer hat Angst vorm schwarzen Mann?' und ‚Der Kaiser schickt seine Soldaten aus'. Wie oft wurde darüber heiß diskutiert oder gestritten, ob einer beim Umdrehen des Kaisers oder des schwarzen Mannes sich noch bewegt hat und deshalb wieder ganz zurück musste oder ob er weiter vorwärts spielen durfte.

Manche Spiele passen aber meist nur eine begrenzte Zeit zu einem bestimmten Alter. Als Kleinkinder peitschten wir noch auf der Landfriedstraße unsere Tanzknöpfe zu ungeahnt rasanten Drehungen oder trieben in Wettrennen unsere Holzreifen mit dem kleinen Stöckchen über Stock und Randstein die Straße entlang, bis uns die Puste ausging. Autos gab es ja noch relativ wenige,

und so konnten wir fast ungestört die Straßen vereinnahmen. ‚Hickeln‘ war ein Spiel, das man in der Not auch mal alleine spielen konnte, war aber doch mehr ein Mädchenspiel und weniger was für gestandene Jungs, ebenso wie das Seilhüpfen.

Je älter man wurde, umso schneller, dramatischer und kämpferischer mussten die Herausforderungen beim Spiel sein. So gab es nach einigen Jahren neben Fußball nur noch ein Spiel, und das war ‚Völkerball‘. Dafür waren Geschicklichkeit, Schnelligkeit, Treffsicherheit und Taktik notwendig, um im Spiel bleiben zu können. War man beim Abwerfen als Letzter im eigenen Feld übrig geblieben, wurde man von der gegnerischen Mannschaft gejagt und gehetzt. Konnte man dann einen Ball fangen, wurde man blitzschnell vom Gejagten zum Jäger, bis es sich wieder umkehrte. Wir haben Völkerball bis zur totalen Erschöpfung gespielt. Unser Austragungsort war meistens der breite Gehweg am Seiteneingang der Stadthalle, da, wo sich heute die Einfahrt zur Tiefgarage befindet.

Es gab noch einige weitere Spiele, wie zum Beispiel ‚Blindekuh‘, ‚Fangerles‘, ‚Versteckerles‘ und ‚Stelzelaufe‘. War man darin geübt, stelzte man durch die Straßen, schaute heimlich in höher gelegene Fenster oder über Mauern, über die man sonst keinen Einblick hatte. In größeren Gruppen und bei einem geeigneten Gelände war auch ‚Räuber und Gendarm‘ ein sehr beliebtes Spiel.

Wir lebten als Kinder in unserer freien Zeit fast nur auf der Straße und zogen uns so manche blutigen Knie, abgeschrammte Arme und Löcher im Kopf zu. Kamen wir jammernd heim, erhielten wir höchstens ein Pflaster und ein „Bisch selber schuld, hätsch uffgebasst" als Antwort. Nach Schule und Hausaufgaben war das Leben im Freien eine Selbstverständlichkeit und wurde bis in die frühen Abendstunden ausgedehnt. Warum sollte man auch heimgehen, da warteten kaum irgendwelche Spielsachen auf einen – oder es war doch nur wieder Lernen angesagt. Außerdem wurde manche Standpauke auf den Abend verschoben bis Vater wieder zu Hause war, und darauf hatte man gar keine Lust.

Eltern schalteten sich in die Kinderspiele meistens immer erst ein, wenn dabei jemand einen anderen bewusst verletzt oder ein Großer einen Kleinen verprügelt hatte. Dann ging der Tanz der Eltern manchmal richtig los. Meine Mutter hielt dann nichts mehr, und sie nahm kein Blatt vor den Mund, wenn es darum ging, ihre Kinder zu schützen oder zu verteidigen. Am Ende kam häufig die Anweisung: „Mit dem (oder der) spielst du ab sofort nicht mehr." Ein oder zwei Tage später saß man wieder zusammen oder tollte herum. Man konnte ja auch nicht anders, sonst wäre man ausgestoßen und alleine gewesen, und das wollte ja keiner sein. Man brauchte die anderen, um auf der Straße zu überleben. Oft wurde dazu regelrecht ein offizieller Frieden geschlossen indem man sich die Hand gab und danach wieder vertrug. Unbewusst war das eine sehr gute Lebensschule mit all ihren Facetten für das Erwachsenwerden.

Bauamtsgarten, Cowboys, Fastnacht

War der Märzgarten eher der Spielegarten, so war der Bauamtsgarten zu bestimmten Zeiten der heiß umkämpfte Kriegsschauplatz. Auf diesem nicht besonders gepflegten Hochgartengelände standen hohe Bäume und einige Büsche verteilt. In der Mitte war der obligatorische Sandkasten mit einer schon ziemlich morschen Holzumrandung.

Der hochgelegene ‚Bauamtsgarten' von der Bauamts- gasse aus mit dem Eisentor zum Treppenaufgang

© *Pit Elsasser*

Den Bauamtsgarten konnte man über zwei Zugänge erreichen: Über die Bauamtsgasse durch das eiserne Tor und die nachfolgende Sandsteintreppe zu dem hoch liegenden Gelände, oder über die Bienenstraße beim Haus Nr. 7 durch das große Tor und die ansteigende Hofeinfahrt. Auf zwei Seiten wurde der Garten von den Rückseiten der Häuser in der Bienenstraße und der Hauptstraße begrenzt. Auf der dritten Seite bildeten die Steintreppe und die Fassade des Städtischen Bauamtes, das Garten und Straße seinen Namen gab, die Begrenzung. Die vierte Seite, gegenüber dem Museumsgarten, war offen. Sie lag ca. fünf Meter über der Bauamtsgasse und wurde von einer Mauer begrenzt. Dieser Höhenunterschied war es, der uns Kindern diesen Platz wie eine Festung erscheinen ließ.

Im Bauamtsgarten trafen sich meist alle Kinder der angrenzenden Straßen, sodass hier eine geballte Gruppe bestand, die andere Gruppen, wie zum Bespiel die ‚Neuenheimer', dazu ermutigte, uns dieses Gelände zu entreißen und darüber einen Kampf anzuzetteln. Die beste Gelegenheit dazu

bot der schulfreie Fastnachtsdienstag, da die Kostümierung und die Be-
waffnung für so einen Kampf ideal waren. So wurden Botschaften ausgetauscht und der Fehdehandschuh geworfen. Damit war klar: Wer an diesem
Tag die Schlacht gewinnt, wird über den Bauamtsgarten bestimmen. Wobei
das genau so hirnrissig war, wie das, was die Erwachsenen im zuvor zu
Ende gegangenen Weltkrieg und in den Kriegen davor versucht haben. Was
sollten die ‚Neuenheimer‘ mit dem Bauamtsgarten, der ca. 2 Kilometer von
ihrem Wohnsitz entfernt lag, machen bzw. wie wollten sie diesen überwa-
chen, ohne ständig anwesend zu sein?

Schon am Rosenmontag war die Aufregung bei allen sehr groß und wir
hielten Kriegsrat, wie wir den Garten verteidigen konnten. Klar war, dass
beide Zugänge zum Bauamtsgarten geschlossen werden mussten. Dafür
wurde jeweils eine Gruppe abgestellt. Die größte Gruppe, die den leichter einzunehmenden Zugang von der Bauamtsgasse her verteidigen musste, bekam den Auftrag, reichlich Bomben zu erstellen, die mit Wasser und
Sand aus dem Sandkasten gebacken wurden. Die andere Gruppe sollte den
Eingang zur Bienenstraße verteidigen. Sie musste Holzpflöcke besorgen,
damit man das Tor in der Hofeinfahrt verrammeln konnte. Eine weitere
Gruppe besorgte Wassereimer, die gefüllt werden sollten, um sie, wie im
Mittelalter im Stile der Pecheimer, über den Feinden auszuschütten. Unsere
einzige Sorge war, dass die ‚Neuenheimer‘ Spione schicken könnten, um
unsere Vorbereitungen auszuspähen, und in der Nacht kommen könnten,

um unsere Munition zu zerstören. Also wurden zwei Ältere abgestellt, die bis mindestens zehn Uhr Wache zu halten hatten. Danach, so glaubten wir, sind die anderen genauso müde wie wir und würden keinen Ärger mehr machen.

Am Morgen des Fastnachtsdienstag war hektisches Treiben im Garten. Alles wurde hingerichtet und aufgebaut, noch mehr Munition gebacken und die Pistolen der Cowboys und Indianer mit Knallplättchen geladen. Wer schon einen neueren Trommelrevolver hatte, konnte ein ganzes Röllchen mit vielen Schuss, die ein Dauerfeuer erlaubten, einlegen. Die auf einem roten Papierband eingebetteten Pulverhäufchen konnte man in runden grünen Pappschächtelchen kaufen, sie waren allerdings damals nicht für jeden erschwinglich. Diese Pistolen mit Fördermechanismus waren meist silbern lackiert und mit einem Horngriff ausgestattet, auf dem reliefartig ein Indianerhäuptling mit Federschmuck abgebildet war. Die anderen mit den einschüssigen Pistolen mussten nach jedem Schuss zeitaufwendig und wenig effektiv ein neues Plättchen einlegen.

Da nur ein ungefährer Zeitpunkt für die Schlacht vereinbart war und man nicht wollte, dass die Bande plötzlich vor den Toren stand, wurden die drei Jüngsten als Späher ausgesandt. Wolfgang, ein Mädchen aus der Bienenstraße (Gott sei Dank war sie wenigstens als Indianerin und nicht als Prinzessin verkleidet) und ich schlichen uns zur Friedrichsbrücke, über die die ‚Neuenheimer‘ ja kommen mussten. Das war eine wichtige Aufgabe, da

Wer kann sich diesen Blicken widersetzen? Die gefürchteten Cowboys Peter und Volker, braun geschminkt mit angeklebten Bärten und selbst gebastelten Tomahawks. Die komplette Kleidung, außer den Hüten, war von unserer Mutter genäht. Das Foto machte ein Fotograf bei einer Fastnachtsveranstaltung im alten Darmstädter Hof

© Pit Elsasser

von uns abhing, wie viel Zeit wir hatten, die Tore zu schließen und uns auf den Kampf einzustellen.

Wir postierten uns gut getarnt etwa auf der Höhe des Vincentius-Krankenhauses am Neckarufer und beobachteten die Brücke und die Menschen, die über sie gingen. Plötzlich sahen wir eine geballte Gruppe Kinder, die über die Brücke marschierte, das mussten sie sein. Wir waren sehr aufgeregt und rannten, was das Zeug hielt, am ‚Binsebub' und der Stadthalle vorbei die Bienenstraße hoch zum großen Tor. Wir klopften und gaben uns mit einem Geheimwort als die Späher zu erkennen. Nachdem wir eingelassen wurden, berichteten wir, was wir gesehen hatten, und gaben die Stärke der Gruppe bekannt. Jetzt war allen klar, dass es ernst würde und die Spannung stieg ins Unermessliche. Jeder ging auf seine Position, und dann begann das große Warten. Die Minuten verstrichen unendlich langsam, und es kamen schon Stimmen auf, die sagten, wir hätten als Späher nicht richtig geguckt und sollten noch mal raus. Das wäre natürlich sehr gefährlich gewesen, da wir leicht zu Gefangenen hätten werden können, wenn wir dem Feind in die Arme gelaufen wären. Aber die ‚Neuenheimer' waren schlau, denn sie hatten sich geteilt. Eine Gruppe war über die Ziegelgasse auf die Hauptstraße gelaufen, um von oben her anzugreifen. Die andere ist unten entlang über den Neckarstaden gekommen, um über die Bauamtsgasse anzustürmen. Da die Bauamtsgasse unten schmaler ist als oben am Bauamtsgarten und von daher nicht einsehbar, konnte sich diese Abteilung unbemerkt bis wenige Meter vor dem Eisentor zur Treppe hin anschleichen.

Plötzlich ging alles ganz schnell. Sowohl in der Bienenstraße als auch in der Bauamtsgasse erhob sich ein lautes Kriegsgeheul, dass einem schon ganz schön angst und bange werden konnte, denn es waren mehr Kämpfer, als wir auf der Brücke gesehen hatten. Wie wir später erfuhren, hatten sie über die Brücke nur eine Vorhut geschickt, um uns zu täuschen, da sie natürlich vermuteten, dass wir sie beobachten würden. Das Hauptfeld kam erst, als wir Späher schon weg waren, um unsere Meldung zu machen. Das war auch der Grund, warum es so lange gedauert hatte, bis sie am Schauplatz eingetroffen sind.

Jetzt war aber die Schlacht in vollem Gange. Alle verfügbaren Kräfte, die nicht direkt vorne an der Front kämpften, wurden gebraucht, um neue Sandbomben zu backen und die Eimer mit Wasser zu füllen. Die Mannschaften an den Toren hatten alle Hände voll zu tun, um diese zu verteidigen. Während an der Bienenstraße gegen einen unsichtbaren Feind gekämpft wurde, da das Tor keinen Blick nach draußen zuließ, wurde auf der Bauamtsgassenseite Auge in Auge durch das Eisentor gekämpft. Die Sandbomben und Wasserergüsse hatten schon eine einschüchternde Wirkung, aber die ‚Neuenheimer‘ erwiesen sich wieder einmal als clever. Zum einen hatten sie zwei große Hunde mitgebracht und zum anderen eine Waffe, mit der niemand gerechnet hatte. In zwei Leiterwägelchen hatten sie geformte stinkende Erdkugeln, ähnlich wie unsere Sandbomben. Sie fingen aber erst an, damit zu werfen, als wir mit unserer Munition schon fast am Ende waren bzw. nicht mehr nachkamen, neue zu produzieren. Der Effekt der Stinkbomben war durchschlagend. Jeder, der davon getroffen wurde, ekelte sich erst einmal und mancher Fluch flog über die Lippen Richtung Feind. Womit die ‚Neuenheimer‘ aber auch nicht gerechnet hatten, war, dass das Werfen der Stinkbomben durch das Gittertor oder über die Mauer zur Folge hatte, dass oft ein Teil der Munition auf sie selbst zurückflog und so der bestialische Duft gerecht verteilt wurde.

Als die Gruppe in der Bienenstraße merkte, dass sie nicht durch das Tor kommen konnte, rannte sie denen in der Bauamtsgasse zu Hilfe. Das wiederum veranlasste unsere Mannschaft, das Tor zu öffnen, nur noch zwei Mann zur Bewachung zurückzulassen und gut bewaffnet den Gegner mit Sandbomben zu verfolgen und die offene Schlacht zu suchen. Diese Taktik wiederum hatte dann in der Bauamtsgasse den Effekt, dass die ‚Neuenheimer‘ dachten, dass eine neue und frische Truppe jetzt erst zum Einsatz käme. Diese Wirkung war so stark, dass sie plötzlich, bar jeder Munition, die Flucht Richtung Hauptstraße ergriffen. Unter großem Siegesgeschrei wurde jetzt das Tor des Bauamtsgartens geöffnet und die Verfolgung mit Gejohle und Geknalle aufgenommen. Die Verfolgungsjagd ging fast bis zum Bismarckplatz. Jemand rief plötzlich, dass es doch möglich sein könnte, dass die ‚Neuenheimer‘ unten am Neckar entlang laufen könnten um den jetzt verwaisten Bauamtsgarten zu besetzen. Schlagartig kehrte die ganze Mannschaft um und rannte wieder zurück. Gott sei Dank war dem aber nicht so, und wir konnten in ‚unserem‘ Bauamtsgarten den verdienten Sieg feiern und uns gegenseitig unsere Heldentaten in dramatischen Worten und Darstellungen erzählen.

Ich glaube, nach diesem Faschingsdienstag ging keiner nach Hause, der nicht wusste, dass ihn dort eine Gardinenpredigt erwarten würde, die die großen Helden wieder in die Niederungen des Kindseins brachte. Wir stanken nach Mist und Pulverdampf, in allen Ritzen unseres Körpers waren wir voll mit Dreck und Sand und unsere Faschingsverkleidung war im nächsten Jahr sicher nicht mehr zu gebrauchen. Aber egal, wie das ausging, im Bett haben wir noch mal alles hautnah durchlebt und waren wieder die unerschrockenen Helden, die Heidelberg vor einer Schmach bewahrt hatten. Das konnte uns keiner mehr nehmen.

Bunsen, Engel, Roter Hahn

Der ‚Bunsen' ist das Denkmal, das heute vor dem Friedrichsbau im früheren Akademiegarten in der Hauptstraße steht. Bunsen war Chemiker und lehrte an der Universität in Heidelberg. Er entwickelte unter anderem die Spektralanalyse und perfektionierte den nach ihm benannten Bunsenbrenner. Er starb 1899 und ist auf dem Bergfriedhof begraben. Der aus Bronze gearbeitete ‚Bunsen' ist ca. 4 Meter hoch und steht aufrecht auf einer quadratischen Bodenplatte. Er trägt über einem fast knielangen Gehrock einen schweren langen Mantel. Der linke Arm öffnet den Mantel, schiebt ihn nach hinten, indem er die Hand in seine Hüfte stemmt. Der rechte Arm ist angewinkelt und hält in der Hand eine Schriftrolle. Mit dem in den Nacken gedrückten und leicht zur linken Seite gedrehten Kopf, mit den langen Backenkoteletten stellt er einen stolzen, aufrechten und weltoffenen Wissenschaftler dar. Seine Beine haben die klassische Haltung mit Stand- und

Der ‚Bunsen' auf einem dreistufigen Granitsockel an seinem früheren Standort in der Kurfürstenanlage. Davor eine breite geschwungene siebenstufige Granittreppe und die beiden allegorischen Figuren an der Seite

© Archiv Gottmann

Spielbein. Es ist eigentlich ein Wunder, dass das Denkmal in den Kriegsjahren nicht, wie so viele andere, eingeschmolzen wurde, um in der Waffenproduktion für den Zweiten Weltkrieg Verwendung zu finden, wie es das Schicksal vieler Kirchenglocken war.

Seine in Granit gehauenen Begleiter, zwei allegorische Figuren, sind Teil des Ensembles. Die Figur auf der linken Seite stellt die noch unerweckten und gewissermaßen verhüllten Kräfte der Natur dar und die auf der rechten Seite die vom Menschengeist gebändigten und in seinen Dienst gezwungenen Riesenkräfte der Elemente.

87

Diese Figurengruppe stand jedoch nicht immer an dieser Stelle in der Hauptstraße, sondern während meiner Kindheit in der Kurfürstenanlage gegenüber der Märzgasse, kurz vor der Bahnlinie, die an dieser Stelle aus dem Gaisbergtunnel kam. Hier waren die beiden Granitfiguren rechts und links an einer aus vier Stufen bestehenden Freitreppe positioniert. Der

‚Bunsen' residierte hoch droben auf einem ebenfalls aus Granit gehauenen quadratischen Sockel, der über zwei hohe Stufen zu erreichen war. Der Name BUNSEN war in großen Buchstaben in den Sockel eingemeißelt.

Hier, bei diesen gewaltigen heroischen Figuren, trafen wir uns oft, wenn an allen anderen Treffpunkten nichts los war. Wir lungerten auf den Granitfiguren herum oder kletterten auf den Sockel vom ‚Bunsen' und setzten uns auf den etwas nach vorne gestellten linken Fuß des Spielbeines. Es war nicht einfach, auf diesen Fuß zu kommen, da es wenig Halt gab und man sehr leicht abrutschen konnte. Durch diese ‚Sitzungen' war der Schuh immer etwas poliert und zeigte seine ursprüngliche bronzene Farbe, während die übrige Figur mit dunkler Patina bedeckt war. Schon auf dem Hinweg begann oft ein Gerangel und Gerenne darum, wer zuerst auf dem gefesselten ‚Muskelprotz' sitzen würde oder wer mit der weiblich anmutenden verhüllten Figur zufrieden sein musste.

Ausfahrende Dampflok, eine dunkle rußige Rauchwolke ausstoßend

© fotolia

Von hier aus entschieden wir meistens, ob wir Richtung Klingenteich oder Richtung Bahnhof oder über den Zickzackweg hinauf in den Stadtwald zum Riesenstein oder wieder zurück in den Märzgarten oder in den Bauamtsgarten oder vielleicht doch lieber an den Neckar gehen sollten.

Ein beliebtes Spiel war zum Beispiel, uns beim Bahnübergang am Seegarten ganz nahe an die geschlossene Schranke zu stellen, um uns von dem zischenden und rhythmischen Dampfausstoß der Lokomotive, der seitlich an den Rädern aus den Kolbenkammern austrat, einhüllen zu lassen. Noch schöner war es allerdings, uns auf dem Steg des Fußgängerübergangs in der Bahnhofstraße in den dicken Rauch und Ruß zu stellen, der aus dem Schlot der gerade im Bahnhof gestarteten Lokomotiven in die Luft gepustet wurde. Da war es dann schon so, dass man nicht immer mit einem sauberen Gesicht nach Hause kam und der Rußgestank in den Kleidern bei den

Eltern oft ein angeekeltes „Äääh, wie stinkst denn du, zieh dich sofort um und tu deine Kleider zur Wäsche!" hervorrief.

Was Kinder in unserem Alter immer magisch anzog, waren verschlossene Areale, die man nicht betreten durfte, die aber gerade deshalb zum Erkunden reizten. So war es z. B. mit dem Judenfriedhof im Klingenteich, der recht schwer über die hohe Sandsteinmauer einzunehmen war. Ein Ort, der einem kalte Schauer über den Rücken laufen ließ. Wenn wir es geschafft hatten und ‚lebend' und unentdeckt herauskamen, waren wir die Größten. Oft ahnten wir nicht, in welche Gefahren wir uns dabei begeben hatten. Ein weiteres geheimnisvolles Gelände war der evangelische Kindergarten in der Friedrichstraße/Ecke Landfriedstraße. Da stand unter hohen Bäumen in der Ecke der Mauer ein kleines Gebäude mit nur einem Raum. Es hatte ein Schieferdach und war mit Butzenscheiben-Fenstern ausgestattet. Eine dunkle Tür führte in den meistens abgeschlossenen Raum. Vor allem in den Abendstunden war das für uns interessant, wenn der Kindergarten geschlossen hatte, denn nur dann konnten wir über den grünen Metallzaun mit seinen abwehrenden Spitzen klettern. Es muss eine Art Gruppen- oder Gebetsraum gewesen sein, der nur selten benutzt wurde. Unter dem Gebäude war eine Grotte, die wie eine Höhle aus schwarzen Tuffsteinen erbaut war. In einer Ecke stand eine kleine farbige Statue aus Porzellan. Es war zwar kein gefährlicher Ort, aber ein Ort zum Gruseln. Das alles wirkte wie ein geheimer Garten auf uns und konnte unsere Fantasie mächtig anregen und Spannung erzeugen.

Ein altes Emaille-Werbeschild und Bierdeckel der Engelbrauerei Heidelberg
© Repro Pit Elsasser

Im Sommer gingen wir immer gerne mal auch bei der Engelbrauerei in der Ziegelgasse vorbei, um bei der Produktion von Eisstangen zuzuschauen. Damals stellten die Brauereien große Eisstangen von ca. 1 Meter Länge und 20 x 10 cm Dicke her. Diese lieferten sie mit dem Bier an die Restaurants aus, die noch keine Kältemaschinen hatten. Auch wir holten manchmal Eisstangen für den Privatgebrauch, da es noch keine Kühlschränke gab. Die Eisstangen wurden von den Arbeitern mit einer Art Pickel zu vielen Stücken zerkleinert, damit wir sie im Blecheimer heimtragen konnten. Kleine wegfliegende Brocken nahmen wir uns, um sie auf dem Heimweg durch die Hauptstraße genüsslich als Erfrischung zu lutschen.

In der Brauerei (gegr. 1797, geschl. 1967), die vorne in der Hauptstraße das Restaurant ‚Der Goldene Engel' betrieb, gab es aber auch noch etwas anderes, für uns Kinder sehr Interessantes, nämlich die Brauereipferde. Die

Bierfässer, das Eis und die Bierkästen wurden auf schweren Wagen mit einem oder zwei Kaltblut-Pferden ausgefahren. Die Fässer lagen auf der von beiden Seiten nach innen abgeschrägten Pritsche, oft in zwei, drei Reihen übereinander. Das Stangeneis wurde in Jutesäcke gepackt, damit es nicht so schnell auftaute, und auf der Seite gelagert. Außerdem lag auf dem Wagen ein großes dickes Kissen aus kräftigem Sisalgewebe mit stabilen Halteschlaufen. Bevor der Kutscher ans Abladen ging, hing er den Pferden meist einen Ledersack mit Hafer an die Deichsel, damit sie Ruhe gaben und beschäftigt waren. Daraufhin zog er das Kissen von der Ladefläche und ließ es auf den Boden direkt unter die Pritschenkante fallen. Dann rückte er ein Fass an die Ladekante und kippte es mit einem gekonnten Schwung so, dass es mit seiner Breitseite auf das Kissen fallen konnte. Sofort rollte er das Fass weiter zum endgültigen Lagerplatz oder zu einem Schrägaufzug, der, wie beim Café Schafheutle, direkt in den Keller fuhr. So musste er das volle Fass nicht heben und schonte damit sein Kreuz. Um die Kleider aber auch um sich vor Verletzungen zu schützen, hatten die Bierkutscher kräftige lange Lederschürzen an. Das kalte und nasse Stangeneis trugen sie auf der mit wasserdichtem Leder geschützten Schulter.

Die Engel über dem gotischen Torbogen zum Ruprechtsbau mit Blumenkranz und Stechzirkel

© Pit Elsasser

Die Engelbrauerei ist mir auch deshalb so gut in Erinnerung, weil sie als Markenzeichen das vom Schloss her bekannte Engelmotiv hatte. Dieses aus Sandstein gehauene Emblem ziert über der Eingangstür am gotischen Ruprechtsbau (ca. 1400 erbaut) den Schlussstein. Es stellt der Legende nach die Zwillinge des damaligen Baumeisters dar, die während der Erstellung des Gebäudes vom Gerüst gefallen und dabei zu Tode gekommen waren. Im Traum sollen sie ihm als Engel erschienen sein. Daraufhin entwarf er zwei Engel mit großen gefiederten Flügeln, die in ihren Händen einen Blumenkranz und einen Stechzirkel, das Zeichen der Baumeister, halten. Die Brauerei hat jedoch den Kranz als Hopfenkranz gestaltet und den Zirkel durch drei Weizenähren ersetzt, die Zutaten, aus denen Bier gebraut wird.

Es sind mir in Heidelberg noch viele andere Zeichen, Marken und Symbole in Erinnerung geblieben, die ich als Kind wahrnahm. So zum Beispiel der Zwerg Perkeo am ,Perkeoʻ. Er steht in aller Ruhe hoch droben über den Menschen, die durch die Hauptstraße hetzen, und trinkt genüsslich sein Viertele. Er gibt dem Restaurant seinen Namen und ist ja ein typisches Heidelberger Original, das als Hofnarr im Schloss sein Unwesen treiben durfte.

90

Das Lokal gehörte zu den interessantesten der Stadt und ist herrlich gemütlich und rustikal, mit wertvollen Holzvertäfelungen ausgestattet. Was uns Kinder aber faszinierte, war der große Löwe über dem Tresen, der mit aufgerissenem Maul und einer angriffslustigen Körperhaltung in den Gästeraum starrte. Man hatte ihm die Fähigkeit eingebaut, brüllen zu können. Er brüllte aber immer nur dann, wenn der Wirt ein neues Fass Löwenbräu-Bier angestochen hat. Natürlich warteten wir oft vergebens auf dieses furchterregende Spektakel, wenn wir mal mit unseren Eltern essen gehen durften, was recht selten vorkam.

Das Restaurant ‚Perkeo‘ mit der Eckfigur des weintrinkenden Zwerges, dessen Glas niemals leer gewesen sein soll

© Pit Elsasser

Deshalb gehörte es zu unserem Sport, dass wir, wenn wir im Sommer an der offenen Tür des Restaurants vorbeikamen, uns hinstellten und warteten, ob wir Glück hätten, das Löwengebrüll zu erleben. Hatten wir Glück, dann veranstalteten wir ein Riesengejohle, sodass sich die Passanten auf der Hauptstraße verwundert umdrehten.

Da das Heimgehen zur vereinbarten Uhrzeit für mich immer zu den schwierigsten Übungen zählte, war ich natürlich gezwungen, auf die Kirchturmuhren zu schauen oder Passanten nach der Uhrzeit zu fragen: "Entschuldigen Sie bitte, können Sie mir sagen, wie viel Uhr es ist?" In dieser Zeit hatten aber noch wenige eine Armbanduhr und so konnte es sein, dass ich mehrmals jemand anhalten musste, bis einer mir die Zeit sagen konnte. Uhren an Geschäften, meistens befanden sich solche an Uhren- und Schmuckgeschäften, gab es wenige. Eine ganz besondere gab es an einem Uhrengeschäft in der Hauptstraße, gegenüber der Akademie. Als Kind war es mir unmöglich, diese Uhr abzulesen. Sie hatte nicht wie üblich einen großen und einen kleinen Zeiger, sondern nur einen großen, dafür aber noch zwei kleine Zifferblätter mit jeweils einem kleinen Zeiger. Das war für mich, der ich gerade mal die normale Uhr gelernt hatte, nicht zu begreifen.

Die für Kinder ‚unlesbare‘ Uhr in der Hauptstraße neben dem Haus ‚Zum Riesen‘, die nur einen großen Zeiger hat und zwei kleine Zifferblätter, von denen eines auch noch römische Ziffern zeigt

© Pit Elsasser

Diese Uhr gibt es noch heute an dem Geschäft, in dem jetzt ein Teeladen beheimatet ist. Jedes Mal, wenn ich da vorbeikomme, wundere ich mich noch über diese ‚unlesbare' Uhr aus meinen Kindertagen.

Weiter vorne in der Hauptstraße, fast Ecke Akademiestraße, war das Hotel ‚Roter Hahn' mit seinem sehr noblen Eingang mit beleuchtetem Glas-

vordach und einer Rezeption, die ganz mit edlem hochglänzendem Holz vertäfelt war. Das Hotel wurde um 1900 eröffnet und schloss seine Pforten im Jahr 1991. Der Eingangsbereich war mit braunbeige gemustertem Marmor verkleidet und über dem Eingang befand sich ein rundes beleuchtetes Werbetransparent. Auf diesem war das Zeichen des Hotels, ein ganz modern gestalteter roter Hahn auf weißem Grund, abgebildet. Ich vermute, dass die sehr einfache grafische Darstellung es war, die mich faszinierte. Als vor einiger Zeit das Haus von der Volksbank übernommen und umgebaut wurde, hatte ich die große Befürchtung, dass ‚mein Hahn' der Modernisierung zum Opfer fallen würde. Gott sei Dank hat man ihn zu neuem Leben erweckt, restauriert und am alten Platz wieder eingesetzt.

Vielleicht waren solche Begegnungen mit der bildenden Kunst der Beginn einer großen Freundschaft, die mich später veranlasste, den Beruf des ‚Gebrauchsgrafikers', wie dieser noch bis in die Achtzigerjahre hieß, zu studieren. Das Wort ‚Gebrauchs...' unterschied den künstlerischen Grafiker, der in der Regel frei und ohne Auftrag eines Kunden arbeitete, von dem Werbegrafiker, dessen Arbeiten in der Werbung für einen ganz bestimmten Zweck ‚gebraucht' wurden. Gegen Ende meines Studiums in Mainz hat man die Berufsbezeichnung modern und international in ‚Grafik Designer' geändert.

Riesenstein, Kanzel, Bandenkriege

Es gibt Orte, die eine besondere, eine einmalige, ja, eine fast magische Anziehungskraft ausüben. Zu denen gehört in Heidelberg sicherlich auch der Riesenstein, der auf halber Höhe zur Molkenkur unterhalb der ,Kanzel' liegt. Eigentlich sind es mehrere große Felsbrocken, die aussehen, als wären sie von der Hand eines Riesen dorthingeworfen worden. Der oberste und größte Felsblock, der dem ganzen Ensemble auch seinen Namen gibt, liegt schräg verkantet auf den darunterliegenden Felsen und bildet so unter sich einen großen Hohlraum. In diesen

gewaltigen Sandsteinmonolith hat man irgendwann grobe Treppenstufen eingehauen, um ihn ohne allzu große Mühe besteigen zu können. Von oben hatte man früher eine gute Sicht auf die Stadt, die jedoch heute durch hohe Bäume und Büsche verstellt ist.

Der ganze Berghang besteht aus dem typischen roten Sandstein, der Heidelberg und die meisten seiner historischen Gebäude prägt, allen voran das gewaltige Schloss mit seinen dominierenden Bauten über der Altstadt. Heute ist die Felswand am Riesenstein und die des ehemaligen Steinbruches oberhalb der Straße zum Speyerer Hof ein beliebtes Trainingsrevier für Steilwandkletterer aus der Region.

Der Weg zum Riesenstein geht von der Straße nach rechts ab und ist auf der linken Seite von einer Sandsteinmauer begrenzt. Sie wurde 1934 als Notstandsarbeit errichtet, ein Gedenkstein erinnert an den Tod des Reichspräsidenten von Hindenburg. Kurz vor der Abzweigung, etwas unterhalb der Straße, steht der große Kamin des Königstuhltunnels. Dieser Kamin ist ebenfalls aus Sandstein und wurde wie ein Wehrturm erbaut. Seine Funktion war die Entlüftung des Eisenbahntunnels unter dem Königstuhl, damit der Rauch der Dampfloks aus dem 2,5 Kilometer langen Tunnel abziehen konnte. Fuhr also ein Zug durch den 1909-1912 erbauten Tunnel, konnte man dies sogar von der Stadt aus an dem aufsteigenden Rauch erkennen. Durch die

Der Riesenstein in seiner ganzen Wucht und Größe mit den seitlich eingehauenen Stufen

Im Hohlraum unter dem großen Stein sitzt meine Tochter Jaemie

© *Pit Elsasser*

93

Elektrifizierung der Bahn verlor er seinen Zweck und wurde deshalb vor vielen Jahren verkauft und die Betriebsräume unterhalb des Kamines in ein Wohnhaus umgebaut.

Direkt oberhalb des Riesensteins hat man, vermutlich gleichzeitig mit dem Kamin, eine Aussichtsplattform errichtet. Von der Kanzel, wie man sie nennt, hat man einen der grandiosesten Blicke auf die Altstadt, das Schloss und die Rheinebene. Er wird vielleicht nur noch von der berühmten Aussicht vom Philosophenweg auf die Stadt übertroffen. Den Blick von der Kanzel würde ich als Genießer-Aussicht eingefleischter Heidelberger bezeichnen. Von hier aus kann man seiner ‚Geliebten' ungestört tief in die Seele schauen und muss sie mit niemand anderem teilen.

Von dieser Stelle aus sieht man den Neckar, wie er neugierig aus dem ihm zu eng gewordenen Odenwald hervortritt, sich unter dem sanften Schwung der alten Brücke durchwindet, die ihm, wie eine Mutter ihrem Kind, mit gespreizten Fingern noch ein letztes Mal durch die strubbeligen Haare fährt, bevor sie es in die weite Welt ziehen lässt. In einem großen Bogen an der Stadt vorbeigleitend, ergießt sich sein silbernes Band in die Weite der Rheinebene, wo er sich bei Mannheim mit dem größten deutschen Fluss vereinigt. Ihm sehnsüchtig nachblickend, hat man den Eindruck, dass er die neu gewonnene Freiheit regelrecht zu genießen weiß und gespannt auf die Abenteuer in den Weltmeeren ist.

Dazwischen ragt in der Mitte majestätisch der Heiligenberg auf. Er geht nach rechts sanft in die angrenzenden Odenwaldberge über, an denen Zie-

gelhausen und das Kloster Stift Neuburg liegen. An seiner linken Flanke markiert er über Neuenheim und Handschuhsheim recht abrupt den Beginn der großen weiten Ebene, die auf der anderen Seite des flachen Landes von den Pfälzer Bergen, die man oft im Dunst noch gut erkennen kann, begrenzt wird.

Auf der Flussseite des Betrachters liegt rechts auf halber Höhe, wie ein Adlerhorst auf einem vorspringenden Bergrücken, das Schloss, die wohl berühmteste Ruine der Welt. Dieser Ort mit seiner lebendigen Vergangenheit hat schon viele berühmte Männer und Frauen zum Beschreiben und Besingen animiert. Unter dem Schloss breitet sich die enge Altstadt mit ihrer lebendigen Dachlandschaft, den Türmen der Kirchen und dominierenden Bauten, wie die Universität, aus.

Das laute, lebendige und pulsierende Leben der Stadt dringt einem hier oben nur noch gedämpft an die Ohren und kann so die Ruhe des Augenblicks nicht mehr stören. Wenn ich hier stehe, weiß ich, warum ich diese Stadt aus ganzem Herzen liebe und stolz und dankbar bin, hier geboren und aufgewachsen zu sein.

Der Riesenstein war in meiner Kindheit, so zwischen fünf und zehn Jahren, ein oft heiß umkämpfter Ort aller möglichen Kinder- und Jugendbanden, die sich überall in der Stadt gebildet hatten. Da waren zum Beispiel die ‚Altstädter‘, die ‚Weststädter‘, die ‚Neuenheimer‘ und wir aus dem Umfeld der Friedrichstraße, des Märzgartens und des Bauamtsgartens. Alle wollten anerkannte ‚Besitzer‘ des Riesensteins sein. Machte eine Bande der anderen Bande das Territorium streitig, wurde nach guter Rittersitte der Fehdehandschuh geworfen und ein Zeitpunkt für den Kampf vereinbart. Schnell sprach es sich in der Schule herum, dass etwas anstehe, und die Kämpfer wurden entsprechend ihrer Zugehörigkeit verpflichtet. Dann hat man in geheimen Verstecken heiße Strategien ausgearbeitet, Schlachtpläne diskutiert und die Taktik festgelegt.

Blick vom Riesenstein hoch zur Kanzel, von der aus wir unsere roten ‚Schneebälle‘ sprechen ließen

© *Pit Elsasser*

Bei den beiden letzten Kämpfen, die mir in Erinnerung geblieben sind, kam es zwischen den ‚Weststädtern‘ und uns ‚Friedrichsträßlern‘ zum Konflikt um den Riesenstein. Da die ‚Weststädter‘ meistens in der Überzahl waren, wollten wir dieses Mal die Taktik des Überraschungseffektes anwenden, so, wie man das oft bei Karl May und in anderen Western gelesen oder in Filmen gesehen hatte.

Der Plan war, den Riesenstein völlig verwaist liegen zu lassen, so, als hätten wir Angst vor der Konfrontation und würden ihn kampflos aufgeben. Da die ‚Weststädter‘ immer über den Oberen Gaisbergweg kamen, wollten wir uns auf der Kanzel mit einer ganz neuartigen Munition eindecken. Diese bestand aus roter Erde bzw. Sandstein-Sägemehl vom Steinbruch auf der anderen Straßenseite. Dieses rote Mehl mischten wir mit Wasser zu einem zähen Brei. Aus dieser Masse formten wir ‚Schneebälle‘, die wir gut versteckt über Nacht feucht lagerten, damit der Feind sie nicht finden konnte. Oberstes Gebot war jedoch, es durften keine Steine beigemischt werden.

Am nächsten Tag waren wir früh am Ort des Geschehens, um alles gut vorzubereiten. Ich schätze, dass wir so etwa acht Jungs und zwei Mädchen waren, die sich diesem Kampfe stellten. Die Arbeiter vom Steinbruch auf der anderen Straßenseite sahen unsere Aktivität und erkannten, was wir vorhatten. Sie riefen lachend zu uns herüber, wünschten uns Erfolg und schickten noch die Mahnung hinterher, dass wir fair bleiben und ja keine Steine werfen sollten.

Gegen 16 Uhr an diesem doch recht heißen Sommertag wuchs die Spannung fast ins Unerträgliche, denn das war die ausgemachte Uhrzeit. Würden sie kommen oder kneifen sie und lassen uns einfach sitzen? Haben wir die ganzen Vorbereitungen umsonst gemacht? Unsere oberhalb des

Gaisbergweges im Wald postierten Späher sollten sofort Meldung machen, wenn sie etwas bemerkten. Die Zeit lief und nichts regte sich. Nach einer halben Stunde kam endlich einer unserer Späher gelaufen und meldete, dass jemand im Anmarsch sei, man jedoch nichts über die Anzahl der Feinde sagen könnte, da der Wald zu dicht sei, um sie zählen zu können.

Unser Ausguck nahe an der Kanzel gab uns plötzlich Zeichen, dass sich jemand anschleiche, um die Umgebung des Riesensteines auszukundschaften. Es kamen ein Zweiter und ein Dritter, die sich, nachdem sie niemanden sahen, berieten und dann lautstark nach hinten die Nachricht durchriefen, dass niemand hier sei und sie den Stein ohne Kampf einnehmen könnten. Wir übten uns noch weiter in Geduld, denn wir hofften, dass sie alle auf den Stein klettern würden. Erst dann wollten wir unser Bombardement beginnen. In diese Spannung kreischte hinter uns plötzlich die Steinsäge im Steinbruch, die Quadersteine aus großen Brocken schnitt. Wir zuckten erschrocken zusammen und hofften, dass das Geräusch nicht so stark nach unten dringe. Aber gerade dieses Arbeitsgeräusch verleitete die ‚Weststädter‘ noch stärker zu der Vermutung, es sei von uns niemand gekommen.

Wir hatten hinter der Brüstung der Kanzel unsere gesamte Munition aufgebaut und spritzten jetzt noch mal etwas Wasser auf unsere ‚Schneebälle‘, damit sie auch schön glitschig wären. Als wir sahen, dass der größte Teil der Truppe von ca. 15 Leuten auf dem Riesenstein versammelt war und dort einen Siegestanz aufführte, sahen wir unsere Zeit gekommen. Auf ein Kommando hin fingen wir zunächst ganz ohne Geschrei an, auf die verblüfften ‚Weststädter‘ unsere roten Schlammbomben niederprasseln zu lassen. Als diese merkten, dass sie keine Chance hatten, dem, was da aus 20 Metern Höhe auf sie niederprasselte, zu entgehen, und sie von der roten glitschigen Masse mehr und mehr gezeichnet wurden, ergriffen die Ersten die Flucht vom Stein herunter und liefen Richtung Gaisberg zurück.

Wir hatten vorher schon eine kleine Abordnung von fünf Mann an der Wegbiegung bei der Hindenburgmauer gut versteckt postiert. Auf ein Zeichen hin stürmten sie mit wildem Geschrei wie von tausend Mann zum Riesenstein, um der Flucht noch den nötigen Antrieb zu geben. Auch wir auf der Kanzel brüllten jetzt los und feuerten den Rest unserer Munition den Flüchtenden hinterher, sodass die ‚Weststädter‘ denken mussten, wir

Die Sandsteinmauer mit dem Gedenkstein an den Todestag von Hindenburg und die Notstandsmaßnahme 1934

© Pit Elsasser

seien in einer gigantischen Überzahl, gegen die kein Kraut gewachsen sei.

Als feststand, dass wir den Feind in die Flucht geschlagen hatten, brandete ein unheimliches Siegesgeheul auf, in das sich plötzlich auch noch Männerstimmen mischten. Im Kampfgetümmel hatten wir gar nicht bemerkt, dass die Arbeiter vom Steinbruch neugierig über die Straße gekommen waren, um uns beim Kampf zuzusehen. Sie gratulierten uns und fingen jedoch, als sie uns von vorne sahen, laut an zu lachen. Wir sahen nämlich nicht viel anders aus als unsere Gegner, völlig verdreckt mit rotem Matsch, den wir uns, ohne es zu merken, in Gesicht, Haare und Kleider geschmiert hatten. Die untere Abordnung hatte die Gegner noch ein Stück durch den Wald verfolgt, um dann umzukehren und ‚unseren' Riesenstein wieder in Besitz zu nehmen.

Man sagt ja, dass mit einer gewonnenen Schlacht noch kein Krieg gewonnen sei, und so war es auch hier. Natürlich wurde von den gedemütigten ‚Weststädtern' eine Revanche verlangt, die in der Woche darauf oberhalb des Gaisbergweges stattfinden sollte. Man hat vereinbart, dass es keinen Hinterhalt geben sollte, sondern Mann gegen Mann gekämpft würde. Unser Erfolg am Riesenstein hatte sich natürlich in der Schule schnell herumgesprochen und wir waren der Gesprächsstoff. Als bekannt wurde, dass es eine Revanche geben sollte, wollten sich uns immer mehr Jungs und Mädchen anschließen, damit wir verstärkt werden würden. Das war uns natürlich recht, denn eigentlich wäre unsere recht kleine Kerntruppe der Übermacht der ‚Weststädter' nicht wirklich gewachsen gewesen.

In der nächsten Woche trafen wir uns alle mit der neuen Hilfstruppe am Riesenstein, um vom Platze unseres Sieges aus über den Gaisbergweg zum ausgemachten Schlachtfeld, einer Senke im Wald, zu ziehen. Unsere Späher berichteten, dass sie die Gegner unterhalb des Gaisbergweges an der Waldschneise stehen sähen. Wir waren uns unserer Sache sehr sicher, da wir von oben kamen und so die bessere Ausgangsposition hatten. Bewaffnet waren wir mit Stöcken und natürlich mit Steinschleudern, die in dieser Zeit fast jeder Junge in der Arschtasche mit sich trug. Sie sollten jedoch nur im Notfall eingesetzt werden. Auf ein Kommando hin drangen wir von oben und die andere ‚Armee' von unten aufeinander zu. Im Kampfgetümmel zwischen den Bäumen, die uns als Schutz dienten, hörten wir plötzlich mehrmals ein Geräusch, das jeder von uns kannte. Es war der gepresste Luftausstoß von Luftdruckpistolen, die zwar verboten waren, aber die viele doch heimlich hatten. Unser Anführer schrie aus Leibeskräften: „Achtung, die haben Luftdruck-

Eine, aus einer Astgabel selbst geschnitzte Steinschleuder mit dem Dichtungsgummi eines Einweckglases

© Pit Elsasser

98

pistolen, alle zurück!" Wir kehrten schlagartig um und rannten im Schutz der Bäume den Berg wieder hoch zum Weg, liefen schnell hinter eine Wegbiegung und berieten uns, was wir weiter machen sollten. Von Weitem hörten wir noch das Siegesgeheul der ‚Weststädter‘, aber unser Entschluss stand schnell fest: Gegen diese unfairen und gefährlichen Waffen konnten und wollten wir nicht ankommen und wir beschlossen unseren Rückzug. Gott sei Dank, war niemand von uns verletzt worden, denn oft hörte man in jener Zeit, dass Kinder oder Jugendliche ein Auge verloren oder andere Verletzungen von Luftdruckpistolen oder Steinschleudern davontrugen.

Das war die letzte Schlacht, an die ich mich erinnern kann, denn als bekannt wurde, was sich am Gaisberg ereignet hatte und was für Waffen Verwendung fanden, hat keiner mehr einen Fehdehandschuh geworfen und einen Kampf gefordert. Vielleicht war aber auch einfach die Zeit der ‚großen Schlachten‘ vorbei und wir langsam älter und vernünftiger geworden, sodass wir diesen Kinderkram hinter uns lassen wollten und ihn für unser Ego nicht mehr brauchten.

Über den Zickzackweg kamen wir schnell wieder unten im Tal an der Bahnlinie und am ‚Bunsen‘ an. Von dort aus gingen die meisten noch mit in den Märzgarten, um weiter heiß über die Schlacht, ihre gefährliche Wendung und die unlauteren Methoden des Gegners herzuziehen.

Uns allen war natürlich klar, dass der Kampf um den Riesenstein die heroischste und raffinierteste Tat aller Zeiten war, und dass uns diesen Sieg keiner mehr streitig machen würde – bis heute. In dieser Nacht schliefen die meisten sicherlich sehr unruhig und durchlebten im Traum noch einmal Sieg und Niederlage hautnah.

Es ist schon eine eigenartige Sache, eben erst war der furchtbare Zweite Weltkrieg zu Ende, der so viele Opfer gekostet hatte, und wir spielten als Kinder schon wieder das gleiche und gefährliche Spiel wie zuvor die Erwachsenen. In Heidelberg patrouillierten ja zu dieser Zeit noch die US-Soldaten in ihren Jeeps und mit scharfen Waffen durch die Stadt. Auch sah man immer wieder Lkw-Kolonnen mit Panzern, die zu Manövern fuhren, um sich fit für den nächsten Ernstfall zu machen. Jetzt stand der Feind allerdings plötzlich im Osten, und das war die ehemals verbündete Sowjetunion mit dem Diktator Stalin an der Spitze und seinem Vorposten zum Westen hin, der ehemaligen DDR, dem abgetrennten Teil Deutschlands. Hier war der sogenannte ‚Eiserne Vorhang‘ und die Freiheit zu Ende. Es mutet mich heute noch als Wunder an, dass ich doch noch die Wiedervereinigung erleben durfte, an die fast niemand mehr geglaubt hat, und dass das ganz ohne Waffen, friedlich aus dem Volk heraus geschah.

Wie es das Schicksal so will, habe ich eine Amerikanerin geheiratet, de-

Mein späterer Schwiegervater Mel Schmidt als junger Soldat, nach der Landung in der Normandie irgendwo in Deutschland unterwegs

© Pit Elsasser

ren Vater als Soldat bei der Landung in der Normandie dabei war und der als GI durch ganz Deutschland bis in die Tschechei marschierte, um wieder Frieden in unser Land zu bringen und diesen zu sichern. Ich bin dankbar, dass ich auch dadurch in meinem Leben keinen Krieg in unserem Land mehr erleben musste, was für vorhergehende Generationen kaum denkbar war, und dass unsere Kinder, seine Enkelkinder, hier in Frieden leben können und er das auch noch bei vielen Besuchen erleben durfte.

Jetzt, im Jahr 2013, sollte es passieren, dass die amerikanische Armee sich aus Heidelberg und Mannheim komplett zurückzieht und ihr Hauptquartier nach Wiesbaden verlegt. Goodbye!

Roller, Rollschuhe, Rodelschlitten

Nach dem Krieg war in der breiten Bevölkerung meist immer einer zu Gast – und das war der 'Küchenmeister Schmalhans'. Oft reichte es gerade zum Überleben. Man versuchte, auf dem Schwarzmarkt zu tauschen, was nur ging, und hoffte, dabei nicht erwischt zu werden. Glück hatten alle, die auf dem Land Verwandte hatten, da dort die Versorgung durch den Feldanbau gesicherter war. Zu ihnen mussten jedoch lange Bahnfahrten und noch längere Fußmärsche in Kauf genommen werden. Im Gepäck hatte man Tauschgegenstände, die es auf dem Lande weniger gab. Unser Weg führte uns z. B. öfter zur Verwandtschaft meines Vaters nach Asbach im Odenwald. Manchmal blieben wir auch ein, zwei Tage dort, weil unsere Mutter ein Kleid nähte oder Kleider und Mäntel änderte, wofür wir dann Kartoffeln, Schinken oder Wurst bekamen. In dieser Zeit war der Rucksack ein unentbehrliches Requisit der Menschen auf dem Weg zum Tauschen. Vielleicht war es deshalb für mich am Anfang befremdlich, als es in unserer Zeit Mode wurde, wieder Rucksäcke zu tragen. Denn ein Rucksack hatte etwas mit Armut, mit Flucht und letztendlich mit Krieg zu tun.

So ein Steiff-Roller war mein ganzer Stolz und an einem heißen Sommertag 1948 mein großes Verhängnis

© Pit Elsasser

Wir hatten das Glück, dass unser Vater bald wieder seine Stelle in der BASF bekam und unsere Mutter durch ihre Näherei bei den Amerikanern Geld verdienen konnte bzw. in Naturalien wie Kaffee, Zigaretten oder Alkohol für ihre Arbeit entlohnt wurde.

Wir Kinder hatten natürlich trotz aller Armut auch schon unsere heimlichen Wünsche und Träume und äußerten diese gegenüber unseren Eltern sicherlich oft sehr nervig. Denn die Schaufenster der Geschäfte füllten sich nach 1945 erst sehr langsam, dann aber immer schneller mit verlockenden, aber kaum erschwinglichen Auslagen.

Einer meiner Wünsche war ein Tretroller. Am Bismarckplatz gab es das Spielzeuggeschäft Knoblauch. Abends, wenn wir manchmal unseren Vater vom Bus abholten oder nach Handschuhsheim zu unseren Großeltern fuhren, quengelten wir so lange, bis wir an dem Schaufenster in der Sofienstraße vorbeidurften, um uns an der Scheibe die Nase platt zu drücken, denn dort standen unsere Träume. Da gab es normale Holz-Tretroller mit Vollgummireifen, Roller mit Metallrahmen und Luftreifen, die 'Holländer', auf denen man sitzen konnte und die vier Räder durch das Hin- und Herbewegen einer Stange antrieb, oder die 'Wipptretroller'. Diese Roller hatten größere Räder mit Speichen und Vollgummibereifung. Das Besondere aber war das Wippbrett, das auf dem Trittbrett hinten an einem Scharnier befestig war. Wenn man sich daraufstellte und mit den Füßen das Brett nach vorne und hinten wippte, wurde über eine Zahnstange das Hinterrad angetrieben. Dabei entstand so ein rätschendes Geräusch, das fast wie ein Motor klang und einem dabei ganz nebenbei den Weg freimachte, weil jeder einen kommen hörte. Bei dieser Technik musste man also nicht den Fuß mit Kraft auf die Straße stemmen und sich dabei vorwärts abstoßen, sondern man konnte fast elegant einfach aufrecht stehen bleiben. Allerdings war die Geschwindigkeit nicht so hoch wie bei einem Tretroller, der mit kräftigen und schwungvollen Tritten bewegt wurde. Durch manche Rennen, die wir in den Straßen der Stadt austrugen, wurde das immer wieder ausgetestet.

Natürlich war mein Traum ein Roller mit Luftbereifung und Metallrahmen, aber die Worte meiner Mutter dazu waren eindeutig: „Das können wir uns nicht leisten." Mehr wurde darüber nicht mehr gesprochen.

Als in diesem Jahr, 1947, Weihnachten kam, war ich nicht schlecht erstaunt, als ich unter dem Weihnachtsbaum einen Roller entdeckte. Es war jedoch leider nur der einfache ‚Steiff'-Holzroller, mit Vollgummireifen und der rotblauen Lackierung und mit dem Teddybärsymbol. Er hatte einen kleinen Zeiger am Lenker, die Schutzblechbremse am Hinterrad und einen Ständer, damit er alleine stehen blieb. Zur Aufwertung wurde wenigstens noch eine Fahrradklingel an den Lenker geschraubt. Das ‚Brumm-brumm' bis hin zum rasend aufheulenden ‚Ääng-äääng-ääääääääng' des Motors, musste ich allerdings mit Mund und Stimme selbst erzeugen.

Dieser Roller sollte mich mein ganzes Kinderleben lang begleiten. Durch ihn lernte ich den Rausch der Geschwindigkeit kennen, aber leider auch recht schmerzhaft die Gefährlichkeit des Straßenverkehrs.

Ich weiß nicht mehr, was es war, aber sicherlich war es eine ganz, ganz wichtige und dringende Angelegenheit, die mich dazu verleitete, an einem heißen Sommertag 1948 mit schnellen, kräftigen und weit ausholenden Tritten alles aus dem Roller herauszuholen, was ging. Die Schussfahrt ging durch die Landfriedstraße, am Märzgarten vorbei in die Plöck Richtung Bahnhof. Die Plöck war eine Einbahnstraße und ich fuhr natürlich gegen die Fahrtrichtung auf der Straße, da die Gehwege ja immer von den langsamen und schimpfenden Fußgängern besetzt waren und man da ja nicht schnell genug vorwärtskommen konnte.

Nur wenige Meter nach dem Wredeplatz gab es auf der rechten Seite das kleine Diakonissen-Krankenhaus. Davor stand ein Lieferwagen, aus dem gerade etwas ausgeladen wurde. Ich entdeckte noch etwas Platz zwischen Fahrzeug und Gehweg und schoss durch diese Lücke hindurch. Pech für mich, dass genau in diesem Moment ein Student, auf einem Fahrrad von der anderen Seite kommend, die gleiche Idee hatte und wir beide mit Karacho zusammenprallten. Durch den Zusammenstoß fiel ich mit dem Roller um, und im gleichen Augenblick konnte der junge Mann noch vom Fahrrad springen. Mein Pech war, dass mein linkes Bein mit dem Knie auf dem Boden und mein Fuß auf dem hochkant liegenden Rollerbrett zu liegen kam. Der Student sprang also vom Fahrrad genau auf mein Bein über dem Hohlraum zwischen Brett und Straße und brach es etwa so, wie man ein Stück Holz bricht. Mein Schien- und Wadenbein sind glatt durchgebrochen. Das alles ging blitzschnell und ich wusste überhaupt nicht, wie und was mir geschehen ist. Gemessen an dem, was tatsächlich passiert war, verspürte ich zunächst auch keine allzu großen Schmerzen.

Genau zum selben Zeitpunkt schauten in dem Krankenhaus zwei Ärzte aus dem Fenster und haben das ganze Geschehen beobachtet. Sie schickten sofort zwei Sanitäter mit einer Krankentrage herunter und brachten mich in einen Untersuchungsraum. Ich weinte natürlich, und die Schwestern, die mich erwarteten, versuchten mich zu trösten: „Das ist alles nicht so schlimm, das wird geröntgt und dann ist bald alles wieder gut."

Ich weiß nicht, wie und durch wen meine Mutter von meinem Unfall erfahren hat. Sie kam jedenfalls völlig außer Puste angerannt, denn sie musste ja von unserer Wohnung in der Friedrichstraße zum Krankenhaus laufen und war natürlich in Tränen aufgelöst. Jetzt war ich derjenige, der tröstete, und zwar mit den gleichen Worten, mit dem gleichen Satz, mit dem mich die Schwestern trösteten. Schluchzend und nach Luft ringend stand sie an der Liege und ich sagte zu ihr: „Mama, des is gar net schlimm, des wird nur gerönscht und dann is es bald wieder gut", was meine Mutter in diesem Moment zu einem eher verunglückten, aber doch irgendwie glücklichen Lächeln zwang, da es doch nichts Schlimmeres war.

In dem Krankenhaus, das nicht für chirurgische Fälle eingerichtet war, konnte ich nur notversorgt werden. Ich wurde dann mit dem Krankenwagen in die Chirurgische Klinik am Neckar auf der Neuenheimer Seite verlegt. Dort sollte ich rund vier Wochen verbringen.

Zuerst wurde ich zum Röntgen geschickt, vor dem ich plötzlich eine Heidenangst hatte, denn ich wusste ja nicht, was da auf mich zukam. Meine Mutter durfte nicht mit und ich wurde mit dem Fahrstuhl ein Stockwerk höher gefahren, in einen dunklen Raum gerollt und auf eine Pritsche mit einem kalten Gummibezug gelegt. Über dieser hing ein silbernes Gerät, das

Das Gebäude in der Plöck, in dem früher das kleine Diakonissen-Krankenhaus untergebracht war und vor dem mein Unfall passierte

© Pit Elsasser

wie eine Bombe aussah. Ich dachte, das soll also das sein, von dem man mir vorher weisgemacht hatte, dass ‚nur geröntgt wird und alles wieder gut ist‘. Der Arzt versuchte, mich zu beruhigen, was ihm aber nicht wirklich gelang, denn ich glaubte, dass aus dem Gerät eine lange Nadel geschossen würde.

Als krankes Kind ließ man sich gerne verwöhnen und durfte im Wohnzimmer auf der Couch liegen

© Pit Elsasser

Nach dem Röntgen wurde mein Bein fast bis an den Schritt mit Gipsbinden komplett eingegipst. Diesen Gips hatte ich dann vier Wochen in einem der heißesten Sommer, sodass ich immer das Gefühl hatte, ganze Ameisenvölker hätten sich dort eingenistet. Nach zwei, drei Tagen kam ich wieder zum Röntgen, diesmal hatte ich jedoch davor keine Angst mehr. Es wurde kontrolliert, ob das Bein gerade zusammenwächst. Da die Knochenstellung tatsächlich nicht gerade war, musste mein Bein gerichtet werden. Das geschah auf beängstigende und auch schmerzhafte Weise. Mit einem Fuchsschwanz wurde der Gips aufgesägt, und zwar so weit, bis ich schrie. Dann wussten die Ärzte, dass sie durch waren. Mit zwei kleinen Holzkeilen wurde der Gips auseinandergetrieben und so das Bein gerade gerichtet und an der Stelle wieder vergipst.

Der Aufenthalt in einem Krankenhaus war zu dieser Zeit besonders für kleine Kinder schlimm. Man kann sich das heute überhaupt nicht mehr vorstellen. Besuchszeit gab es nur zu genau festgelegten Stunden, und zwar nachmittags pünktlich von 15 bis 17 Uhr. Danach mussten alle Besucher das Krankenhaus wieder verlassen. Meine Mutter hatte sich für mich einen kleinen Trick ausgedacht, um mir den täglichen Abschied und das Heimweh zu erleichtern. Sie träufelte auf ein Taschentuch von ihr ein paar Tropfen 4711 Kölnisch Wasser und legte es unter mein Kopfkissen. Es war der Duft meiner Mutter, der mich auch tatsächlich beruhigte und das Heimweh etwas erträglicher machte – bis zum nächsten Tag.

Die einzelnen Räume in der Kinderabteilung, in denen jeweils sechs Betten standen, waren nicht durch geschlossene Wände, sondern durch halbhohe Mauern getrennt, die oben verglast waren. Auch zum Flur hin war Glas, damit die Schwestern immer und überallhin einen Blick in die Räume werfen konnten. Tobten in einem Raum die Kinder zu sehr und sprangen aus den Betten, klopften sie fest gegen die Scheiben und drohten mit dem Finger, sodass schnell wieder Ruhe einkehrte.

Sonntags waren die Besuchszeiten länger, deshalb freuten wir uns alle ganz besonders auf diesen Tag. Das hatte allerdings auch noch einen anderen Grund, denn jeden Sonntag kam Karl. Karl war ein älterer Mann, der mit uns immer Späße machte und uns zum Lachen brachte. Er hatte alle Taschen voll mit Tabakpfeifen, die er nach und nach aus seinen Hosen- und Jacketttaschen zog. Immer, wenn wir glaubten, jetzt habe er bestimmt keine mehr, brachte er doch noch eine irgendwo hervor. Vielleicht hat dieser Mann bewirkt, dass es jetzt im Alter ein Wunsch von mir wurde, als Klinikclown zu arbeiten. Oder hat er mich womöglich so beeindruckt, dass ich später zum Pfeifenraucher wurde!? Wer weiß, wer weiß.

Nach vier Wochen bekam ich einen Gehgips, um wieder laufen zu lernen. Doch das Gefühl in meinen Beinen war so fremd und komisch, dass ich kaum auf diesem Gips laufen wollte. In dieser Zeit ließ ich mich richtig verwöhnen, lag im Wohnzimmer auf der Couch oder saß in einem Kindersportwagen im Garten von Schafheutles. Dort wurden mir von Frau Jungblut, von Doris und Rudi, den Konditoren sowie von meinen Freunden aus der Friedrichstraße oft Eis und andere Leckereien zugesteckt. Eigentlich war das ein wunderschönes Schlemmerleben, warum sollte ich also wieder laufen lernen? Ich hatte doch alles. Als der Gehgips eines Tages dann auch noch wegkam, wurde ich in verschiedenen Therapiestunden unter anderem auf ein stationäres Fahrrad gesetzt und musste strampeln, bis die Muskeln langsam wieder anfingen, normal zu arbeiten und mir das Laufen neu ermöglichten.

In so einem Kinderwagen, wie er damals üblich war, wurde ich durch die Gegend geschoben oder in den Garten von Schafheutles gestellt, wo ich mich gerne von allen verwöhnen ließ – hier von meinem Vater und meinem Bruder

© Pit Elsasser

Ein Jahr später war alles schon wieder vergessen und der Wunsch nach neuen Fortbewegungsmitteln war wieder in mir erwacht – Rollschuhe waren mein nächstes Traumziel. Natürlich gab es auch da, wie bei den Rollern, unterschiedliche Preisklassen. Doch dieses Mal wurde meinem Wunsch nach den besseren nachgegeben. Es sollten Rollschuhe mit Doppelkugellager sein – ‚Gloria' hießen sie und waren enorm schnell. Damals gab es noch keine Rollen mit Gummibelag, die zur Standardausführung gehörenden Stahlrollen waren eine enorme Lärmbelästigung für empfindliche Ohren. Besonders, wenn wir in der Wohnung damit fuhren. Gelernt habe ich das Fahren unter anderem auch auf dem Schloss, wenn meine Schwester Wanda mit mir auf den Altan ging und ich dort, ganz in der Nähe des Fußabdruckes in der Bodenplatte, auf der leichten Schräge das Balancieren lernte. Aber wie es so bei Kindern ist, war ich bald ein Könner und recht schnell auf der Hauptstraße und den Seitenstraßen unterwegs. Mit langen Hosen durften wir allerdings nicht Rollschuhe laufen, denn die vielen Stürze erzeugten einen zu hohen Verschleiß an den wenigen Hosen. Also war Rollschuhzeit immer auch Lederhosenzeit, denn die Verletzungen an den Knien kosteten nur ein Pflaster und wuchsen kostenlos zu.

Im Winter lagen natürlich die Rollschuhe in der Ecke und der Rodelschlitten hatte seine Saison. Rodeln war eine der meistgeliebten Tätigkeiten, und Schnee gab es damals immer in ausreichendem Maße. In der Stadt hatten wir unsere kleinen Spezialhänge und abschüssige Straßen, wo wir diesem herrlichen Vergnügen nachgingen. Richtig toll war es allerdings dann, wenn wir mit der Bergbahn auf den Königstuhl fahren durften, um auf die Kohlhofwiese zu gelangen. Dort bildeten wir zu gerne lange Rodelketten, indem sich jeder mit dem Bauch auf seinen Schlitten legte und seine Füße in die Kufen des Hintermannes einhängte. Je länger die Kette, umso spannender die Erwartung, wie lange das gut gehen würde. Hatte jemand keinen eigenen Schlitten, setzte man sich kurzerhand auf den Rücken eines ‚Bauchplatschers'. Der Erste hatte das Sagen, er gab das Kommando und lenkte die Schlange ins Tal. Mit einem ständig aus allen Kehlen lautstark gebrüllten „Außer, außer!", was so viel hieß wie „Bahn frei!", jagte dann das Gespann den Hang hinunter. Musste der Lenkschlitten jemandem ausweichen oder der Fahrer hatte einfach Lust, eine schnelle Kurve zu fahren, kippte die ganze Mannschaft bei hoher Geschwindigkeit um. Am schlechtesten waren die Letzten in der Schlange dran, da diese von der Fliehkraft weit nach außen getragen wurden und sich oft dabei noch mehrmals überschlugen.

Ein Zweisitzer-Rodelschlitten, wie wir ihn meistens benutzten

© Fotolia

Aufstehen und den Berg wieder hochlaufen, dabei schwer atmend von der tollen Schussfahrt erzählen, gehörte zu diesem Vergnügen immer dazu, denn Lifte gab es zu dieser Zeit noch nicht. Kam von oben eine andere Gruppe „Außer!" schreiend den Hang heruntergeschossen, blieb man kurz stehen und sah ihr nach, bis sie das gleiche Unfallschicksal erlitt wie man selbst, um dann schadenfroh über sie zu lachen.

Nach solch einem Rodeltag ging man meist mit glühend heißen Wangen und durchgefrorenen Händen und Füßen nach Hause. Abgekämpft, aber glücklich und voller Erlebnisse, trockneten wir die Kleider am Ofen - für einen neuen Tag im Schnee. Lief am nächsten Tag die Nase, machte das nichts, man hatte ja immer seine beiden Ärmel dabei, um das ‚Gesabbere' einfach wegzuwischen – so simpel und einfach kann das Leben für ein Kind sein, in dem es noch keine Konventionen gibt.

106

Nachbarn, Freunde, Bekannte

Wie schon beschrieben, hatten meine Eltern einige interessante Freunde aus der Theaterszene. Aber es gab natürlich noch viele andere Menschen, mit denen sie befreundet oder näher bekannt waren. Dabei sind für mich etliche in Vergessenheit geraten und wieder andere haben Spuren hinterlassen, an die man sich erinnert.

So wohnten zum Beispiel drei ledige Frauen zusammen in einem Haus auf der Hauptstraße neben dem Modegeschäft Claussen und der Drogerie. Unten in diesem Haus gab es ein Miederwarengeschäft, das unserer Nenntante ‚Tante Mus' gehörte. Für uns Kinder war es immer höchst peinlich, mit unserer Mutter in diesen Laden zu gehen, in dem überall BHs und Korsetts, meistens in hautfarbenem und oft glänzendem Rosa, herumhingen. Hinten im Laden ging eine Tür ins Treppenhaus, über das man in die Wohnung von Tante Mus im ersten Stock und einen Stock höher in die von Klara und Anna gelangte, die zusammenlebten.

Klara war eine große, maskuline Frau mit Kurzhaarschnitt und einer tiefen Stimme. Sie war Kriminalkommissarin und dadurch für uns Kinder von besonderem Interesse. Manchmal, wenn sie gut drauf war, zeigte sie uns, mit welchen Griffen sie Gangster und Verbrecher festhielt und diese kampfunfähig machte. Ansonsten war sie ein eher unnahbarer und in sich ruhender Typ. Ganz anders Anna. Sie war klein, drahtig und quirlig, ebenfalls mit kurzen Haaren, aber im Gegensatz zu Klara mit einem frohen und lautstarken Mundwerk.

Sie betrieb irgendwo im Feld bei Kirchheim mit Verwandten eine kleine Hühnerfarm, zu der sie täglich mit ihrem TEMPO-Dreirad fuhr. Oft durften wir mitfahren, was ja in der Zeit etwas Besonderes war, denn wer hatte da schon ein Auto? Dieser Lieferwagen mit Pritsche hatte nur eine Sitzbank für höchstens drei ganz schmale Personen oder für zwei Erwachsene und ein Kind. Das hat man damals alles noch recht locker gesehen, denn Anschnallgurte oder Airbags waren noch lange nicht erfunden. Der Motor war höllisch laut, da er direkt vor einem, nur durch ein Blech vom Fahrgastraum getrennt, seine Kraft entfaltete. Das Vorderrad wurde über eine Kette angetrieben und war mit dem Motor eine Einheit. Das Lenken erforderte einen ziemlichen Kraft-

Mit so einem ‚Tempo Hanseat Dreirad' fuhr Tante Anna zu ihrer Hühnerfarm in Kirchheim

© Repro Pit Elsasser

107

aufwand, da sich der ganze Motor samt dem Vorderrad mitdrehte. Einen Zündschlüssel gab es damals noch nicht, der Motor wurde mit einem Anlasserknopf am Boden gestartet. Da Tante Anna ihr Auto meistens nicht abschloss, hatten wir es leicht, wenn es in der Friedrichstraße vor unserem Haus stand, einzusteigen und das Fahrzeug mittels Anlasser heimlich ein paar Meter weiter zu bewegen. Kam sie dann zurück und ihr Auto stand nicht mehr an seinem ursprünglichen Platz, gab es mal wieder ein paar ermahnende Worte, gemischt mit einem schelmischen Schmunzeln, denn böse konnte Anna mit uns nicht sein, dafür hatte sie uns zu gern.

Fuhren wir mit ihr auf die Farm, war das immer ein tolles Erlebnis, denn da gab es diese süßen kleinen, frisch geschlüpften Küken, die wir gerne anfassten, weil sie so flauschig und tollpatschig waren. Eine Besonderheit war auch noch, dass es dort zum Füttern neben den üblichen Futtermitteln auch Trockenmilch gab. Das war vor allem für mich ein besonderes Leckerli. Konnte ich in einem unbeobachteten Augenblick an diese Tonne gelangen, labte ich mich, solange es ging, manchmal bis mir fast schlecht wurde. Einmal, und das war natürlich dann das letzte Mal, wurde mir die Sucht nach Trockenmilch zum Verhängnis. Die Tonne war schon ziemlich leer und ich musste, um an das begehrte Gut zu kommen, mich weit über den Rand nach innen beugen und fiel prompt komplett hinein. Erst als man mich vermisste und suchte, fand man mich weiß gepudert und jammernd auf dem Kopf stehend in der Tonne. Das war's dann mit der heimlichen Schleckerei. Dieser Tag war anscheinend sowieso nicht mein Tag, denn am Nachmittag wurde ich noch von einer Biene in die Lippe gestochen, was natürlich eine große Schwellung mit erheblichen Schmerzen verursachte.

Tante Anna war eine sehr resolute, flotte Fahrerin und ist leider auf einer Fahrt von Heidelberg nach Kirchheim zur Hühnerfarm tödlich verunglückt. Das war für mich das erste Mal, dass ich als Kind mit dem Tod eines geliebten Menschen konfrontiert wurde. Ihre Partnerin Klara litt sehr darunter und hat sich danach ganz von anderen Menschen zurückgezogen.

Im Nachbarhaus in der Friedrichstraße 2 wohnte im obersten Stock das Ehepaar Schwarze, die Besitzer des ‚Kammer'-Kinos in der Hauptstraße 88, direkt gegenüber der Bienenstraße. Frau Schwarze war gut mit meiner Mutter befreundet, und das ganz speziell, nachdem sie bei einem Ausflug mit zwei Fläschchen Underberg auf ‚Brüderschaft' getrunken hatten, was uns Kinder sehr belustigte. Dass wir Schwarzes gut kannten, ebenso auch die Frau an der Kinokasse, verschaffte uns die besten Möglichkeiten, häufig kostenlos ins Kino zu können. Kamen wir an der Kasse an und es waren noch genug Plätze frei, ließ uns die Kassiererin einfach durch und gab dem Kartenabreißer an der Tür ein Zeichen. Meistens sahen mein Bruder und

ich gerne Cowboy-Filme oder Charlie Chaplin und Dick und Doof. Einmal jedoch kam ich mit Volker in einen Film, den ich im Alter von ca. 6 Jahren noch gar nicht hätte sehen dürfen. Es war der Streifen ‚Phantom der Oper‘; darin kamen für ein Kind sehr beängstigende Szenen vor. Nach diesem Kinobesuch hatte ich eine Woche lang Albträume und die aufgenommenen Bilder waren anscheinend so stark, dass ich sie heute noch in meinem Kopf abspielen lassen kann. Ich war seit der Zeit nie in einem der Nachfolgefilme oder in dem Musical und weiß doch noch die ganze Handlung. Danach war erst mal generelles Kinoverbot angesagt, und meine Mutter kam deswegen mit ihrer Freundin hintereinander, weil man mir erlaubt hatte, in diesen Film zu gehen.

Ebenfalls mit meinen Eltern befreundet war das Ehepaar Busch in der Plöck, sie hatten zwei Kinder und betrieben in der Nähe des Märzgartens ein Kürschnergeschäft. Dort hinzugehen, hat mir immer viel Spaß gemacht, da es toll war, die vielen Felle zu sehen und sie streicheln zu dürfen. Das Kürschnerhandwerk ist eine wirklich aufwendige Arbeit, wenn aus vielen kleinen Fellstreifen ein kompletter Mantel entsteht und durch die Art des Nähens eine ganz bestimmte Optik bekommt. Ab und zu hat meine Mutter mit dem Kürschnermeister zusammengearbeitet, wenn sie für ein Kleid oder einen Mantel einen Pelzbesatz für die Ärmel oder einen Kragen brauchte. Das war überhaupt noch die Zeit, wo Frauen sich im Winter ganze Tiere wie Füchse oder Wölfe mit Kopf, Pfoten und Schwanz um den Hals legten. Beliebt und modern waren auch aufwendige Fellmützen und der wärmende ‚Muff‘ im Winter. Das war ein röhrenförmig zusammenge-

nähtes und gefüttertes Stück Pelz, in das man von beiden Seiten seine Hände hineinsteckte und so keine Handschuhe brauchte, um warme Hände zu haben. Er hatte entweder eine Schlaufe oder aber eine lange Kordel, mit der man ihn um den Hals tragen konnte. Meist war noch ein kleines Geldtäschchen miteingearbeitet. Die wertvollen Pelzmuffe aus Nerz wurden meistens von Damen der gehobenen Gesellschaft getragen, die einfacheren aus Kaninchenfell von Mädchen und jungen Damen.

Eine sehr enge Freundin meiner Mutter und ebenfalls eine Nenntante von uns war ‚Tante Friedel' in der Landfriedstraße. Ihr Mann und sie führten das Gasthaus ‚Schimmel' in der Hauptstraße, das Stammhaus der Brauerei Kleinlein. Beim Betreten dieser Gaststätte kam man in einen sehr großen und recht kahlen Gastraum mit dem Charme einer Bahnhofsgaststätte. Auf einem rohen Holzboden standen einfache schwere Tische und auf der Längsseite eine große Theke mit einer chromblitzenden Bierzapfanlage als Mittelpunkt. Durch eine Glaskuppel in der Decke fiel fahles Licht in den Raum. Hier wurden wir von Tante Friedel, die eine herzensgute Frau war, immer mit Essen oder Trinken

110

verwöhnt. Dafür nähte meine Mutter günstig für sie Kleider oder änderte ihre vorhandene Garderobe. Tante Friedel hatte dann leider später ein hartes Schicksal, da ihr Mann, der ein ziemlicher Hallodri war, unter dem Vorwand, ein Ballett gründen zu wollen, plötzlich über Nacht nach Äthiopien verschwand, um dort in Addis Abeba einen Nachtclub zu eröffnen. Meine Mutter hatte für die Tänzerinnen noch die Tanzkleider genäht, ohne dafür bezahlt worden zu sein. Tante Friedel starb leider relativ früh an einer tückischen Krankheit.

Eine weitere Bekannte, die wir öfters besuchten, lebte in der Plöck beim Märzgarten. Sie lag schon seit Jahren mit Multipler Sklerose im Bett und konnte sich kaum bewegen. Meine Mutter erzählte mir, was das für diese Frau, aber auch für ihren Mann bedeutete, der sie pflegte, und dass es doch besser wäre, wenn sie sterben könnte. Ein seltsam anmutender Wunsch, den ich als Kind überhaupt noch nicht verstehen und einordnen konnte und der in mir viele stille Fragen aufwarf.

Erstaunlich ist, dass man als Kind Ereignisse, Schicksale, Scheidungen, Krankheiten oder auch Sterbefälle erlebt, die in seiner Gedankenwelt irgendwo Spuren hinterlassen, ohne zu wissen, weshalb gerade das hängen blieb. Sie nehmen als Erfahrungen Einzug in das eigene Leben, sodass man später im Alter erstaunt feststellt, irgendwie wiederholt sich alles im Laufe der Zeit, jedoch immer mit anderen Darstellern, in anderen Beziehungen und an anderen Orten.

Straßen, Plätze und Häuser prägen sich teilweise so signifikant ins Gedächtnis ein, dass man, steht man wieder davor oder sieht ein Bild, anfängt zu fühlen, zu schmecken und zu riechen, wie man es als Kind erlebt hat. Ja sogar Ängste und Freuden werden erneut erlebbar. So wie zum Beispiel die Mauer des evangelischen Kindergartens, auf der wir ständig herumkletterten, mit dem grünen schmiedeeisernen Zaun. Der modrige Geruch der schaurig dunklen Grotte unter dem Häuschen, das ich schon beschrieben habe. Die Bäume entlang der Mauer, die im Frühjahr verschwenderisch viele kleine rosa Röschen trugen. Oder die alte Dame, die im Erdgeschoss des Hauses gegenüber der Einmündung der Landfriedstraße in die Friedrichstraße wohnte, mit der wir oft im Clinch lagen, da sie sich über unsere Spiele und den damit verbundenen Lärm trefflich aufzuregen verstand, worauf wir ihr sicher nicht zimperlich antworteten. All das hat ein hohes Erinnerungspotenzial in meinem Gedächtnis hinterlassen.

Neues Geld, alte Münzen, junge ‚Frauleins'

Von dem, über das die Erwachsenen da plötzlich sprachen, konnten wir Kinder im Grunde überhaupt nichts verstehen. Es soll ‚neues Geld' geben und das ‚alte' wird danach nichts mehr wert sein. Das, mit dem wir die ganze Zeit eingekauft haben, sollte plötzlich nichts mehr wert sein? Aber

in dieser Zeit gab es kaum ein anderes Gesprächsthema und keiner wusste so recht, wie das gehen soll, denn die meisten waren ziemlich unsicher und vor allem sehr ängstlich. Jede ‚natürliche Person', so hieß es, sollte am Stichtag 40 ‚Deutsche Mark' als ‚Kopfgeld' bekommen und nach 2 Monaten nochmals 20 D-Mark. Das alte Geld hieß noch ‚Reichsmark' und die Banknoten waren ziemlich ram-

Das Gebäude in der Landfriedstraße, in welches das ‚neue Geld' gebracht wurde

© Pit Elsasser

Die ersten 1-DM-Scheine

poniert. Dazu gab es noch ‚Marknoten', die die alliierten Militärbehörden in ihren Zonen, in die Deutschland eingeteilt war, herausgaben und die auf recht einfaches Papier gedruckt waren. Das Hartgeld war grau und aus Aluminium. Das neue Geld mit frisch gedruckten Scheinen würde allein schon deswegen wertvoller aussehen und die Münzen sollten aus Kupfer, Messing und Silber sein.

Es wurde ein bestimmter Tag für die Ausgabe des Geldes festgelegt. Das Wochenende vom 20. auf den 21. Juni 1948 war der Stichtag. Ab dem 21. Juni war die D-Mark, wie sie kurz genannt wurde, alleiniges Zahlungsmittel in allen drei westlichen Besatzungszonen. Die Besatzungszone der Russen bekam kein neues Geld, da sie sich von den anderen Besatzungsmächten absetzen wollte. Die Bevölkerung wurde ab dem 18. Juni durch Aushänge an Litfaßsäulen, durch Rundfunkdurchsagen und durch Lautsprecherwagen, die durch die Straßen fuhren, über den Ablauf der Aktion informiert.

Mit der Operation ‚Bird Dog' wurden die in den Vereinigten Staaten gedruckten Banknoten in 23.000 Holzkisten per Schiff von New York nach Bremerhaven transportiert und nach ihrer Ankunft Ende Mai 1948 in acht Sonderzügen in die Keller der Reichsbank in Frankfurt am Main gebracht. Von dort aus verteilte man sie mit Zügen und Militärlastwagen in die einzelnen Banken im ganzen Land. So eine Bank war z. B. in Heidelberg ganz in unserer Nähe in der Landfriedstraße 12.

Es sprach sich ganz schnell herum, wann das Geld angeliefert werden sollte. „Heute kommt das neue Geld", das war für uns Kinder und natürlich auch für die Erwachsenen an diesem Tag wie ein Schlachtruf. Alle warteten gespannt auf den Transport, der von den Amerikanern durchgeführt wurde. Mehrere Militärjeeps mit bewaffneter Militärpolizei sowie deutscher Polizei kündigten den Transport durch die Hauptstraße über die Friedrichstraße hoch zur Landfriedstraße schon von Weitem an. Auf allen Trittbrettern und den Pritschen der Militärlastwagen saßen bewaffnete GIs und bewachten die Konvois. Wir liefen die ganze Strecke auf dem Gehweg neben den Lkw her. Vor der Bank war natürlich weiträumig von der Karl-Ludwig-Straße bis zur Märzgasse alles abgesperrt, sodass man das ‚neue Geld' bzw. die Transportkisten gar nicht richtig zu Gesicht bekommen konnte. Leider konnte ich wegen der Absperrung nicht mehr zu dem Haus Nr. 18, in dem ein Freund im 2. Stock wohnte, vordringen und das Geschehen aus dem Fenster wie aus einer Loge verfolgen. Aber es war einfach nur wichtig, ganz

So, wie es hier meine Kinder Emely, Maike und Jaemie demonstrieren, haben wir uns oft die Zeit vertrieben und unsere Kräfte und Schnelligkeit an den Gittern des Kurpfälzischen Museums gemessen

© Pit Elsasser

nah dabei zu sein, wenn das ‚Neue' kommt und mit ihm die ganze Hoffnung der Menschen auf ein besseres Leben. Ich hätte später nicht gedacht, dass ich es nochmals erleben würde, dass es neues Geld geben sollte. Die Ablösung der D-Mark durch die Einführung des Euro am 1. Januar 2002 hat mich eines Besseren belehrt und an diese Zeit erinnert.

Das alte Hartgeld hatte noch eine kurze Zeit mit einem niedrigeren Wert Gültigkeit, bis auch dieses wertlos wurde. Die Münzen, die jetzt plötzlich niemand mehr haben wollte, bekamen wir Kinder dann zum Spielen, was wir auch ausgiebig taten. Vor allem beliebt war es, die ‚Geldplattmachmaschine' zu spielen. Dazu haben wir in einem unbeobachteten Augenblick die Alumünzen in einer Reihe der Länge nach auf die Schienen der Straßenbahn vor dem Kurpfälzischen Museum gelegt. Bis die nächste Straßenbahn kam, haben wir uns die Zeit mit ‚Gitterschwingen' an den Fenstern des Museums vertrieben. Dazu musste man sich mit angezogenen Beinen, ohne den Boden zu berühren, von Gitterstab zu Gitterstab schwingen und die Lücken zwischen den acht Fenstern mit einem kräftigen Hechtsprung überbrücken. Wer alle Gitter geschafft hatte, war Sieger. Kam die nächste Straßenbahn vorher, versteckten wir uns schnell in der großen Toreinfahrt des Museums und warteten gespannt auf ein Geräusch, das sich wie eine Maschinengewehrsalve anhören würde. Laut ratterte die Bahn über die Münzen und walzte aus ihnen hauchdünne Plättchen. An der ersten Achse war das Geräusch noch am lautesten und wurde bis zur letzten Achse immer leiser, da die Münzen dann feingewalzt waren. Die Fußgänger auf dem Gehweg erschraken oft und schimpften über die frechen Bengel, die unter lautem Gejohle, wenn die Bahn weg war, ihre Schätze einsammelten. Zu Hause polierten wir sie mit einem Lappen und ‚Sidol‘ und legten sie in unsere Schatztruhe, um sie bei Gelegenheit vielleicht als Tauschmittel benutzen zu können.

Die Hauptstraße bot für uns auch die besten Gelegenheiten, um an Schokolade und Kaugummi zu kommen. Liefen doch immer einige GIs durch die Stadt oder waren zum Einkaufen unterwegs. Wenn sie gut gelaunt waren, fiel auf unsere auswendig gelernte Frage „Häf ju Tschevinggum oda Tschoklät?" meistens etwas ab. Waren Soldaten in Ausgehuniform mit ihrem Schiffchenkäppie auf dem Kopf, den auf Hochglanz gewichsten schwarzen Schuhen und womöglich in Damenbegleitung gut gelaunt unterwegs, hatten wir meist mehr Glück, da die Frauen oft für uns ein gutes Wort einlegten. Wurden wir jedoch zu lästig, hat man uns mit einem derben „Shut-up!" oder einem lauten und bestimmten „Let‘s go!" vertrieben. Das löste bei uns eine abrupte Kehrtwendung aus, und wir rannten laut johlend davon.

Fuhren die GIs ihre Patrouille mit dem Jeep, waren sie nicht gut ansprechbar, da sie im Dienst waren. Im Sommer hatten sie das Verdeck offen, die lange Antenne war von hinten nach vorne in einem großen Bogen zum vorderen Kotflügel gespannt, an den Seiten unter den Türöffnungen waren ein Spaten und eine Axt festgezurrt. Hinten war das Reserverad angebracht, in dem das runde blaue Schild mit dem Wappen der US-Armee befestigt war, und links daneben gab es eine Halterung für den Reservekanister. Unter der Frontscheibe stand in weißen Buchstaben ‚Military Police‘. Die Frontscheibe konnte im Sommer bis runter auf die Motorhaube geklappt werden.

Lässig, einen Fuß mit ihren Springerstiefeln und den weißen Gamaschen auf die Einstiegsöffnung gestellt, das Sprechfunkgerät mit seinem metallisch klingenden Funkverkehr angeschaltet, fuhren sie wie die Herren

Ein US-Jeep, wie er damals in etwa ausgesehen hat

© Pit Elsasser

durch die Stadt und warfen dabei immer auch ein Auge auf die schönen Mädels oder, wie sie sagten, ‚Frauleins'. Wurde ein Armeesoldat in Uniform gesehen, der sich nicht richtig benahm, nicht korrekt gekleidet oder gar angetrunken war, stoppten sie und ermahnten ihn bzw. nahmen ihn ohne viel Worte auf der Rückbank im Jeep mit zur Wache. Wurden sie zu einem Einsatz gerufen, schalteten sie die große Sirene auf dem vorderen Kotflügel ein und gaben Gas, sodass der unverwechselbare Sound der Jeeps kräftig zum Klingen kam. Dann flogen die Köpfe der Passanten herum, um zu sehen, was denn da los sei.

Heidelberg hatte wirklich Glück, dass das Hauptquartier der US-Armee gerade hier war. Vieles wurde dadurch leichter und weltoffener. Das ‚Land der unbegrenzten Möglichkeiten', wie man es nannte, färbte nach und nach auf die Bewohner unserer Stadt ab und nährte den Wunsch und die Hoffnung nach einem neuen Leben und neuen Möglichkeiten. Viele, wie auch meine Mutter, bekamen Aufträge und Arbeit, was zum ganz langsam steigenden Wohlstand und zum späteren sogenannten Wirtschaftswunder in den Westzonen führte. Dieses ‚Wunder' wurde durch den damaligen Wirtschaftsminister Ludwig Erhard erreicht, der Mitglied der Adenauerregierung war und als ‚Vater' der ‚Sozialen Marktwirtschaft' gilt.

Für die Menschen in der sowjetischen Besatzungszone, in der späteren DDR, dagegen ging das Leben von der Hitler-Diktatur nahtlos über in die kommunistische Diktatur des Proletariats, die Gott sei Dank wie durch ein Wunder 1989 zusammenbrach und zur friedlichen Wiedervereinigung beider Teile Deutschlands führte.

Schule, Milch, Friseur

Dem Kindergarten endlich entwachsen, kam ich am 8. September 1948 in die erste Klasse der Friedrich-Ebert-Schule in der Sandgasse, herausgeputzt mit weißem Hemd, kurzer Hose mit Bügelfalten, Lederhosenträgern mit röhrendem Hirsch, Kniestrümpfen und meinen besten Schuhen. Natürlich gab es auch die obligatorische Schultüte, die einem das Leben in der Schule versüßen sollte – was aber, wie man bald feststellte, nur für ganz kurze Zeit der Fall war. Den Ranzen aus steifem Leder auf dem Rücken, marschierte ich noch stolz in das unbekannte Wesen ,Schule', in dem wir etwas für das Leben lernen sollten, wie uns immer wieder gesagt wurde.

Die ,Volksschule', wie sie zu der Zeit noch hieß, sollte ich 5 Jahre besuchen, um dann für kurze Zeit auf das Helmholtz-Gymnasium in der Kettengasse zu wechseln, was aber, wie sich später herausstellte, keine gute Idee war.

Schulen sind ja in jeder Beziehung ein prägendes Erlebnis für jedes Kind. Und ich will es gleich vorwegsagen, mein Verhältnis zur Schule und zu den Lehrern war meistens ein gespaltenes und damit kein leichtes. Die Friedrich-Ebert-Schule bestand aus zwei historischen Gebäuden, in denen eine Jungen- und eine Mädchenschule, die Liselotteschule, untergebracht waren. Dazwischen lagen der große Pausenhof der Jungenschule und der etwas kleinere Hof der Mädchenschule, die auch einen Eingang von der Theaterstraße aus hatte. Auf der westlichen Seite des Hofes stand die Turnhalle, in die unten die Toiletten für die Jungs integriert waren.

Ich wurde zur Einschulung fein herausgeputzt und präsentierte stolz meine Schultüte

© Pit Elsasser

War Pause, begann das große Rennen über den Hof und durch die zweiflüglige Schwingtüre, ähnlich einer Pendeltür im Westernsaloon, um dann vor der großen schwarz geteerten Wand zu stehen und sich zu erleichtern. Für uns Jungs hieß das aber auch, in Wettbewerb mit anderen zu treten. „Wer kann in der Reihe am höchsten pinkeln?", war immer wieder die Frage. Wir Kleineren versuchten, möglichst schon so hoch zu pinkeln wie die Großen. Wäre doch das Lernen genauso spannend und gleichzeitig entspannend gewesen. Dass der Raum fürchterlich nach Urin stank, war natürlich nicht zu vermeiden. Das Wasserröhrchen oberhalb der Teerwand mit seinen kleinen Löchern, aus denen mehr oder weniger, je nach Verstopfungsgrad, Frischwasser tropfte, konnte die Menge an Urin gar nicht wirkungsvoll wegspülen. Musste man während des Unterrichts auf die Toilette, was man ganz selten durfte, konnte man so für einen Moment auf dem Hof eine ganz besondere Freiheit genießen. Stand man dann im Pissoir ganz alleine vor der schwarzen Wand, konnte man sich auch mal an den Anfang der Rinne stellen und sinnierend und natürlich um Zeit zu schinden seinem eigenen Urin nachschauen, wie er langsam den Weg alles Irdischen ging und am Ende der Rinne in einem Loch verschwand.

Benannt ist die Schule nach dem ersten Reichspräsidenten Deutschlands, der in Heidelberg geboren ist. In seinem Geburtshaus in der Pfaffengasse 18 gibt es eine Gedenkstätte für ihn

© Pit Elsasser

Die meisten unserer Lehrer waren sehr streng und regierten uns mit starker Hand und dem Rohrstock, der immer vorne am Lehrerpult lag. Wurde unerlaubt geredet oder getuschelt oder wurde man gar beim Spicken erwischt, sang der Stock sein Lied vom bösen Jungen. Dann hieß es: aus der Bank heraustreten und nach vorne kommen, seine linke Hand ausstrecken, mit der rechten musste man ja weiterschreiben können, und dann sauste der Stock je nach der Schwere der Tat ein, zwei Mal auf die Fingerspitzen nieder. Zog man die Hand zurück, und das gar mehrmals, wurde der Zorn des Lehrers immer mehr angefacht, überhaupt dann, wenn die Klasse leise lachte und damit den Lehrer lächerlich machte. Nach so einer Ungehörigkeit wurden die ‚Tatzen‘, wie man sie nannte, auf drei oder vier erhöht und der Lehrer hielt dann die zu strafende Hand fest. Dieses Schauspiel war natürlich für die Klasse eine teils angenehme, andererseits eine gruselige Unterbrechung, denn keiner wünschte dem Delinquenten diese Schmerzen, sich selbst natürlich auch nicht.

Das Pult unserer Deutschlehrerin, Frau Schmitt, stand direkt an der ersten mittleren Bankreihe. Sie war eine massige Frau mit streng nach hinten gezogenen schwarzen Haaren, einem Knoten oder Nest im Haar und mit einer Nickelbrille auf der Nase. Sie hatte kleine listig-lustige Augen, aber strenge Mundzüge. Während einer Arbeit tat sie immer so, als würde sie in einem Buch lesen. Dabei hat sie die Brille vorne auf die Nase geschoben und schaute zwischendurch immer wieder über den Brillenrand in die Klasse. Entdeckte sie eine bestrafungswürdige Unregelmäßigkeit, ergriff sie blitzschnell den vor ihr liegenden Stock und ließ diesen auf den entsprechenden

Schüler niedersausen. Damit sie dazu nicht aufstehen musste, setzte sie potenzielle Störer immer vor sich in die erste oder zweite Bankreihe.

Bei Frau Schmitt hatte ich Gott sei Dank einen Stein im Brett, denn sie liebte mich wegen meiner blonden Haare und meiner blauen Augen. Zu meiner Mutter hat sie mal gesagt: „Wenn mich des Peterle anschaut, wird mir ganz warm ums Herz." Noch ein Vorteil für mich war, dass mein Bruder Volker bei ihr Klavierunterricht ‚genoss' und wir quasi noch außerschulische Kunden bei ihr waren.

Im Winter musste Volker zu jeder Klavierstunde zusätzlich zum Unterrichtsgeld noch ein Brikett zum Heizen mitbringen. Damit er nicht mit schwarzen Fingern bei ihr ankam, wurde es in Zeitungspapier eingewickelt. Zeitungen waren in dieser Zeit ein begehrtes Material. Man brauchte sie nicht nur zum Lesen, sondern sie wurden danach noch zu ganz unterschiedlichen Zwecken verwendet. Zum Beispiel als Toilettenpapier, zum Anfeuern des Ofens, zum Einpacken, als Untertapete beim Tapezieren, als Kälteschutz zum Daraufsitzen, als Thermoverpackung für Kaltes oder Warmes und vieles mehr. Sollte der Ofen über Nacht nicht ganz ausgehen, machte man eine Zeitung nass und wickelte darin ein Brikett ein. Das reichte meistens so lange, dass morgens noch etwas Glut im Ofen war, die man wiederum mit Zeitung und kleinen Holzspänen schnell zum lodernden Feuer entfachen konnte.

Das Treppenhaus der Ebert-Schule, wie es sich heute noch darstellt. Sogar die alte Uhr von Siemens & Halske hängt noch – für mich bleibt bei diesem Anblick fast die Zeit stehen

© Pit Elsasser

Als Verpackungsmittel war sie überhaupt nicht wegzudenken. In sie wurden Fische, Obst, Kartoffeln, Gemüse usw. auf dem Markt eingewickelt. Zu Hause wurde die Zeitung natürlich nicht achtlos weggeworfen, sondern geglättet und aufgehoben. Dabei entdeckte man den einen oder anderen interessanten Artikel, der am Küchentisch eben mal noch schnell gelesen

wurde, oder, wie es meiner Mutter sehr oft erging, beim Einpacken der zur Auslieferung fertigen Kleider in Zeitungspapier.

Deutsche unabhängige Zeitungen wurden in Deutschland Mitte der 40er-Jahre nach und nach von den alliierten Besatzern wieder erlaubt, nachdem sie nach der Kapitulation verboten wurden, da sie alle von den Nazis beherrscht waren. Die Rhein-Neckar-Zeitung ‚RNZ' in Heidelberg wurde als dritte Zeitung in Deutschland am 5. September 1945 unter anderem von Theodor Heuss, dem späteren Bundespräsidenten der Bundesrepublik Deutschland, der nach dem Krieg einige Zeit in Handschuhsheim lebte, gegründet.

So sah eine Schiefertafel aus, wenn sie den Schulalltag und die Rangeleien auf dem Schulweg überlebt hatte

© Pit Elsasser

Zur Schule liefen wir die Hauptstraße hoch Richtung Uniplatz und bogen dann in die Sandgasse ab. Unterwegs traf man natürlich die anderen aus der Klasse und oft gab es, wie auch auf den Heimwegen, kleine Rangeleien, die manchmal auch mit einem Schaden endeten. Denn unsere Schulranzen, die wir auf dem Rücken tragen mussten, störten dabei natürlich und flogen oft in hohem Bogen auf die Straße, damit wir besser ringen konnten. Dabei blieb es nicht aus, dass man im Kampf auch mal auf die Ranzen trat. Das hatte dann eventuell zur Folge, dass unsere Schiefertafel im Ranzen zu Bruch ging. Das gab natürlich nicht nur in der Schule Ärger, sondern auch zu Hause, denn eine Tafel war teuer. War es nur ein Sprung, wurde sie weiterbenutzt. Die Griffel, mit denen wir auf die Tafel schrieben, waren massive, etwa 3 - 4 mm starke Schieferstifte mit einer Papierbanderole am Ende, die mit blauen Rauten oder roten Punkten bedruckt war. Sie wurden zusammen mit einem Griffelspitzer in einem Holzkästchen mit Schiebedeckel, auf dem farbige Motive abgebildet waren, untergebracht. Dadurch, dass sie ständig von dem schrägen Schreibpult herunterrollten, brachen sie oft auseinander, sodass es manchmal nur Bruchstücke im Kasten gab. Diese wurden mit dem Griffelspitzer oder auf der Mauer der Schule wieder spitz geschliffen. War der Griffel zu spitz und der Druck zu groß, gravierte man das Geschriebene in die Tafel ein, wie auf dem Bild zu sehen, und konnte es danach für alle Zeit nicht mehr entfernen. Der Griffelspitzer fand übrigens auch noch seinen Einzug in die Umgangssprache. So bezeichnete man einen Menschen, der akribisch ohne Ende an etwas herumzumeckern hat, als ‚Griffelspitzer'. Später kamen in Holz gefasste Griffel auf, die zwar nicht mehr so leicht zerbrachen, dafür aber wesentlich teurer waren.

Mit langen Zöpfen oder einem Hahnenkamm im Haar gingen die Mädchen zur Schule

© Pit Elsasser

Ein beliebtes ‚Ich-ärgere-dich-Spiel', vor allem gegenüber Mädchen, war es, sie von hinten am Ranzen festzuhalten und im Kreis zu drehen, bis es ihnen schwindelig wurde oder sie aus den Trageriemen rutschten. Oder noch schlimmer, die an Schnüren hängenden Reinigungsutensilien, Schwamm und Trockentuch, abzureißen. Mit dem Schwamm wurde die Tafel nass gewischt und mit dem Tuch trocken gerieben. Jeden Morgen, bevor man in die Schule ging, musste der Schwamm befeuchtet werden. Auf der Tafel waren auf einer Seite Linien zum Schreiben rot eingeritzt und auf der anderen Seite Rechenkästchen. Hatte man die Tafel mit dem Schwamm gereinigt, musste man einen Moment warten, bis sie ganz trocken war, da man sonst den Griffelstrich nicht richtig sehen konnte. Herrlich war, dass man ganz leicht Fehler korrigieren konnte, indem man sie einfach wegwischte. Genau genommen war diese Tafel in ihrer Form der Vorläufer des iPads.

Wenn ich so auf mein Leben und das meiner Generation zurückblicke, kann ich nur immer wieder ins Staunen geraten. Was hat sich allein in meiner Lebensspanne in einer nie zuvor gekannten Geschwindigkeit verändert. Nie mussten die Menschen sich schneller auf neue Technologien umstellen. Ganze Berufszweige verschwanden binnen weniger Jahre von der Bildfläche und neue schossen wie die Pilze aus dem Boden. Ich stelle auch fest, dass man in vielem viel weniger empfindlich und mit dem, was man hatte, zufriedener war, da es ums reine Überleben ging.

Waren wir morgens früh genug in der Schule, konnten wir dem Hausmeister, Herrn Knobel, oft noch helfen, die Schulmilch in den Keller zu schaffen. Die kleinen Glasflaschen waren mit silbernen Aludeckeln verschlossene und wurden in metallenen Kästen angeliefert. Die Schulmilch wurde staatlich gefördert und kostete die Eltern ganz wenig, denn die Kinder in dieser Zeit waren meist schlecht ernährt und sollten so jeden Tag frische Milch oder Kakao zur Stärkung erhalten.

Links vom schmiedeeisernen Eingangstor zum Schulhof war die Kellerluke, durch die die Schulmilch über eine Rutsche in den Keller hinabgelassen wurde

© Pit Elsasser

Links vom Eisentor zum Schulhofeingang gab und gibt es noch heute eine quadratische Kellerluke mit einer Eisentür, so wie sie für Luftschutzräume verwendet wurde. Dahinter war eine Rutsche in den Keller angebracht, über die die Kästen hinuntergelassen wurden. Unten nahm sie der Hausmeister in Empfang und stellte einen Teil davon in eine große flache

Wanne mit heißem Wasser, damit diese Flaschen sich bis zur großen Pause erwärmten. Wir konnten uns also in der großen Pause entscheiden zwischen kalter und warmer Milch oder kaltem und warmem Kakao. Im Keller roch es immer stark nach ranziger Milch, da die leeren Flaschen erst am nächsten Tag abgeholt wurden. Unsere Hilfe belohnte der Hausmeister mit einer kostenlosen Extraflasche. Die Aludeckel wurden gesammelt, denn sie wurden wieder eingeschmolzen, um neue Deckel daraus zu machen. Metalle, und besonders Aluminium, waren zu dieser Zeit sehr wertvolle Rohstoffe.

Die Arkaden am Wredeplatz, gegenüber der ‚Bunsen-Villa‘, unter denen Marktschreier wöchentlich ihre Waren anpriesen. Mittlerweile wurden sie abgerissen und unter dem Platz eine Tiefgarage gebaut

© Pit Elsasser

In der großen Pause musste man sich entscheiden, geht man erst pinkeln und holt sich dann die Milch oder umgekehrt, denn Schlange stehen musste man bei beidem. Letztlich entschied das aber der Druck in der Blase.

Ich erinnere mich noch an einen Lehrer und eine Lehrerin, die ich gerne mochte. Der Lehrer war ein kleiner, sehr liebenswürdiger Mann, bei dem ich auch mal eine Zeit lang Nachhilfe in seiner Wohnung in der Altstadt hatte. Die Lehrerin kam aus der Wanderbewegung des ‚Zupfgeigenhansl‘. Fräulein Schalhorn, wie sie glaube ich hieß, hatte immer Kleider aus naturbelassenen groben Stoffen an und unternahm mit uns die schönsten Klassenwanderungen, bei denen natürlich viel über Flora und Fauna gelernt wurde. Auch das Singen von Wanderliedern gehörte dazu. Sie trug ihr Haar zu einem Knoten gebunden und hatte wie ein Indianer eine große rötliche Hakennase, eine faltige wettergegerbte Haut und strahlend blaue Augen.

Schrieben wir am Anfang der ersten Klasse nur mit dem Griffel auf die Schiefertafel und in der zweiten Hälfte zusätzlich mit Bleistift in ein Heft, fingen wir in der zweiten Klasse an, mit Tinte und Feder zu schreiben. Vorbei war damit die Zeit des leichten Löschens von Fehlern wie auf der Tafel. Jetzt wurde jeder Fehler zur Anklage. Wie sehr haben wir uns ein Mittelchen gewünscht, wie ich es bei einem Marktschreier auf dem Wredeplatz gesehen hatte. Ein Fläschchen mit klarer Flüssigkeit, das Tintenflecken aus Kleidern entfernte und obendrein noch Fehler und Tintenkleckse in Schulheften unsichtbar machen konnte. Der Verkäufer sprach dafür natürlich speziell die umstehenden Kinder an und schickte sie schnell nach Hause, um von den Müttern das Geld zu erbetteln. Meine Mutter reagierte so, wie Mütter in so einer Situation meistens reagieren: „Mach du keine Fehler und Flecken, dann brauchst du auch kein so teures Zeug." Ich bin aber sicher, dass das der Vorläufer des Tintenkillers war, den ich meinen Kindern anfangs auch verboten habe – wie sich doch alles wiederholt!

In den Schulbänken waren Tintenfässer eingelassen, die einmal in der Woche vom Hausmeister aus einer großen Flasche nachgefüllt wurden. Jetzt hatten wir Federhalter und Feder anstatt der Griffel in unserem Holzkästchen. Es hingen auch kein Schwamm und Läppchen mehr aus unserem Ranzen, was uns ja immer gleich als Erstklässler erkennen ließ. Jetzt gehörten wir schon zu den Großen – auch beim Pinkeln an der Teerwand machte sich das bemerkbar.

Unter Jungs gehören ja Wettbewerbe und Wetten einfach zum Alltag. So war auch wieder mal eine Wette angesagt, in der es darum ging, wer sich traue, ein Tintenfass auszutrinken? Es wurde heftig darüber diskutiert, ob das schädlich, ja vielleicht sogar giftig sei und ob man davon sterben könnte. Martin, dessen Vater Arzt war, wollte einfach nicht aufhören, sich zu brüsten, dass er das könne, ohne dass es ihm schade. Als er das Tintenfass ansetzte, wurde es mucksmäuschenstill und es lag eine Art Endzeitstimmung im Raum. Noch zögerte er, aber dann kippte er seinen Kopf nach hinten und trank es in einem Zuge aus. Als er es absetzte, hatte er einen völlig blauen Mund, eine ebenso blaue Zunge und hellblaue Zähne. Er sah furchterregend aus, wenn er lachte, und wir anderen waren wie erstarrt. Alle hatten Gänsehaut und Angst, dass er gleich umkippen würde. Plötzlich ging die Tür auf und der Lehrer kam herein, denn wir hatten gar nicht bemerkt, dass die Pause vorbei war. Er sah den blauen Mund des Schülers und dachte erst, er habe sich versehentlich verschmiert. Als er erfuhr, dass das nicht nur verschmiert sei, sondern vom Trinken der Tinte komme, ist er regelrecht explodiert. Er beauftragte sofort einen Mitschüler und mich, den ‚Tintentrinker' nach Hause in die Praxis seines Vaters zu bringen und ihm anschließend Bericht zu erstatten. Von der Schule aus war es nicht weit bis in die Schießtorstraße/Ecke Ebert-Anlage, wo Martin wohnte und auch die Praxis seines Vaters war. Dieser reagierte zu unserem Erstaunen relativ gelassen, als er hörte, was geschehen war, und entließ uns mit einem schönen Gruß an den Lehrer und dass sein Sohn am übernächsten Tag wieder in die Schule kommen würde. Wir waren über diese Nachricht sehr froh und richteten unserem Lehrer gerne diese frohe Botschaft aus. Martins Mund war noch eine ganze Weile bläulich gefärbt, was erst mit der Zeit immer weniger wurde. Seine gewagte Wette hatte Martin aber gewonnen, und dadurch war er stark in unserer Achtung als mutiger Kerl gestiegen.

Eine schöne Abwechslung vom Schulalltag waren natürlich die Ausflüge mit der Klasse. Dazu gehörten die Fahrten mit einem Schiff der ‚Weißen Flotte' nach Neckarsteinach, die Wanderung auf die vier Burgen oder hoch auf den majestätisch an der Neckarschleife liegenden Dilsberg, den kleinen Ort mit seiner Ringmauer, den engen Gassen, der Burg mit dem hohen Turm und der Höhle, die sich tief darunter befindet.

Ganz selten ging man ins Kino, eher dann schon ins Marionettentheater ‚Schichtl' in der Bienenstraße 10, im Saal des Heidelberger Liederkranzes. Die Theatertruppe kam aus Neckargemünd und nannte sich nach ihrem Leiter ‚Schichtl-Theater'.

Xaver Schichtl wurde in der siebten Generation einer berühmten Schausteller- und Marionettenspielerdynastie geboren und ist 1944 wegen der Bombenangriffe auf Magdeburg, wo er bis dahin lebte und wirkte, nach Neckargemünd übergesiedelt. Er hat mit seinen fantastischen Marionettenfiguren viele Jahre in der Rhein-Neckar-Region die Menschen, und vor allem die Kinder, erfreut. Immer, wenn es möglich war, besuchten mein Bruder und ich mit Freunden seine Vorstellungen.

Weitere Erlebnisse waren Lesungen von Kinderbüchern im ‚Amerikahaus' in der Ebert-Anlage. Das Amerikahaus hatte eine ganz besondere Atmosphäre, die durch den typischen ‚Amiduft' noch verstärkt wurde. Ich erinnere mich vor allem an Lesungen des Heidelberger Autors Fritz Nötzoldt, der es fantastisch verstand, seine Geschichten richtig spannend und lebendig vorzutragen, sodass wir alle mucksmäuschenstill waren und gespannt zuhörten.

Wie man auf meinem Einschulungsbild gut erkennt, war für den neuen Lebensabschnitt auch ein ordentlicher Haarschnitt gefragt. Die wilden Zeiten des Blondschopfes waren vorbei und den Rest der Haarpracht musste ein Haarklämmerchen bändigen – grrrr!

Anfangs ging ich noch mit meinem Vater in regelmäßigen Abständen zu unserem Stammfriseur am Uniplatz, später durfte ich das alleine. Nach dem Eintreten in den Verkaufsraum kam man über eine kleine Treppe in die hinteren Räume, wo die Friseure den Herren die Haare schnitten und den Bart rasierten und die Friseusen, natürlich in getrennten Räumen, den Damen die Haare wuschen, schnitten und Locken mit heißen Brennscheren erzeugten. Anschließend kamen die Kundinnen unter ein riesiges silbernes Ungetüm von Trockenhaube, das mit seinem Gebläse einen ziemlichen Lärm verursachte. So mussten sie längere Zeit sitzen bleiben. Währenddessen lasen sie in den neuesten Illustrierten der ,Bunten Mappe' oder unterhielten sich laut mit der Nachbarin über Heidelberger Neuigkeiten. Bei den Herren gab es vor dem allgemeinen Salon einen kleinen Raum, in dem der Chef persönlich speziellen Kunden die Haare schnitt. Dazu gehörte auch mein Vater, dessen starke graue Haarpracht schwierig zu schneiden war. Nach dem Schnitt nahm der Meister eine Flasche ,Birkin', das war ein Öl, das aus Birken gewonnen wurde, spritzte es in die Haare und bändigte damit das störrige Haar und brachte es so zum Liegen und Glänzen.

Für die kleineren Kinder stand ein Hochstuhl bereit. Die schon etwas größeren wurden auf den normalen Friseurstuhl gesetzt, bekamen allerdings ein hohes Lederkissen daruntergelegt, damit sich der Friseur nicht so bücken musste. Geschnitten wurde mit Kamm und Schere und für die weichen Übergänge vom Hals benutzten sie spezielle Hand-Haarschneider mit zwei Griffen. Waren die Messer nicht mehr richtig scharf, konnte das ganz schön wehtun.

Mein Haarschnitt hatte einen Namen: ,Façon-Schnitt'. Fragte mich also ein Friseur, wie er meine Haare schneiden solle, sagte ich einfach nur ,Fassong' und damit wusste er, was er zu tun hatte: stufenlos von unten nach oben mit freien Ohren.

Der Friseurstuhl wurde auch zum Rasieren des Bartes genutzt, indem in die Rückenlehne eine Kopfstütze mit einer Papierauflage gesteckt und dann die Lehne nach hinten gekippt wurde. Der Bart wurde mittels eines Rasierpinsels und einer speziellen Rasierseife, die in einer Schale zu Schaum geschlagen wurde, eingeseift. Das ausklappbare Rasiermesser wurde an einem speziellen Lederstreifen mit einigen schnellen Auf- und Abwärtsstrichen geschärft, dann hat der Barbier, hinter dem Kunden stehend, den Bart vom Hals her rasiert. Dabei streifte er zwischendurch den Schaum mit den abrasierten Barthaaren an seinem ausgestreckten Finger ab, den er dann wiederum zwischendurch an einem Tuch abwischte.

War der Kunde fertig, nahm er ihm das vorher umgelegte Handtuch ab, trocknete tupfend vorsichtig über

Hand-Haarschneider, mit denen der ,Façon-Schnitt' modelliert wurde, und die manchmal ganz schön zwickten, wenn sie nicht mehr richtig scharf waren

© Pit Elsasser

Unglaublich scharf sind die echten Rasiermesser, die deshalb in eine Schutzhülle geklappt werden müssen. Zum Schärfen wurde ein Abziehleder benutzt

© Pit Elsasser

Das Symbol der Friseure, der verchromte Teller, auf dem früher der Rasierschaum angerührt wurde, hing als ‚Nasenschild‘ an jedem Friseurgeschäft

© Pit Elsasser

Ein Friseurstuhl mit seiner herunterklappbaren Lehne, die durch eine Zahnung in verschiedene Positionen eingestellt werden konnte

© Pit Elsasser

das Gesicht, spritzte Rasierwasser in seine Hände und tätschelte es auf die Haut. Nach einem „Fertig" richtete sich der Kunde auf und der Barbier drückte die Rückenlehne des Stuhles wieder in die Senkrechte. Dabei erzeugte die Zahnung an den beiden hinteren Auslegern ein ganz typisches rätschendes Geräusch, das ich heute noch hören kann, da ich zwei solcher Stühle besitze. Beim Blick in den dargereichten Handspiegel und auf die Frage „Ist es recht so?" bestätigte der Kunde das meist mit einem Nicken. Ein paar Bürstenstriche über die Schulter und ein „So, bitte schön – fertig" schlossen die Sitzung ab. Mit einer leichten Verbeugung nahm der Friseur dankend das schon gerichtete Trinkgeld in Empfang. Er begleitete den Kunden noch bis an die Theke im Verkaufsraum, erklärte der Kassiererin, was der Kunde zu zahlen hat, wünschte diesem beim Öffnen der Ladentür, wiederum mit einer leichten Verbeugung, noch einen schönen Tag und sagte: „Bitte, beehren Sie uns recht bald wieder." Da hatte der Begriff ‚Der Kunde ist König‘ noch seine sicht- und erlebbare Bedeutung.

Wenn ich in der Erinnerung aus dem Friseurladen gehe, sehe ich im Geiste noch eine Heidelberger Sensation, die Anfang der Fünfzigerjahre direkt gegenüber auf dem Uniplatz stand. Dort hatte man nämlich ein richtiges Einfamilienhaus aufgebaut. Ein sogenanntes „Fertighaus", das nicht aus Stein sondern aus Holz gebaut war, aber aussah, als wäre es aus Stein. Von so was hatte man nur aus Amerika oder Schweden gehört, aber doch nicht in Deutschland! Hier mussten Häuser aus Stein sein und viele, viele Generationenen halten.

Dieses Fertighaus war der erste Preis bei einer großen Lotterie „Gewinne dein Haus", die in Heidelberg und Umgebung für große Furore sorgte. Viele Menschen wünschten sich natürlich in dieser Zeit ein eigenes Haus, aber ein Haus aus Holz? Ein Haus, das hier wieder abgebaut und woanders neu aufgestellt wird? „Ein Haus, in dem sicher schon Hunderte, wenn nicht sogar Tausende neugieriger Menschen herumgelaufen sind und dann wissen, wie es bei mir aussieht?" sagte meine Mutter etwas angewidert.

Mein Vater kaufte trotzdem Lose und ließ sie mich ziehen, doch mehr als einige Nieten und einen Trostpreis kam dabei nicht heraus. Meines Wissens konnte der Gewinner des ersten Preises nicht ermittelt werden, obwohl er über die Presse lange Zeit gesucht wurde. Man zog dann ein Ersatzlos. Der zweite Gewinner stellte sein neues Eigenheim am Ende des Klingenhüttenweges auf. Da steht es noch heute, über sechzig Jahre danach.

Bismarckplatz, Bahnhof, Begebenheiten

Die Verkehrssituation in Heidelberg wurde durch den zunehmenden Individualverkehr und den größer werdenden Güterverkehr immer unerträglicher. Der Bismarckplatz, das Heidelberger Drehkreuz, quoll vor allem in den Morgen- und Abendstunden zeitweise über von Straßenbahnen, Bussen, Lastkraftwagen, Personenwagen, Radfahrern und Fußgängern, sodass die beiden den Verkehr regelnden Polizisten auf ihren ‚Verkehrskanzeln‘ an der Bergheimer- und der Hauptstraße im wahrsten Sinne des Wortes alle Hände voll zu tun hatten, um das Chaos in rechte Bahnen zu lenken.

Hochinteressant war es, diesen beiden Schutzmännern dabei zuzuschauen, wie sie sich über die weite Distanz nur durch Blickkontakt verständigten, damit der Verkehr möglichst flüssig über den großen Platz rollen konnte. Einer von ihnen war der Lieblingspolizist der Heidelberger und, in meiner Erinnerung, meistens auf der Verkehrskanzel an der Hauptstraße eingesetzt. Er war immer gut gelaunt, konnte aber auch ganz schön poltern, wenn sich wieder einmal jemand nicht beeilte oder seinen Anweisungen nicht schnell genug folgte. Würgte einer sein Auto ab oder wusste nicht, was er wollte, hatte er immer einen flotten Spruch auf Lager, der die Passanten auf dem Gehweg zum Lachen brachte. Seine exakten Armbewegungen und Drehungen in Verbindung mit seiner Trillerpfeife waren voller Autorität

Der Bismarckplatz um 1954 mit den Arkaden und dem ‚Hotel Reichspost‘ und einem chaotischen Verkehrsaufkommen, das dem heutigen in nichts nachsteht

© *Stadtarchiv Heidelberg*

127

und ließen keinen Widerspruch zu. War sein Dienst beendet und der Verkehr lief in normalen Bahnen, kletterte er über die kleine Leiter von seiner Kanzel und fand am Straßenrand immer noch Zeit für ein kurzes Gespräch mit Passanten. Ich glaube, es gab kaum jemanden in Heidelberg, der ihn nicht kannte.

Der alte Heidelberger Bahnhof kurz hinter dem Bismarckplatz auf der rechten Seite zur Weststadt hin war ein Kopfbahnhof und stand da, wo sich heute der Menglerbau erhebt. Das ganze Areal zwischen der Bahnhofstraße und der Rückseite der Häuser an der Bergheimer Straße bis runter zum Römerkreisel war Bahngelände. Der einzige Vorteil dieser Lage war, dass der Bahnhof sehr stadtnah lag und man von der Innenstadt aus hinlaufen konnte. Der Vorplatz mit den Taxiständen und Bushaltestellen war geprägt durch einen überdachten symmetrischen Säulenbau aus rotem Sandstein mit einem großen Mitteltor, auf dem die Bahnhofsuhr ihren Platz hatte. Rechts und links gab es mehrere Torbogen, Verwaltungsgebäude und das Hauptgebäude mit den Fahrkartenschaltern. Vor dem Mittelbau war die Wendeschleife für die Straßenbahn, damit diese wieder in die entgegengesetzte Richtung zurückfahren konnte. Auf der rechten Seite lagen die Gütergleise mit der Frachtumladestation.

Hatte man als Reisender eine Fahrkarte am Schalter gekauft, musste man, bevor man auf den Bahnsteig durfte, eine Fahrkartenkontrolle passieren, wo die Karte von einem Bahnbeamten abgeknipst wurde. Brachte man jemanden zum Zug und wollte ihn direkt auf dem Bahnsteig verabschieden, musste man extra für 20 Pfennige eine Bahnsteigkarte lösen, damit man ebenfalls durch die Kartenkontrolle gehen durfte.

Da Autos in dieser Zeit nur wenigen Menschen zur Verfügung standen, war die Bahn das Transportmittel schlechthin. Danach folgten Busse im Nahverkehr und auch im Fernverkehr. Mit diesen konnte man bequem auch größere Urlaubsreisen unternehmen. So fuhren wir schon 1949 als ganze Familie mit dem Bus an den Tegernsee in den Urlaub. Was für eine Aufregung war das! Die Busse gingen am Bahnhof ab und hießen ‚Touringbusse‘. Das waren nicht die einfachen Busse aus dem Nahverkehr, sondern elegante, noble Gefährte mit gewölbten Aussichtsfenstern im Dach, vielen verchromten Zierleisten und Radkappen, in deren Mitte das ‚Touring-T‘

128

geprägt war. Noch heute trägt dieses Unternehmen den gleichen geschwungenen Schriftzug und ist international unterwegs.

Ich weiß nicht mehr, wie die Fahrt verlief und wie anstrengend es für unsere Eltern war, mit dem ganzen Gepäck und uns Kindern in diesem schaukelnden Gefährt unterwegs zu sein. Jedenfalls, die Zeit am Tegernsee blieb mir aus mehreren Gründen gut in Erinnerung. Natürlich bekam ich dort wieder meine obligatorischen Ohrenschmerzen mit Eiterausfluss, sodass meine Eltern mit mir zu einem Ohrenarzt in Rottach-Egern gehen mussten. Dieser muss schon sehr alt gewesen sein, da ich mich noch lebhaft an seine nervösen Hände und seine zittrige Untersuchung erinnere. Wieder einmal haben meine Ohrenschmerzen für unruhige Zeiten gesorgt und den Urlaub für meine Eltern bestimmt nicht bereichert. Ich denke auch noch an Bootsfahrten auf dem Tegernsee und an ‚anstrengende‘ Wanderungen. Am letzten Urlaubstag wurden wir von einem Bekannten meines Vaters in seinem Mercedes abgeholt und nach Hause gefahren. Als dieser Herr sah, wie schlecht es mir ging, fuhr er nach Rottach-Egern in ein Spielwarengeschäft und kaufte für mich als Trost einen Teddybären. Die-

129

sen Steiff-Bären, der gelenkige Arme und Beine hatte und, wenn man ihn drehte, brummte, habe ich mein ganzes Leben lang behalten und er hat sogar bis heute, zwar etwas ramponiert, aber glücklich überlebt und einen Ehrenplatz auf unserem Klavier gefunden.

Der Bahnhof war neben dem Reiseverkehr auch noch Güterumschlagsplatz. Von hier aus wurden die Frachtgüter auf Lkw verladen und in die Firmen transportiert. Das Expressgut wurde damals noch mit Pferdefuhrwerken direkt in die Stadt befördert. Später begegneten einem überall im Stadtgebiet die ‚Roten Radler' mit ihren Kleinlieferwagen.

Eine besondere Sensation ist mir noch in Erinnerung, als nämlich auf Plakaten in der Stadt angekündigt wurde, dass auf einem Nebengleis des Bahnhofes auf einem offenen Güterwaggon ein echter präparierter Walfisch zur Ausstellung kommen soll, den man gegen Eintrittsgeld bewundern konnte. Mein Vater ging auf unser Drängen mit uns hin, damit wir erleben konnten, welche Ausmaße das größte lebende Tier auf der Erde hat. Und es war wirklich beeindruckend, dieses dunkle glänzende Ungetüm zu betrachten. Es hatte zwei ganz kleine Augen und ein riesengroßes Maul, in dem man sogar stehen konnte. Eine echte Sensation in dieser kargen Zeit.

Der Kopfbahnhof, in dem die eingefahrenen Züge immer die Lok wechseln bzw. rückwärtsfahren mussten, um dann nach Weichenstellungen ins Neckartal fahren zu können, war bei immer größer werdendem Verkehrsaufkommen nicht mehr tragbar und rentabel. Deshalb wurde 1950 beschlossen, einen neuen Bahnhof am ‚Baggerloch' zu bauen. Dieses Baggerloch war ein bereits 1909 für einen Bahnhofsneubau ausgehobenes Gelände. Der Neubau konnte allerdings seinerzeit aus Geldmangel nicht verwirklicht werden. Das Areal lag danach also 41 Jahre brach und bescherte Generationen von Heidelberger Kindern einen unglaublich tollen Abenteuerspielplatz mit Bergen und Tälern, Buschwäldern, Bäumen und Seen.

,Papa Heuss' (M.), bei einem Besuch in Heidelberg

© *Stadtarchiv Heidelberg*

An meinem achten Geburtstag, am 12. September 1950, erfolgte der erste Spatenstich für ein Bauwerk, das in Heidelberg große innerstädtische Veränderungen nach sich ziehen sollte und Deutschlands erste Großbaustelle nach dem Krieg war.

Der neue fertiggestellte Bahnhof war zu seiner Zeit der modernste in Deutschland und wurde am 5. Mai 1955 mit einem großen Fest von Bundespräsident Dr. Theodor Heuss eingeweiht. Theodor Heuss, der im Dritten Reich von den Nazis verfolgt wurde, hatte ab 1943 in Heidelberg-Handschuhsheim gewohnt und dort das Kriegsende miterlebt. Im September 1945 war er Mitbegründer der Rhein-Neckar-Zeitung ‚RNZ', die als dritte Zeitung in Deutschland nach dem Krieg von den Alliierten genehmigt wurde. Dadurch hatte Heuss eine besondere Beziehung zu Heidelberg und kam auch später als Bundespräsident immer wieder gerne hierher.

An diesem Tag konnte er sich jedoch nur knapp vier Stunden für die Einweihung des Bahnhofes Zeit nehmen, da noch am selben Abend in der damaligen Bundeshauptstadt Bonn die westlichen Alliierten die sechs Jahre alte Bundesrepublik Deutschland in ihre Souveränität entließen. Der 5. Mai 1955, ein großer Tag für Heidelberg und ein ganz wichtiger Tag für West-Deutschland, das ab sofort wieder über sich selbst bestimmen konnte.

Der Bahnhof mit seinen großen Glasflächen und seiner geradlinigen Architektur steht heute noch als Bauwerk für den Beginn einer neuen Epoche, sowohl im Bahnverkehr als auch in der Architektur von Großprojekten. Damit wurde endlich mit dem historisierenden und bombastischen Baustil der Nazidiktatur gebrochen, der vor allem auch durch Albert Speer, den

131

Architekten Hitlers, der in Heidelberg in einer Villa am Schloß-Wolfsbrunnenweg mit seiner Familie lebte, geprägt wurde.

Mit dieser Eröffnung ging in der Innenstadt endlich auch eine Zeit des ewigen Wartens vor geschlossenen Bahnschranken an vier Bahnübergängen zu Ende. Teilweise waren die Schranken so oft geschlossen, dass an einem Tag zwischen vier und zehn Stunden zusammenkamen. Das sorgte für viel Ärger und Unmut in der Bevölkerung. Außerdem gab es jetzt mitten in der Stadt keinen Ruß- und Dampfausstoß mehr, der im Umkreis des Bahnhofes für schwarzen Staub auf Fenstern und Möbeln gesorgt hatte.

Der alte Bahnhof wurde, noch ohne Sensibilität für historische Gebäude, samt Gleisanlagen abgerissen. An seiner Stelle entstand 1961 der damals viel umstrittene ‚Menglerbau‘, das erste und bis heute einzige Wohnhochhaus Heidelbergs im Stadtzentrum. Seinen Namen hat es von seinem Erbauer Jakob Wilhelm Mengler. In den Jahren danach folgten auf der Brachfläche der Gleisanlagen viele weitere Gebäude, wie das Finanzamt, Gerichte, Banken und eine Tiefgarage. Außerdem wurde die Kurfürstenanlage zu einer vierspurigen Straße mit Straßenbahntrasse ausgebaut und über den Römerkreisel direkt bis zum neuen Bahnhof geführt. Über sie gelangte man dann auch zur Autobahn Heidelberg-Mannheim.

Sechs Jahre vor der Einweihung des Bahnhofes hatte ich Theodor Heuss schon einmal in Heidelberg erlebt, als er die neu errichtete Friedrichsbrü-

cke einweihte, eine der wichtigsten Verbindungen von der Kernstadt ins nördliche Umland, vom Bismarckplatz nach Neuenheim und Handschuhsheim. Diese Brücke war, wie die weiter unten liegende Hindenburg-Brücke (heute Ernst-Walz-Brücke) und die oberhalb stehende Alte Brücke, noch in den letzten Kriegstagen, Ende März 1945, von den deutschen Truppen selbst gesprengt worden, in der wahnwitzigen Annahme, so die anrückenden Amerikaner noch aufhalten zu können. Nach der Kapitulation wurde schnell unterhalb der zerstörten Brücke von den Amerikanern eine Pontonbrücke gebaut. Damit aber die Verbindung von und zur Stadt, der Bergstraße bis hoch nach Frankfurt und runter nach Karlsruhe sich wieder normalisieren konnte, war ein Neubau dringend notwendig. Wenige Meter oberhalb der zerstörten Friedrichsbrücke baute man eine stabile Holzbrücke, über die sogar die Straßenbahn fahren konnte. Diese Behelfsbrücke wurde schon am 20. November 1945 fertiggestellt. Danach begann sofort der Neubau der Brücke, die jetzt, im Gegensatz zu ihrer historischen Vorgängerin, modern und geradlinig gestaltet wurde. Mitte Dezember 1949 konnte sie unter großer Beteiligung der Bevölkerung vom Bundespräsidenten eingeweiht werden.

Mit sieben Jahren erlebte ich also zum ersten Mal den obersten Repräsentanten unseres Landes, den alle nur ,Papa Heuss' nannten. Ich weiß noch, wie mächtig aufgeregt ich mit meinem Steiff-Roller, der in dieser Zeit mein ständiger Begleiter war, zur Einweihung fuhr und wie stolz ich war, ihn von Weitem gesehen zu haben. Aber nicht nur für uns Kinder war das ein großes Ereignis, sondern auch für die Erwachsenen, die unbedingt, nach der Diktatur Hitlers, den ersten demokratisch gewählten Bundespräsidenten sehen wollten und stolz darauf waren, dass er quasi einer von hier war.

Nach seinem Tod im Jahr 1963 hat man ihm zur Ehre 1964 die Brücke in Theodor-Heuss-Brücke umbenannt. Trotzdem sage ich aus Gewohnheit, wie viele andere meiner Generation auch, immer noch Friedrichsbrücke, da sich dieser Name fest eingeprägt hat.

Berühmte und honorige Persönlichkeiten kehrten schon immer gerne in Heidelberg ein und hinterließen, beeindruckt von der Lage der Stadt, den Menschen und deren frohen Kurpfälzer Art schriftliche Beweise, Erzählungen und Gedichte. Manchen wurden auch Denkmäler und Gedenktafeln gewidmet oder Straßen, Plätze und Brücken nach ihnen benannt.

Aber auch einfachen Menschen, die nicht im Fokus öffentlicher, offizieller oder wissenschaftlicher Aufmerksamkeit standen, jedoch mitten im Herzen dieser Stadt zu Hause waren und einfach dazu gehörten. Sie, die oft darunter leiden mussten, am Fuße der Leiter stehen geblieben zu sein und keine Chance hatten, wurden nicht vergessen. Ihre Tätigkeiten beschränkten sich meist auf einfache Arbeiten in dienender Form.

Dazu gehörten die Dienstmänner am Bahnhof, die den Reisenden die Koffer trugen oder sonstige Botengänge erledigten. Müllmänner, die den Dreck der anderen wegschafften. Straßenkehrer, die die Straßen der Stadt mit Besen und Schaufel reinigten. Gaslaternenanzünder sowie Blumenfrauen, die abends durch die Straßen und Lokale zogen und Rosen an Verliebte verkauften.

Die lebensgroße Bronzeskulptur für den ‚Dienstmann Muck' vor dem Hauptbahnhof in Heidelberg die von dem Künstler Armin Guther geschaffen wurde

© *Pit Elsasser*

Sie wurden leider auch oft Opfer fragwürdiger Späße und Veräppelungen. Diejenigen, die das gemacht haben, gingen mehrheitlich meist ohne Würdigung durch die Allgemeinheit von dieser Welt. Jedoch manchem der Geplagten wurde ein Denkmal erstellt. So wie in Mannheim der ‚Blumepeter' geehrt wurde, hat man 2001 in Heidelberg den Dienstmann ‚Muck' geehrt, der 1905 in Heidelberg als ein stadtbekannter Mann verstarb. Zu diesen Unterprivilegierten würde ich auch den bekanntesten, den listigen Zwerg ‚Perkeo' zählen, der von den Fürsten viel Häme erdulden musste, jedoch geschickt und mit beißendem Humor als Hofnarr vieles zurückzahlen konnte.

Chemie, Katastrophe, Überleben

Der Alltag in unserer Familie war wie bei den meisten Menschen geprägt von den immer gleichen Dingen wie Arbeit, Schule, Spielen usw. Doch dann kommt der Tag, an dem plötzlich alles anders ist und nur von einem einzigen Ereignis beherrscht wird, das augenblicklich das Potenzial hat, das ganze Leben verändern zu können. So war es auch an diesem schönen und heißen 28. Juli 1948. Mein Vater war morgens wie immer mit dem Bus nach Ludwigshafen in die BASF zur Arbeit gefahren. Am Nachmittag gegen 15.45 Uhr spürte und hörte man in Heidelberg plötzlich eine dumpfe Detonation mit einer Druckwelle, die in der ganzen Stadt die Fenster wa-

Die Explosion am 28. Juli 1948 in der Badischen Anilin & Soda Fabrik in Ludwigshafen hatte eine gewaltige Zerstörung angerichtet, die mein Vater glücklicherweise überlebte

© Foto:
BASF Unternehmensarchiv,
Ludwigshafen/Rhein

ckeln ließ. Die Menschen reagierten nach dem Krieg noch sehr sensibel auf alles, was mit Detonationen zu tun hatte, sodass gleich Spekulationen auf einen eventuell explodierten Blindgänger im Umlauf waren. Meine Mutter jedoch zuckte zusammen und sagte sofort: „Das war in der BASF." Voll schwerer Ahnung lief sie runter zu Schafheutles und versuchte, mit deren Telefon meinen Vater in der Firma anzurufen. Die Leitung war tot. Das gab ihr die Gewissheit, dass etwas Schlimmes passiert sein musste. Sie schaltete schnell das Radio ein, um Nachrichten hören zu können. Der Sender hatte sein Programm unterbrochen und berichtete tatsächlich über eine gigantische Explosion in der BASF in Ludwigshafen. Mit Tränen in den Augen saßen wir vor dem Empfänger und hörten zu, wie immer mehr schreckliche Details der Katastrophe bekannt wurden. In der Stadt spürte man, wie sich die Nachricht schnell weiterverbreitete, denn viele Menschen aus Heidelberg arbeiteten in dieser großen chemischen Fabrik. Meine Mutter versuchte über alle möglichen Kanäle, etwas zu erfahren, doch niemand wusste etwas Genaues. Wir Kinder versuchten etwas hilflos, unsere Mutter zu beruhigen, konnten aber natürlich so etwas nicht einschätzen und hatten damit wenig Erfolg. Es vergingen bange Stunden bis spät in den Abend hinein, als es plötzlich klingelte. Mein Vater stand erschöpft vor der Tür mit blutigen Haaren, zersprungener Brille und einem Jackett, das voll mit Blutspritzern und teilweise zerrissen war. Außer einigen kräftigen Schrammen am Kopf ging es ihm jedoch gut, und meine Mutter nahm ihn heulend voller Dankbarkeit in die Arme und sagte ständig: „Er lebt, er lebt, Gott sei Dank, er lebt!" Wir Kinder hingen dabei an seinen Beinen.

Natürlich wollten wir jetzt alle wissen, was passiert war und wie er da rausgekommen sei. Er erzählte, dass er an seinem Schreibtisch saß, als es plötzlich zu dieser zerstörerischen Explosion kam. Instinktiv warf er sich unter den stabilen Schreibtisch, als auch schon Teile der Decke und Fenster in den Raum stürzten und den Schreibtisch unter sich begruben. Da der Schreibtisch den Trümmern standgehalten hatte und er dadurch relativ unverletzt war, konnte er sich selbst befreien und nach draußen gehen. Er lief, wie alle, die sich retten konnten, traumatisiert auf die Werksstraße. Dort wurden die Verletzten von den eintreffenden Sanitätern und den aus der ganzen Region anrückenden Feuerwehren in Empfang genommen und verarztet. Ein einberufener Krisenstab setzte später Busse ein, die die unverletzten oder nur leicht verletzten Menschen in ihre Wohnorte fuhren. Alle Schwerverletzten wurden in die umliegenden Krankenhäuser gebracht. Ein Arbeitskollege meines Vaters, der im selben Zimmer saß, hat das Unglück nicht überlebt.

Wie sich später herausstellte, war ein Kesselwagen mit einem hoch entzündlichen Stoff, Dimethylether, den ganzen Tag in der heißen Sonne gestanden und hatte sich kurz vor Schichtwechsel selbst entzündet. Bei diesem Unglück wurden 207 Mitarbeiter getötet und über 3.800 Beschäftigte und Anwohner verletzt. Die Explosion zerstörte fast ein Drittel des gesamten Werkes und beschädigte allein in Ludwigshafen fast 5.000 Häuser. Die Druckwelle knickte Stahlträger wie Streichhölzer und ließ ganze Werkhallen wie Kartenhäuser zusammenfallen. Selbst in Mannheim wurden noch 2.450 Häuser ramponiert. Es dauerte über ein Jahr, bis alle Schäden beseitigt werden konnten. (Quelle: RNZ)

Hätte die Katastrophe damals für meinen Vater einen anderen, dramatischeren Ausgang genommen, wäre unser und mein Leben mit Sicherheit völlig anders verlaufen.

CARE-Pakete, Ami-Schlitten, Auswanderer

Amerika war nach dem Krieg sicher das begehrteste Land der Deutschen. Es war das Land der unbegrenzten Möglichkeiten, das Land, in dem man vom Tellerwäscher zum Millionär werden konnte. Das Land, wo es Platz und Entfaltungsmöglichkeiten ohne Grenzen gab. Wer Verwandte in den USA hatte, konnte leichter auswandern und das zerbombte Deutschland, das zunächst keine Perspektive mehr bot, hinter sich lassen.

Dazu beigetragen hat in besonderem Maße das Verhalten der Siegermacht gegenüber den Besiegten. Anfänglich war es geprägt von der Angst vor den Nazis und deren eventuellen Reaktionen auf die Sieger. Im Laufe der Jahre hat sich das immer mehr gelegt. Dann halfen die Hilfslieferungen aus den Staaten, die sogenannten ‚CARE-Pakete', die größte Not zu beheben. Diese Pakete von der Hilfsorganisation CARE (Cooperative for American Remittances to Europe) wurden zunächst überwiegend von Deutschamerikanern an ihre Verwandten in Deutschland verschickt. Die Zusammenstellung des Inhaltes wurde nach den Bedürfnissen der hier hungernden Bevölkerung ermittelt: mehr Fleisch, mehr Fett und mehr Kohlehydrate – und natürlich Schokolade. Der Nährwert eines Paketes entsprach etwa 40.000 Kilokalorien. Zwischen 1946 und 1960 sollen so fast zehn Millionen Pakete verschickt worden sein.

Diese Pakete waren eine echte Hilfe und wurden dankbar angenommen. Denn in Deutschland waren die Lebensmittel ja anfänglich sehr beschränkt und wurden durch Lebensmittelmarken rationiert. Jeder Haushalt bekam monatlich, je nach Alter und Anzahl der Personen, eine Karte mit verschiedenen Marken, die mit der Schere auseinandergeschnitten wurden. Mit diesen Marken konnte man von einem ganz bestimmten Produkt eine ganz bestimmte Menge kaufen. Das heißt, die Marken hatten nicht Geldwert, sondern zeigten nur, dass man berechtigt war, in diesem Monat noch dieses Produkt zu erwerben. Die Marken wurden

Lebensmittelmarken
© Ramessos

137

natürlich zum begehrten Tauschobjekt nach dem Motto: „Hast du noch Zuckermarken übrig, geb ich dir dafür Fleisch-, Brot- oder Fettmarken." Wie viele von dem einen für das andere, das war natürlich Verhandlungsgeschick. Die Lebensmittelkarten wurden erst am 1. Mai 1950 durch die Bundesregierung abgeschafft.

Kein Wunder, dass sich in dieser schweren Zeit besonders junge Frauen gerne mit Soldaten der US-Armee befreundeten und sogar mit diesen nach Amerika auswanderten, um dort zu heiraten und eine neue Existenz aufzubauen. Oft allerdings mit großer Ernüchterung, wenn das schöne Haus auf dem Foto sich als eines von wenigen in einem zersiedelten Landstrich im Nirgendwo entpuppte. Andere machten den großen Schritt in eine wohlhabende Zukunft und wurden, wenn sie schon nach wenigen Jahren zu Besuch nach Deutschland zurückkamen, bewundert und beneidet. Im Laufe der Jahre entdeckten viele jedoch häufig ein tief vergrabenes Heimweh, das sich wie ein Krebsgeschwür ausbreitete. Vor allem die Tatsache, dass es in Deutschland durch das Wirtschaftswunder einen enormen Aufschwung und damit einen neuen höheren Lebensstandard gab, untermauerte die Sehnsucht nach den Wurzeln immer stärker. Hatte doch der Bruder jetzt ein größeres Haus und einen Mercedes! Konnten sich die Daheimgebliebenen doch plötzlich jetzt schöne Urlaube in Italien, der Schweiz oder in Spanien leisten!

Unsere Nenntante und beste Freundin meiner Mutter, Susi Rieger, hatte eine Schwester in den USA, deren Mann eine Flugzeugteile-Fabrik betrieb. Sie waren sehr wohlhabend. Dies zeigte sich eines Tages, es muss so Ende der Vierzigerjahre gewesen sein, als die Schwester ankündigte, dass sie mit ihren Kindern ihre Schwester in Deutschland besuchen wolle.

Und dann waren sie plötzlich da. Sie brachten sogar ihr eigenes Auto mit und sahen aus, als wären sie aus einem Film entsprungen. Ellen, die Tochter, war ein wunderschönes Mädchen mit langen blonden Haaren, in das ich mich sofort verliebte. Ralph, der Sohn, war ein sympathischer, sportlicher, braun gebrannter Junge, der alle Mädchenherzen höherschlagen ließ.

Das Auto, das sie per Schiff mitbrachten, war ein Chrysler-Royal-Woodie-Waggon mit echten Holzleisten auf der Karosserie, einer großen Heckklappe mit Reserverad und eleganten Kotflügeln mit Chromleisten. Durch die Amerikaner in Heidelberg kannten wir natürlich schon solche Autos, die wir respektlos oder respektvoll ‚Amischlitten' nannten oder auch als ‚Straßenkreuzer' titulierten.

In den Fahrzeugen war es unwahrscheinlich bequem und die Ausstattung elegant und wertvoll. Das Lenkrad sah aus, als wäre es aus Elfenbein oder Horn und hatte einen silbernen Innenring, mit dem die Hupe betätigt wurde. Ach - und die Hupe: kein trockenes „Tüt, tüt" wie bei den deutschen Fahrzeugen, sondern eine Fanfare wie von einem Orchester. Das Armaturenbrett war breit, teilweise verchromt und in der Mitte hatte es ein eingebautes Radio und einen Zigarettenanzünder. Die Sitze waren aus Leder und bestanden aus zwei durchgehenden Bänken, auf denen man auch zu dritt oder sogar zu viert sitzen konnte. Der Duft in den Fahrzeugen war einmalig gut und steckt mir, glaube ich, noch heute in der Nase. Dass diese Fahrzeuge leise wie von Geisterhand fuhren und einen Federungskomfort hatten, der unsere Schlaglöcher zu ignorieren schien, gehörte zu ihrem erhabenen Auftritt mit einem unsagbar weichen Sound. Mitfahren zu dürfen, war das größte Erlebnis und brachte uns die neidischen Blicke der Freunde und Nachbarn ein. Dass die gebeutelten Deutschen sich nach diesem Wohlstand sehnten, kann man gut verstehen. Das hat sicher auch mit dazu beigetragen, dass der Aufbau unseres Landes mit viel Kraft und Energie vorangetrieben wurde, um auch in solche und andere Genüsse zu kommen.

Zwei, drei Jahre später, wir wohnten nicht mehr in der Friedrichstraße, kamen ‚Germans', so hießen sie, wieder. Dieses Mal mit einem noch größeren Auto mit Heckflossen und aufgesetzten Rücklichtern, einem Chrysler Imperial Convertible als Limousine. Das war jedoch der letzte Besuch, denn Tante Susi und ihre Familie, die in der Zwischenzeit in Kirchheim lebten, sind danach für immer nach Amerika ausgewandert. Für immer? Nein, nach vielen Jahren und nach dem Tod von Onkel Eugen ist Susi wieder in ihr Deutschland zurückgekehrt, in dem sie so viele schöne Erinnerungen und Freunde hatte und ihrer Leidenschaft, dem Singen im Chor, nachgehen konnte. Eckhart und Wolfgang, ihre Söhne, sind in Amerika geblieben, kamen aber ab und zu auf Besuch rüber.

Durch die Näherei meiner Mutter für die Amerikaner kamen wir viel mit Armeeangehörigen in Kontakt. Das hatte den großen Vorteil, dass dabei immer etwas für uns Kinder abfiel. Allem voran Schokolade und Kaugummi, die jeder amerikanische GI in der Tasche hatte. Einer dieser Soldaten hieß bzw. wir nannten ihn ‚Gaston', da er französische Wurzeln hatte und Koch in der Offiziersmesse am Seegarten war. Er war ziemlich wohlbeleibt, ein Kerl wie ein Schrank, und brachte meistens, neben Süßigkeiten für uns

Jahre später kamen ‚Germans' mit so einem ‚Schlitten' (allerdings als Limousine) zu ihrem zweiten Besuch, um die Auswanderung von Tante Susis Familie vorzubereiten

© Volker Elsasser

Kinder, etwas Feines zu essen und zu trinken mit. Mit ihm machten wir das erste Mal ‚Picknick‘ auf einer Waldlichtung, was wir so überhaupt nicht kannten. Reichlich mit Essen und Trinken versorgt auf einer Decke sitzend, in frischer Luft mitten in der Natur. Was für ein Luxus in dieser Zeit!

An einem Weihnachtsfest, es muss so etwa 1947 gewesen sein, waren mein Bruder und ich natürlich voller Erwartung, was es wohl als Geschenke geben würde. Schon mittags war Gaston bei uns eingetroffen und hatte sich im verschlossenen Wohnzimmer mit unserem Vater zu schaffen gemacht. Wir mussten auf die Straße spielen gehen, um nichts mitzubekommen. Am Abend dann, kurz vor der Bescherung, lauschten Volker und ich an der Tür und hörten ein ständiges auf- und abschwellendes Rauschen, das wir nicht einordnen konnten. Als endlich das Glöckchen läutete, das die Ankunft des Christkindes verkündete, und die Tür aufging, erkannten wir schnell die Ursache des Geräusches – eine echte elektrische Märklin-Eisenbahn, Spur 00, zog unter dem Weihnachtsbaum ihre Kreise. Ich glaube, wir haben an diesem Abend für keine anderen Geschenke mehr ein Auge gehabt. Ich kann heute nur hoffen, dass das keine ‚Kriegsbeute‘ war und eventuell einem anderen Kind weggenommen worden war. Aber so war das in diesen Zeiten, oft wusste man nicht, wo etwas herkam, wichtig war nur, dass es da war und dann fragte man auch nicht mehr nach.

Volker und ich haben später zu dieser Eisenbahn Landschaften aus Sackstoff, der mit Mehlpampe, gemischt mit einem Ei als Kleber, bestrichen wurde, geformt und nach dem Trocknen mit Wasserfarben angemalt. So entstanden herrliche Berge, Tunnels und Wiesen. Die Anlage musste jedoch meistens schon wenige Tage nach dem Fest wieder abgebaut werden, da in der Wohnung zu wenig Platz dafür war. Aber nächste Weihnachten kam ja wieder und damit neue Schienen und Weichen, um die Strecke weiter auszubauen.

Ein andermal gab es eine mit ‚Esbit‘ betriebene Dampfmaschine, die besonders meinen technisch begabten Bruder zu den kühnsten Experimenten anregte. Dazu kamen bei passenden Gelegenheiten immer wieder Anbauteile, wie eine Kreissäge oder ein Dampfhammer, die über eine Transmission angetrieben wurden. Ebenfalls ein tolles Geschenk für Jungs war ein Märklin-Metallbaukasten, mit dem wir die tollsten Kräne, Autos und Maschinen bauen konnten.

Sume, Hochwasser, Badevergnügen

Der Neckar zog Heidelberger Kinder schon immer magisch an. Deshalb haben waschechte Heidelberger Altstadtkinder den Beinamen ‚Neckarschleimer‘ oder ‚Sume‘. ‚Schleim‘, das ist der Fischlaich, der am Ufer in glitschigen Kissen schwimmt, bis die kleinen Fische schlüpfen. Mit ‚Sume‘, das von dem Wort Samen abgeleitet ist, wurden meistens die frechen Jungs betitelt, die von Geburt an echte Heidelberger waren, nicht auf den Mund gefallen waren und das Herz am rechten Fleck hatten. Das Ufer des Neckars und sein trübes Wasser waren also, wie bei den Fischen, ihr Element, in dem sie sich wohlfühlten und das sie zum Leben brauchten.

Das ‚Rohrmann‘ - Häuschen an der Anlegestelle diente als Werkstatt, Kassenhäuschen und Kiosk

© Pit Elsasser

Viel Freizeit verbrachten wir am Neckarstaden. Vor allem beim ‚Rohrmann‘, dem Fährmann, der Passagiere über den Neckar schipperte, um sie entweder auf die Neuenheimer oder zurück auf die Stadtseite zu bringen. Sein Landungssteg war auf dem tiefer liegenden, kopfsteingepflasterten Weg unterhalb der Fahrstraße. Bei normalem Wasserstand war man hier dem Wasser am nächsten. Bei Hochwasser war dieser Pfad allerdings auch der erste, der überflutet wurde, und dann hieß es: „Beim Rohrmann ist schon Land unter.“ Etwas weiter unten vor der Stadthalle waren auch die Anlegestellen der Schiffe der ‚Weißen Flotte‘. Hier war also immer etwas los, und den An- und Ablegemanövern zuzuschauen, machte richtig Spaß. Wenn man Glück hatte, wurde einem vom Rohrmann auch mal das Seil zugeworfen, um das Boot festzumachen.

Der Antrieb des Fährschiffes war ein Dieselmotor, der, wenn der Rohrmann Vollgas gab, kräftig anfing, das ganze Schiff in Schwingungen zu versetzen. Oben auf dem Motor war ein Behälter mit einer runden Öffnung, in der man das dampfende Kühlwasser stehen sah. Auf beiden Längsseiten der Bordwand gab es eine hölzerne Sitzbank. An der Reling waren ringsum dünne senkrechte Eisenstäbe befestigt, auf denen ein einfaches, leicht gewölbtes Blechdach lag. Wenn jetzt der Motor auf volle Leistung gebracht wurde, um eventuell noch zwischen zwei berg- oder talwärts fahrenden Schleppern hindurchzukommen, erzitterte das ganze Schiff und die ölige Wasserpfütze in der Blechwanne unter dem Motor bekam fantastische kurzwellige Muster, die in gleißender Sonne wunderschön regenbogenfarbig leuchteten. Beim Wegnehmen des Gases wurden sie dann wieder flacher und länger, bis sich beim Stillstand nur noch Ölschlieren im sanften Schaukeln des Schiffes bewegten. Natürlich gehörte es für uns auch dazu, sich über die Reling zu beugen, die Finger durch das Wasser gleiten zu lassen und dabei schöne Muster zu erzeugen. Dabei wurde man von Mutter oder Vater an den Beinen festgehalten, damit es kein unfreiwilliges Bad gab. Das hölzerne Steuerrad und der lange Gashebel mit Feststellgriff waren direkt hinter dem Motor Richtung Schiffsheck angebracht, wo der Fährmann während der Überfahrt stand. Kreuzte das Fährschiff die Heckwellen eines Schleppers, konnte es auch für kurze Zeit ganz schön turbulent auf und ab gehen und am Bug schäumten hohe Gischtwellen auf. Sahen wir das voraus, gingen wir ganz schnell bis zur Bootsspitze vor und johlten laut, wenn wir dabei nass gespritzt wurden.

Fast jeder Erwachsene, der mit dem Rohrmann öfters den Neckar überquerte, kannte den Schiffer und unterhielt sich mit ihm während der Überfahrt. Diesen Gesprächen hörten wir Kinder gerne zu, da die Großen sich dann auch so manchen Witz erzählten, den wir zwar meist nicht verstanden, über den wir aber herzlich lachten, weil auch die Erwachsenen lachten.

Früher wurde das Boot mit einem Schleppseil an einem Hochseil, das über den ganzen Neckar gespannt war, geführt. Das Schleppseil hatte oben eine Rolle und glitt so während der Fahrt am Hochseil entlang und hielt das Boot in der Spur. Dadurch musste der Fährmann nicht gegen die Strömung ankämpfen bzw. das Boot konnte nicht abtreiben.

Auf dem sehr stabilen Hochseil sollen sogar einmal Hochseilartisten über den Neckar gelaufen, ja sogar mit einem Motorrad darübergefahren sein, was in Heidelberg sicher eine große Attraktion gewesen war. Ich kann mich an eine ähnliche Attraktion erinnern, als die weltberühmte ,Trabertruppe' von der neuen zur alten Universität ein Seil über den Uniplatz gespannt hatte und hoch über dem Platz ihre waghalsige artistische Vorführung vor den faszinierten Zuschauern bot.

Das Wasser des Neckars war zu jener Zeit meistens eine braune Brühe und sicherlich alles andere als gesund. Das störte uns aber überhaupt nicht, oder, sagen wir, es interessierte keinen, da sicher noch niemand die Wasserqualität kontrollierte. Da konnte es schon sein, dass man ein totes, aufgeblähtes Schwein vor den Walzen des Stauwehres im Wasser dümpeln sah. Holz und anderer Unrat sammelten sich in einem braunen Schaumteppich, der sich unterhalb des Wehres weiter ausbreitete, da die Waschmittel in dieser Zeit noch nicht ,schaumgebremst' hergestellt wurden. Außerdem

sind am Oberlauf und an den Zuflüssen des Neckars noch viele Abwässer und Güllegruben ohne Klärung in den Neckar entleert worden und trugen ihren Teil zu seiner schlechten Wasserqualität bei.

Wer schwimmen konnte, ich gehörte zu der Zeit noch nicht dazu, hatte im Sommer einen Riesenspaß an einem gefährlichen Spiel – dem ‚Schlepperentern‘. Kam ein Schleppkonvoi sehr langsam bergwärts gefahren und die Schiffe lagen durch ihre schwere Last tief im Wasser, sodass sogar der Laufsteg überspült wurde, schwammen die mutigsten Schwimmer in die Mitte des Flusses. Sie warteten, bis sie die Strömung ganz nah ans Schiff trieb, und hielten sich an der Kante des Steges fest. Entweder sie ließen sich dann einfach im Wasser mitziehen oder sie waren noch mutiger und zogen sich am Schiff hoch, um sich auf den Steg zu stellen, und uns, die wir am Ufer oft johlend mitliefen, zuzuwinken. Hat das der Schiffer bemerkt, kam er meist laut schimpfend und fluchend nach vorne gelaufen, um die Jungs herunterzujagen. Die kamen ihm jedoch, kurz bevor er bei ihnen war, mit einem lauten Schrei und einem weiten Hechtsprung ins Wasser zuvor. Da zu dieser Zeit die Schiffe meistens noch keinen eigenen Antrieb hatten und im Verbund mit ein, zwei oder drei Schleppkähnen von einem starken Motorschlepper gezogen wurden, war die Gefahr, in die Schiffsschraube zu gelangen, nicht gegeben. Man musste aber trotzdem schnell genug vom Schiff wegschwimmen, um nicht in den Heckstrudel zu geraten, der einen unter Wasser hätte drücken können.

So lieblich und romantisch der Fluss an einem schönen Sommerabend sein kann und so zu manch zärtlichem Gedicht anregt, so hässlich und zerstörerisch konnte er sein, wenn er anschwoll und zornig über die Ufer trat. Das kam oft vor, und er überspülte dann alles, was sich seinem Hunger nach mehr Platz in den Weg stellte. Einmal soll das Wasser sogar fast die Hauptstraße erreicht haben. An der Alten Brücke gibt es Markierungen, die das in beeindruckender Weise mit den entsprechenden Jahreszahlen über die Jahrhunderte festhalten.

Bei einem Hochwasser um 1947, an das mich ein lustiges Ereignis recht gut erinnert, ging das Wasser bis knapp an die Treppe zum Bauamtsgarten. Gegenüber vom Milchgeschäft Reeber, das wie alle Häuser am Ende der Bauamtsgasse im Wasser stand, wollte ein Ehepaar aus seinem Haus und benutzte dazu eine alte Badewanne. Die Menschen, die am Rande der großen Wasserpfütze auf dem Trockenen standen, beobachteten das Geschehen neugierig und in gespannter Erwartung. Die Frau saß schon in der schwankenden Wanne und der Mann stand bereits mit einem Bein drin. Als er sein zweites Bein nachziehen wollte, kippte plötzlich unter lautem und schadenfrohem Gelächter der Zuschauer die Wanne um und sie lagen beide in der braunen Neckarbrühe. Bis an die Hüften im Wasser, gingen sie beschämt zu Fuß in ihr Haus zurück. Da habe ich anschaulich gelernt, dass sich eine Badewanne, da sie ja unten rund ist, nicht zum Bootfahren eignet.

War der Fluss im Winter zugefroren, zeigte er sich nochmals von einer anderen Seite. Wenn das Eis komplett zu und dick genug war, konnte man, wie schon beschrieben, darauf spazieren gehen und die Ruhe genießen, die er ausstrahlte. Kam aber das Tauwetter, entfaltete das Eis eine unglaublich zerstörerische Kraft und konnte sogar Brücken zerstören. Es türmte sich dann meterhoch auf und trieb nur schwerfällig flussabwärts. Kam es an den Brücken zum Stehen, gab es einen Stau und einen immer größeren Druck durch die gewaltig nachdrängenden Eismassen. Spätestens dann musste gehandelt werden. Meistens mussten das Militär oder Sprengmeister aus Steinbrüchen

Die ,Bootz'sche-Badeanstalt' im Neckar, hier um 1931
© Stadtarchiv Heidelberg

das Eis mithilfe von Dynamit sprengen, damit die Eisbrocken kleiner wurden und durch die Brückenbogen wieder abfließen konnten. Ein eiskaltes, schauriges aber interessantes Schauspiel, das von vielen Zuschauern an den Ufern beobachtet wurde.

Nach dem Kriegsende gab es für die Heidelberger kein Freibad mehr, da das ,Thermalbad' gleich von den Amerikanern besetzt wurde. Durch dieses Bad bzw. dessen Radium-Solequelle hatte Heidelberg sich einmal große Hoffnung gemacht, eine Kurstadt zu werden, also ,Bad Heidelberg'. Am Seegarten gab es sogar schon eine Trinkhalle für Anwender des salzhaltigen heilenden Wassers. Aber leider wurde mangels Ergiebigkeit der Quelle nichts aus diesem Traum und die ganzen Anstrengungen und Investitionen waren umsonst.

Haupteingang des Thermalbades in der Vangerowstraße
© Pit Elsasser

Zum Schwimmen gab es nach dem Krieg aber noch die alte ,Bootz'sche Badeanstalt' im Neckar, die unterhalb des Vincentius-Krankenhauses bei der Stadthalle am Ufer festgemacht hatte. Ein schwimmendes, auf schwarz geteerten Pontons gebautes Bad aus weiß gestrichenem Holz, mit Umkleidekabinen und einigen Liegeplätzen. Geschwommen wurde in einem mit Eisenstäben abgegrenzten Geviert direkt im Neckarwasser. Das war natürlich ideal für Eltern mit kleineren Kindern, da man hier nicht in den Fluss abgetrieben werden konnte. Ein billiges Badevergnügen mit-

145

*Das ehemalige Män-
nerbad im Jugend-
stil-Hallenbad in der
Bergheimer Straße.
Unten befanden sich
die Umkleidekabi-
nen für Erwachsene,
oben für Kinder
und Jugendliche.
An der Stirnwand
unten die Duschen
und über dem Bal-
kon das farbige, per-
spektivisch gestaltete
Jugendstilmosaik
mit dem kleinen
Brunnen und der
Uhr darüber*
© Stadtarchiv Heidelberg

ten in der Stadt in einer Zeit ohne Urlaub, Reisen und eigene Badewanne oder Dusche zu Hause.

Das Bade- und Urlaubstraumziel der Deutschen, ‚Bella Italia', wurde erst Anfang der Fünfzigerjahre langsam, dann aber mit aller Macht erobert. Die Schlagerbranche hat diese friedliche Eroberung mehr und mehr mit Ohrwürmern wie ‚Wenn bei Capri die rote Sonne im Meer versinkt' (Rudi Schuricke), ‚Zwei kleine Italiener' (Conny Froboess) oder ‚Komm ein biss-chen mit nach Italien' (Caterina Valente) geschürt, sodass sich die halbe Nation auf den Weg ins verheißene Urlaubsparadies machte. Fahrräder, Roller, Motorräder und Autos, vor allem der VW Käfer, von dem schon 1955 das millionste Exemplar vom Band gelaufen ist, waren die beliebtesten Transportmittel und rollten mit Zelt, Schlafsack und ‚Esbit'-Kocher schwer bepackt gen Süden. Ab 1958 gehörte zur Standardausrüstung auch das erste deutsche Nudel-Fertiggericht ‚Ravioli', das nur noch heiß gemacht werden musste und so die Mütter im Urlaub vom Kochen befreite. Wir gehörten leider zu denen, die weder ein Fahrzeug ihr Eigen nennen konnten noch in der Familie jemand einen Führerschein besaß. Meine Mutter machte erst mit vierzig Jahren in Ludwigshafen ihren Führerschein, während unser Va-ter niemals einen erwarb. Aus diesem Grund blieben wir daheim und fuh-ren mit Bus oder Bahn in den Odenwald, zum Beispiel nach Grasellenbach, oder in den Schwarzwald auf die Schwarzwaldhochstraße.

146

FREISCHWIMMER
ZEUGNIS

Elsasser Peter

hat die Bedingungen (15 Min.
Schwimmen in tiefem Wasser
und Sprung aus 1 m Höhe) er=
füllt und ist berechtigt, das
Freischwimmer-Abzeichen
zu tragen.

Heidelberg, d. 4.11.54

FAHRTENSCHWIMMER
ZEUGNIS

Elsasser Peter

hat die Bedingungen (30 Min.
Schwimmen in tiefem Wasser
und Sprung aus 3 m Höhe) er=
füllt und ist berechtigt, das
Fahrtenschwimmer-Abzeichen
zu tragen.

Heidelberg, den 4.11.54

JUGEND
SCHWIMMSCHEIN

hat die umseitigen Bedingun=
gen erfüllt und ist berechtigt
das Abzeichen für den
Jugend-Schwimmschein
zu tragen.

Aus meinem Schwimmpass ersieht man, dass ich am 4.11.54 beide Prüfungen an einem Tag abgelegt, zwei ‚Wellen' erschwommen habe und somit alleine ins Bad gehen durfte. Auf die dritte Welle habe ich verzichtet

© Pit Elsasser

Im Jugendstil-Hallenbad in der Bergheimer Straße gab es ein Männerbad und ein Frauenbad, denn es wurde noch peinlich genau auf Geschlechtertrennung geachtet. Ging man da zum Beispiel mit seiner Mutter rein und hatte schon seine blau-weißen Abzeichen mit den entsprechenden Wellen des Frei-, Fahrten- oder Jugendschwimmers auf der Badehose aufgenäht, konnte man sich einfach nach dem Eingang von ihr trennen. Männer links, Frauen rechts. Natürlich nicht, ohne vorher noch ermahnt worden zu sein, ja nicht zu lange im Wasser zu bleiben und immer nach den Fingerkuppen zu schauen, denn wenn diese runzlig wurden, sollte man aus dem Wasser gehen. Das war auch das Zeichen für den Bademeister, wenn er einen mit einem schrillen Pfiff auf seiner Trillerpfeife aus dem Wasser zitierte und sich die Hände zeigen ließ. Um das zu verhindern, versteckten wir uns, wenn der Bademeister auftauchte, bei der Dusche hinter Erwachsenen, um nicht gesehen zu werden. Das hat jedoch meistens nicht viel genützt, da der Bademeister diese Tricks natürlich kannte. Viel Spaß machte es auch, sich unter die fünf Löwenköpfe an der Stirnseite zu stellen, durch deren Maul ständig das frisch zulaufende Wasser strömte, und sich dieses über den Kopf laufen zu lassen. Ohne Badekappe durfte keiner ins Wasser gehen, sonst wurde er sofort mit einem Pfiff des Bademeisters herauszitiert.

Man war also schon ‚groß', wenn man nicht unter Aufsicht stand und sich eine Stunde lang als ‚Mann' fühlen konnte. Länger durfte man sowieso nicht in der Badeanstalt bleiben. Nach dem Ablegen der Schwimmprüfungen durfte ich auch schon alleine mit Freunden zu diesem nassen Vergnügen gehen, das wir mit dem Roller oder später mit dem Fahrrad erreichen konnten. Meine Mutter war darüber froh, denn sie war keine Wasserratte und hat, wie damals auf dem Land so üblich, nicht schwimmen gelernt.

Schulschwimmbäder und Schwimmunterricht gab es zu meiner Zeit noch lange nicht.

Eine weniger schöne Erinnerung habe ich allerdings auch an das Hallenbad. Gegen den Willen meiner Eltern zog ich zum Schwimmengehen heimlich meine neue Armbanduhr an, die ich zum Weißen Sonntag erhalten hatte. Es kam, wie es kommen musste, mir wurde die Uhr aus meinen hinterlegten Kleidern gestohlen. Nachdem ich das zu Hause unter Tränen gebeichtet hatte, gab es ein großes Donnerwetter und den obligatorischen Hausarrest für drei Tage.

Da der Neckar nicht das hygienischste Wasser führte, viele Ortschaften ließen noch ihre Abwässer ungeklärt in den Fluss laufen, wurde 1953 beim Tiergarten im Neuenheimer Feld das Tiergartenschwimmbad eröffnet. Die Anlage war sehr groß, modern und hatte sogar schon einen Zehnmeter-Sprungturm. Leider war es jedoch ein ganz schön weiter Weg, mit dem Fahrrad oder dem Bus ins Neuenheimer Feld zu gelangen. Erst recht, als wir aus der Hauptstraße wegzogen, um über dem Schloss eine neue Wohnung zu beziehen.

Ein besonderes Ereignis war für uns, wenn wir mal zum Essen oder einfach so für ein Glas Limo auf Heidelbergs Restaurantschiff die ‚Heimat‘, gingen. Mit großen blauen Buchstaben war der Name an der Bordwand aufgemalt. Dieses Schiff lag auf der Neuenheimer Seite, oberhalb der Friedrichsbrücke, fest vor Anker und gehörte jahrzehntelang einfach zum Bild von Heidelberg dazu. Es wurde von dem Gastronomenehepaar Karl Ehmann betrieben, das 1959 auch die ‚Villa Braunbehrens‘ auf dem Kohlhof pachtete und als ‚Café Ehmann‘ führte. Ein Café mit ganz besonderer Atmosphäre und einem wunderschönen Ambiente, in dem wir so manche Tasse Kaffee bei der ‚Ballade pour Adeline‘ des französischen Pianisten Richard Clayderman, dem Lieblingsmusiker von Frau Ehmann, tranken.

Überleben, Leben, Erleben

Das Leben in einer Stadt, die im Kriege so gut wie überhaupt nicht zerstört wurde und somit auch kaum Bausubstanz verloren hatte, war nicht vom Wiederaufbau, wie zum Beispiel in den nahe gelegenen Städten Mannheim und Ludwigshafen, geprägt. Damit waren die Heidelberger schon irgendwie privilegiert, überhaupt, da die Amerikaner hier ihr Hauptquartier errichtet hatten. Aber der tägliche Überlebenskampf des Individuums fand hier genauso wie im Rest Deutschlands statt. Wer wieder Arbeit hatte, konnte im tiefen Schatten dieser Zeit noch auf der Sonnenseite existieren. So war unsere Familie sicher mit dem Verdienst unseres Vaters versorgt und durch das Geld, das meine Mutter mit der Schneiderei verdiente, ohne direkte Not. Gerechnet musste jedoch überall werden und jeder Pfennig wurde mehrmals umgedreht, bevor man ihn ausgab.

Die mitgebrachte Schokolade am Zahltag meines Vaters oder auch mal eine Flasche Wein, an Weihnachten eine Gans, Ausflüge in die Umgebung oder kurze Skiurlaube meiner Eltern in den Schwarzwald waren erste Anzeichen einer neu anbrechenden Zeit.

In der Stadt, vor allem in der Hauptstraße, sah man aber viele Jahre noch die dramatischen Folgen des zerstörerischen Krieges. Bettelnde Menschen, Kriegsheimkehrer mit den schlimmsten Verletzungen, an Krücken gehend, in selbst gebauten dreirädrigen, von einem kleinen Sachs-Motor angetriebenen Behindertenrollstühlen, bis hin zu Männern, die oft sogar ganz ohne Beine auf kleinen Rollbrettern saßen. Die meisten dieser bemitleidenswerten Menschen waren Soldaten. Sie trugen meist noch ihre alten Militärmäntel, an denen alle militärischen Abzeichen abgetrennt waren. Vor allem durfte nirgends mehr ein Hakenkreuz zu sehen sein. Auf dem hageren Kopf trugen sie oft verschlissene Schildmützen, die, ebenso wie die Mäntel und Jacken, in einem undefinierbaren Grauton gefärbt, die tristen Szenen noch trister und hoffnungsloser erscheinen ließen.

Meine Eltern kannten in der Stadt viele Leute, die wir bei Gelegenheit entweder mal eben schnell besuchten oder die einem auf der Straße begegneten und dabei häufig zu langen Gesprächen verweilten, denn das Mitteilungsbedürfnis war sehr groß. Das war natürlich nichts für uns Kinder und schnell ging dann das Gequengel los: „Mama, komm jetzt endlich."

In dieser Zeit kündigte man selten einen Besuch an. Es gab ja noch ganz wenige Telefone, und so ging man einfach bei Freunden oder Verwandten vorbei, um sie zu besuchen. Natürlich kam man dabei nicht immer gerade gelegen, aber die Spontanität führte oft zu ganz lebendigen Begegnungen. Heute heißt die am häufigsten ausgesprochene Einladung: „Komm mal vorbei, ruf aber vorher an", eine Abmachung, die keine Spontanität mehr zulässt und die Möglichkeit, eine Absage zu erhalten, erhöht.

Als Schneiderin musste meine Mutter ständig für Kundinnen Stoffe und Kurzwaren einkaufen, wozu sie uns oft mitnahm. Da waren zum Beispiel das Stoffgeschäft ‚Lackhoff' in der Hauptstraße oder der ‚Kraus' mit einer großen Stoffabteilung sowie das ‚Kaufhaus Schäfer' schräg gegenüber oder das Stoffgeschäft ‚Veith' in der Sofienstraße. Da wurden dann Stoffballen aufgerollt, Farbe, Qualität und Muster begutachtet, das Knitterverhalten

Innenleben der Näh-
maschinenschublade
meiner Mutter

© *Pit Elsasser*

mit einem kräftigen Griff geprüft, Stoffe zum Kombinieren ausgesucht, über mögliche Accessoires nachgedacht und zur Sicherheit die Farben bei Tageslicht vor dem Eingang oder an einem Fenster betrachtet. Hat dann endlich ein Stoff zugesagt, wurde die benötigte Menge mit einem Holzmeter abgemessen und, wenn die Webart es zuließ, nach einem kleinen Schnitt mit der Schere einfach entzweigerissen. Dieses kreischend scharfe Geräusch begleitet mich mein ganzes Leben lang. Bei manchen Menschen erzeugt es eine Gänsehaut, ein verzerrtes Gesicht oder einen schnellen Griff beider Hände an die Ohren. Für mich ist es heute noch Erinnerungsmusik an eine vom Schneiderhandwerk geprägte Kindheit. Wurden für die Nähmaschine Fadenrollen, Nähnadeln und anderes Zubehör benötigt, gab es in der Hauptstraße/Ecke Ziegelgasse das alteingesessene ‚Singer'-Spezialgeschäft, gleich neben der Engelbrauerei.

Brauchte man einen Kleiderschnitt, wurde vorher in großen Katalogen mit der Kundin anhand von Bildern das entsprechende Kleidungsstück ausgesucht. Den dazu passenden Schnitt suchte die Verkäuferin dann in langen Holzkästen, in denen die Schnitte zusammengefaltet in Zellophantüten, mit einem gezeichneten Bild des Kleides, verpackt standen. Schnittmusterbogen sind eine Wissenschaft für sich, denn man musste aus tausend übereinanderliegenden Linien mit unterschiedlichsten Strichmustern den richtigen Schnitt mit einem Zahnrädchen herausrädeln. Nach den auf der Titelseite stehenden Angaben über den Stoffverbrauch bei verschiedenen Konfektionsgrößen hat man sich dann den ausgesuchten Stoff abschneiden lassen.

Meine Mutter war eine richtig gute Schneiderin. Sie konnte sehr gut zuschneiden, was eine wirkliche Kunst ist, um möglichst wenig Verschnitt zu haben – und um vielleicht für eines ihrer Kinder noch ein Hemd oder eine Hose herauszuschlagen! Dann noch passende Reißverschlüsse, Knöpfe, Nähseide und sonstige Accessoires gekauft und ab nach Hause. Knöpfe, die mit dem gleichen Stoff wie das Kleid oder einem unifarben kontrastierenden überzogen sein sollten, machten wir zu Hause mit der Knopfmaschine selbst. Bei dieser Tätigkeit wurden wir Kinder öfter eingespannt, überhaupt wenn es zeitlich mal wieder ganz eng war und die Kundin bald erscheinen sollte.

Der Verdienst im Schneiderhandwerk war und ist auch heute noch nicht üppig und war ständiges Thema in unserem Hause. Immer wieder wurde die Frage erörtert: „Wie viel kann ich dafür verlangen?" Die tatsächlich gebrauchten Stunden wurden meist nicht berechnet und schon gar nicht die Nachtarbeit oder die Änderungen, die kurz vor der Fertigstellung eines Kleides nötig wurden, wenn die Kundin mal wieder ‚plötzlich' zu- oder abgenommen hatte. Änderungen an bereits getragenen Kleidern generell waren das undankbarste Geschäft überhaupt. Das ganze Auftrennen, eventuell aus dem Saum noch ein Stück Stoff für einen Zwickel abzwacken, neue Knopflöcher nähen, Druckknöpfe annähen, Kragen ersetzen, durchgescheuerte Ärmel retten, Flicken aus Leder auf durchgescheuerte Ellenbogen setzen usw. waren sehr zeitintensiv, wurden jedoch nicht entsprechend bezahlt. Meine Mutter konnte oft nicht mehr gerade stehen, wenn sie mitten in der Nacht von der Nähmaschine aufstand, um noch vor dem Morgengrauen eine Mütze Schlaf zu bekommen.

Die Ernährung in diesen Tagen war alles andere als üppig. Oft hing es davon ab, was man von den beschriebenen Hamsterfahrten aufs Land mitbrachte, und das war meistens das, was gerade in der Natur reif war, denn einen Kühlschrank gab es noch nicht und von Tiefkühlkost wusste man noch lange nichts. Unter der Woche wurden einfache Gerichte gekocht, wie zum Bespiel ‚Arme Ritter', Erbsensuppe mit einem Schuss Essig, Pfannkuchen mit Kompott, Grünkernsuppe, die wir ‚Hustensuppe' nannten, weil sie so im Hals kratzte, Spinat und Kartoffeln oder ‚Weißer Käse' mit Kartoffeln. Ein Alltag wurde zum Festtag, wenn es ein Blech Zimtkuchen oder Pflaumenkuchen und Kartoffelsuppe gab, was fast nicht mehr zu toppen war. Doch, doch, da gab es noch etwas: selbst gemachte Schneckennudeln mit Nussfüllung und Rosinen und dazu frischer Kakao. Halt, und beinahe hätte ich es vergessen, Dampfnudeln mit Vanillesoße und Weinschaumcreme und an Fastnacht gezuckerte Fastnachtsküchle. Das alles war mir viel lieber als jegliches Fleisch, vor allem, wenn Fett daran war. Meine Mutter gab sich alle Mühe, alles, was nur nach Fett aussah, wegzuschneiden, doch

Nach dem alten Volksempfänger des Dritten Reiches aus Bakalit kamen edle aus Holz gearbeitete Radios auf den Markt, die das berühmte ‚Katzenauge' hatten. Mit diesem konnte man einen Sender leicht sichtbar feinjustierend einstellen

© Pit Elsasser

ich fand immer noch etwas. Da man damals noch seinen Teller leer essen musste, bevor man aufstehen durfte, habe ich manches Mal lange Zeit mit Tränen vor einem kalten Essen gesessen, die Backen noch voll mit Nichtruntergeschlucktem, und auf das Erbarmen meiner Mutter gewartet. Kam endlich das erlösende „Dann steh jetzt auf!", war mein erster Weg auf die Toilette, um meine gefüllten ‚Hamsterbacken' in die Kloschüssel zu entleeren.

Sonntägliche Gottesdienstbesuche und die obligatorischen Spaziergänge gehörten ebenso zum Leben wie das Fleisch zum Sonntagsessen und der Rührkuchen zum Kaffee. Wenn wir sonntags mit unserem Vater zum Gottesdienst in die ‚Jesuitenkirche' gingen, war die Hauptstraße, gemessen an Wochentagen, fast menschenleer. Straßenbahnen fuhren recht selten und auch der Autoverkehr ruhte noch. Das war eine ganz besondere Atmosphäre, die ich heute noch liebe, jedoch leider zu selten erleben kann.

Das tiefe Geläut der Glocken der ‚Jesuitenkirche', das zum Gottesdienst rief, schien die Luft regelrecht erzittern zu lassen. Kamen dann noch die Glocken von ‚Heiliggeist' und ‚Providenz' dazu, war das ein gewaltiges und fantastisches Konzert, das den Tag zum Sonntag machte. Mein Vater liebte

So leer kann man die Hauptstraße nur an einem Sonntagmorgen erleben, damals wie heute

© Pit Elsasser

152

Glockengeläut über alles und hörte im Radio samstagabends oft die Sendung ‚Glocken läuten den Sonntag ein‘, in der das Geläut und die Geschichte einer Kirche aus irgendeinem Ort in Baden-Württemberg vorgestellt wurden. Kannte er die Kirche mit dem Geläut, zum Beispiel aus Würzburg, wo er studiert hatte, merkte man ihm an, dass er sich gerne an diese Zeit zurückerinnerte, wo er nach dem Abitur das freie Studentenleben genoss.

Der gewaltige Kirchenraum der von 1712 bis 1759 im Barockstil erbauten ‚Jesuitenkirche‘ mit seinen hohen Säulen, die das Gewölbe tragen, seinem durch eine Balustrade vom Besucherraum abgetrennten Hochaltar und die Seitenschiffe mit den kleineren Altären ließen einen regelrecht verstummen vor dieser sakralen Erhabenheit. Gänsehaut pur rauschte einem spätestens dann den Rücken runter, wenn die Orgel einsetzte und den Raum mit gewaltigen voluminösen Klängen erfüllte. Wurde während des Gottesdienstes, meist zum Abschluss, das Lied ‚Großer Gott, wir loben dich‘ gespielt und die Besucher sangen voller Inbrunst mit, konnte es niemand in diesem Raum geben, der nicht ergriffen war. Mein Vater sang gerne und mit kräftiger Stimme die Lieder, die er schon in seiner Zeit als Messdiener auswendig lernen musste und deshalb gut kannte.

Männer und Frauen saßen noch getrennt. Links die Frauen, rechts die Männer. Wir Kinder mussten vor in die ersten Bänke. Schritt dann der Pfarrer zur Predigt auf die Kanzel, in meiner Zeit war das Pfarrer Richard Hauser, bei dem ich später auch zur ersten heiligen Kommunion ging, wurde es für uns Kinder immer langweilig. Der hallige Klang, noch ohne Mikrofon, und die für Kinder unverständliche Thematik waren sehr ermüdend und verleiteten zu manchem Blödsinn in den vorderen Reihen. War der Gottesdienst dann zu Ende, liefen wir schnell, mit kurzem Halt am hohen Weihwasserbecken, in das wir, mehr symbolsch, die Finger tauchten, meist ohne dass das Wasser erreicht wurde, und flitzten zwischen den Erwachsenen hindurch auf den Vorplatz zum Spielen.

Ich freute mich immer schon auf das Platzkonzert, das es im Sommer jeden Sonntag am ‚Löwenbrunnen' vor der alten Universität gab. Prächtige Instrumente, wie zum Beispiel die große Tuba, die Trompeten und vor allem die Kesseltrommel, begeisterten mich sehr. Mein Vater ging dann meistens schon vor und ermahnte mich, dass ich in zehn Minuten nachkommen solle, da das Essen auf dem Tisch stehe. Was waren schon zehn oder fünfzehn Minuten, wenn man begeistert einer großen Kapelle zuhören konnte? Zeit war da kein Faktor, den ich beachten konnte. So kam es oft, wie es kommen musste, dass ich nicht rechtzeitig zu Hause war und mal wieder geschimpft wurde.

Hinter den verschlossenen Fensterläden am Eckhaus rechts befand sich die Abgusssammlung der Universität, das Gebäude geradeaus ist das Pfarrhaus der Jesuitenkirche, die sich rechts vom Vorplatz befindet

© Pit Elsasser

Als ich noch kleiner war, vielleicht so mit fünf, sechs Jahren, musste mich mein Vater oft auf die Schultern nehmen, damit ich an dem Eckhaus Merianstraße in die Fenster schauen konnte. Denn hier befand sich damals die Abgusssammlung des ‚Instituts für klassische Archäologie', das später in den Marstallhof umgezogen ist. Starke Männer, seltener Frauen, mit fantastischen Helmen, Schwertern, Lanzen und Schilden, ansonsten aber nur leicht oder überhaupt nicht bekleidet, standen ganz in Weiß wie erstarrt in diesen Räumen herum. Kämpfend, mordend, nachdenklich in Ruhe versunken, in schnellen Streitwagen fahrend oder mit Göttern und Engeln ringend, schienen sie in ihren jäh unterbrochenen, wie eingefroren wirkenden Handlungen auf ihre Erlösung zu warten, um diese weiter ausführen zu können.

Die Sonntage wurden nachmittags mit Besuchen oder mit Spaziergängen verbracht. Da war zum Beispiel der Zickzackweg von der Anlage aus hinter der Bahnlinie hinauf zum Riesenstein. Ein anstrengender Aufstieg, aber ein wildes Gerenne, wenn es wieder nach Hause ging. Vor allem in der ‚Käschde'-Zeit ging es öfter auf der Himmelsleiter zum Königstuhl hoch, da es hier in guten Jahren immer Unmengen dieser köstlichen Esskastanien gab, die man auf die verschiedensten Arten zubereiten konnte.

Langweiliges Bummeln am Neckarufer entlang, in Sonntagskleidern, war für einen Sumen ein echter Graus. Das bedeutete kurze Hosen, weißes Hemd sowie weiße Kniestrümpfe und die besten Schuhe. Diese Spaziergänge waren aber auch dazu gedacht, Leute zu sehen, die man schon lange nicht mehr gesehen hatte, um dann stehen zu bleiben und das Neueste zu erfahren und um selbst Neuigkeiten zu berichten.

Auf der anderen Neckarseite die Treppen hoch zum Philosophenweg. Von da aus rauf zum Bismarckturm oder noch weiter auf den Heiligenberg mit seinem Aussichtsturm und der Thingstätte. Eventuell von da noch zur Michaelsbasilika, nicht ohne zum zigsten Male die Treppenstufen der Thingstätte zu zählen. Wenn wir gut drauf waren, spazierten wir runter nach Handschuhsheim zu einem Kurzbesuch bei Oma, Opa und Wanda. Nach diesem Marathonspaziergang ging es erschöpft mit der Straßenbahn in die Stadt zurück.

Da gab es zum Beispiel unsere Familienwanderung nach Waldhilsbach und Neckargemünd, die wir oft auch mit Freunden meiner Eltern und deren Kindern unternahmen. Mit der Bergbahn fuhren wir auf den Königstuhl und wanderten bis zum Kohlhof. Dort legten wir eine kleine Rast ein, um etwas zu trinken. Meine Eltern hielten meist noch ein Schwätzchen mit den Kohlhofwirten, die sie ja aus ihrer Skiclubzeit gut kannten. Die Erwachsenen gönnten sich zur Stärkung meistens noch einen kleinen Schnaps, bevor es weiterging. Über die Kohlhofwiese wanderten wir runter in die Senke zum Wald, der unser beliebtes Revier zum Rennen, Toben und Verstecken war. Je nach Jahreszeit gab es ganz unterschiedliche Betätigungen. Im Herbst zum Beispiel war es ein herrliches Vergnügen, mit beiden Füßen große Blätterhaufen vor sich her zu schieben. Der würzige Duft des Waldbodens und der feuchten Blätter sagte mir damals sicherlich noch nichts,

Eigentliche Abbildung der französischen Mordbrenner de Mélac etc.

Der französische General Mélac, der größte Brandstifter seiner Zeit, hat nicht nur Heidelberg, sondern viele weitere Städte und Dörfer der Region in Schutt und Asche gelegt

© frei

aber heute genieße ich ihn, weil er Erinnerungen wach werden lässt. Im Winter fuhren wir mit Schlitten oder Skiern durch den herrlich verschneiten Wald hinunter ins Tal nach Waldhilsbach.

Dort kehrten wir entweder im ‚Forellenbach‘ oder im ‚Gaul‘ bzw. im ‚Rössel‘ ein. Beide Wirtsfamilien kannte meine Mutter aus früherer Zeit gut, und so musste immer die Entscheidung getroffen werden, zu wem wir gehen. Wir Kinder waren am liebsten im ‚Forellenbach‘, da es dort den herrlichsten Nachtisch gab, den man sich nur vorstellen konnte. Zwei große, knusprige, aus braunem Zucker hergestellte Meringen, die zwei große Kugeln Vanilleeis zusammenhielten. Das Ganze wurde sanft von einem Sahnekranz umschlossen. Köstlich! Voll war es in den Restaurants in Waldhilsbach immer und man musste früh genug da sein, wenn man noch Platz bekommen wollte.

Nach dem Essen ging es dann im Ort eine ansteigende Straße hoch bis auf die Höhe des Waldes, von wo aus der Weg wieder eben weiterführte. In diesem Wald haben wir im Herbst, wenn es ein gutes Jahr war, Buchecker gesammelt. Diese putzigen, dreieckigen Früchte der Buchen brauchte man, um Öl zu pressen oder sie auch einfach so zu essen.

Der Weg senkt sich Richtung Neckargemünd erst leicht ab und mündet dann in den steil abfallenden ‚Mélacpass‘. Der steinige Hohlweg hat seinen Namen von dem französischen General Mélac, der nach der Brandschatzung Heidelbergs und der Zerstörung des Schlosses in den Jahren 1688 und 1689 mit seinen Truppen über den Königstuhl runter zum Neckar marschierte, um in den Städten und Dörfern entlang des Neckars weiter sein zerstörerisches Unwesen zu treiben.

An der Ziegelhäuser Landstraße nahmen wir die Straßenbahn und fuhren nach Heidelberg zurück. Diese Tour machten wir mit dem gleichen Spaß auch im Winter mit Skiern und es war jedes Mal ein tolles Erlebnis. Dass ich das damals auch schon so positiv gesehen habe, glaube ich nicht, aber heute bin ich dafür dankbar, dass unsere Eltern das mit uns unternommen haben. Der Vorteil dieser Strecke ist, dass sie gut mit Kindern zu gehen ist, da es fast immer, außer dem kleinen Anstieg in Waldhilsbach, bergab geht.

Ein weiterer schöner Wanderweg ist der, der links hinter dem Stift Neuburg in das Tal ansteigt und dann auf halber Höhe des Berges parallel zum Neckar bis zum Philosophenweg nach Heidelberg führt. Hat man die Anhöhe über dem Neckar Richtung Heidelberg erreicht, trifft man fast unverhofft auf einen der schönsten Aussichtsplätze Heidelbergs. Ein Bilderrahmen aus Bäumen mit einer Holzbank davor gibt einen Blick auf Stadt und Fluss frei, der seinesgleichen sucht. Heidelberg von Osten. Mit dem sich an der Stadt vorbeischlängelnden Fluss, der sich in die Weite der Rheinebene zu verlieren scheint, und das Schloss zur Linken, das ihm scheinbar Abschied nehmend nachschaut, als wollte es sagen: „Ade, du alter Wasserpfad, hast mich als Letzter geküsst auf deiner Fahrt ins Meer der Unendlichkeit." Auch dies ein magischer Ort für Dichter, Denker und Genießer.

Auf solchen Wanderungen hatten Volker und ich immer ein kleines Taschenmesser dabei, und so mancher gesuchte und gefundene gerade Haselstock musste zulassen, dass er mit kunstvollen Linien und Namen verziert wurde. Auch der eine oder andere Baum erhielt unsere Anfangsbuchstaben. So steht kurz vor der Michaelsbasilika eine Buche, in deren Rinde man heute noch das V. E. meines Bruders erkennen kann - über 60 Jahre nach der Freveltat an diesem Baum, der es mit Geduld ertragen hat und die Zeichen über die Jahre doch nur etwa einen Meter höher beförderte. Mir fehlte damals anscheinend noch die Kraft, tief genug zu schneiden, sodass meine Buchstaben mittlerweile kaum mehr richtig zu erkennen sind.

Die Hauptstraße war nicht nur eine Verkehrsstraße, sondern auch eine Flaniermeile und für alle möglichen Umzüge eine beliebte Bühne. So gab es Festumzüge der studentischen Burschenschaften, wenn wieder einmal ein Jubiläum bei einer der Verbindungen anstand. Dann war echt was los. Die Studenten marschierten dann in ihrer ‚Vollwix' auf, so nennt

Liselotte in jungen Jahren, vom Maler sicherlich etwas geschönt, denn ihr Vater soll sie gerne mein „Bärenkätzchenaffengesicht" genannt haben

© frei

man die Festkleidung, die nur zu besonderen Anlässen getragen wird. Eine Schärpe spannt sich über eine mit Bordüren besetzte Jacke, die weiße Hose steckt in schwarzen Schaftstiefeln, dazu lange Stulpen-Handschuhe. Schräg auf dem Scheitel, je nach Verbindung und Grad, ein Hut mit Feder oder Fuchsschwanz oder ein rundes Käppi mit den Farben der Verbindung und ihrem Zeichen. Natürlich durfte der Säbel oder das Florett, vor allem bei schlagenden Verbindungen, nicht fehlen. Große und schwere Traditionsfahnen der einzelnen Korporationen wurden vorneweg getragen.

Typisch für Heidelberg ist der Sommertagsumzug. Eine Kurpfälzer Tradition, die von Liselotte von der Pfalz, der Tochter des Kurfürsten Karl-Ludwig, als eine Art Armenspeisung aus einer uralten Tradition heraus wiederbelebt wurde. Karl-Ludwig nannte seine Tochter gerne scherzhaft sein ‚Bärenkätzchenaffengesicht‘, wahrscheinlich, weil sie nicht besonders hübsch und etwas burschikos war. Liselotte ist für ihre zahllosen Briefe bekannt, die sie in ihrem Leben, überwiegend aus Frankreich, geschrieben haben soll. Es sollen bis zu 60.000 gewesen sein, etwa 5.000 davon sind noch erhalten. Sie war mit dem Herzog Philipp I. von Orléans, dem Bruder König Ludwigs XIV, unglücklich nach Frankreich verheiratet worden.

Sommertagsumzug in der Hauptstraße auf Höhe der Märzgasse vor der bekannten Drogerie Werner

© Fam. Günter Keller

Alle Kinder trugen beim Sommertagsumzug mit bunten Bändern geschmückte Stecken, auf denen oben eine große Brezel, ein ausgeblasenes Ei und ein Buchsbaumsträußchen steckten. Diese Sommertagsstecken wurden natürlich aus einem geraden Haselstock und farbigem Krepppapier selbst gebastelt. An der Spitze des Zuges gingen zwei Butzen, der eine mit Tannenzweigen verkleidet als Symbol für den Sommer und der andere mit trockenem Stroh, den Winter darstellend. Diese kegelförmig aus Metallstäben gebauten Butzen wurden, im Inneren versteckt, von je einem Mann getragen. Außen hingen bunte Bänder und an der Spitze ein Kranz, der beim Laufen immer schön hin- und herschwang. Auf der Spitze war, wie bei den kleinen Stecken, ein großer Buchsbaumstrauß befestigt. Der Butzenträger hatte vorne auf Augenhöhe ein kleines Guckloch und wurde außerdem von einem Begleiter geführt. Über dem Sichtfenster hing eine große, wunderschön verzierte und glänzende Brezel. Eine Musikkapelle spielte neben anderen Kinderliedern immer wieder das Sommertagslied: „Schtrih, schtrah, schtroh, der Summerdag is do.“ Kinder und Eltern sangen dieses alte Lied aus Leibeskräften mit. Am Ende des Umzuges, der über die Hauptstraße und die Kurfürstenanlage zog, wurde auf einem großen Platz der ‚Winter‘ verbrannt, während der ‚Sommer‘ drum herumtanzte und damit die dunkle Jahreszeit endgültig verjagte.

Das Gegenstück zum Sommertagsumzug war der Martinsumzug im Herbst. Dazu wurden Laternen aus schwarzem Karton gebastelt, in den man Bilder in der Art der Scherenschnitte schnitt und diese mit farbigen

158

transparenten Papieren hinterlegte. Dann kam eine Kerze in den fertiggestellten Korpus und die Laterne wurde mit einem Haken an einen dünnen Holzstock gehängt. Unter Absingen des Liedes: „Laterne, Laterne, Sonne, Mond und Sterne, brenne auf mein Licht, brenne auf mein Licht, aber nur meine liebe Laterne nicht" oder „St. Martin war ein guter Mann ..." zog der Lindwurm durch die Straßen. Traditionen, die es heute noch gibt – und das ist gut so, denn sie halten lebhafte Erinnerungen an die eigene Kindheit wach und schenken sie weiter an nachfolgende Generationen.

Von 1951 bis Ende der 1960er-Jahre wurden die ‚Heidelberger Blumentage' veranstaltet, die es geradezu zu Weltruhm brachten. Auf dem Schloss erinnerten herrliche, üppige und farbenprächtige Blumenrabatten teilweise an die historisch ornamentalen Gartengestaltungen

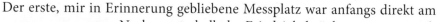

des Rokoko. Die alten Gemäuer des Schlosses konnte man so in einem völlig neuen, fast südländischen Flair erleben. Außerdem gab es aufwendige Blumenkorsos in der Stadt mit reich geschmückten Autos und Wagen mit Blumenprinzessinnen, die dem Publikum huldvoll lächelnd zuwinkten.

‚Heidelberger Blumentage' hoch über der Stadt, hier die kunstvollen Blumenrabatten unterhalb des Altans

© Stadtarchiv Heidelberg

Der Clown Crock, ein gebürtiger Schweizer, auf einer Briefmarke verewigt

Der erste, mir in Erinnerung gebliebene Messplatz war anfangs direkt am Neckar unterhalb der Friedrichsbrücke, wo zuvor noch Kohle von den Neckarschiffen entladen und zu großen Halden aufgeschüttet wurde. Auf diesem Gelände gastierte seinerzeit auch ein Zirkus, in dem ich ‚Crock', den wohl berühmtesten aller Clowns, sehen und erleben durfte. Sein unverwechselbares „Nit mööööglich", das lange Gesicht mit den tiefen Lachfalten um den Mund, die charakteristische ‚Glatzenkappe' auf dem Kopf, sein langer weiter Mantel und sein Spiel auf der kleinen Geige haben mich sehr beeindruckt und blieben mir für immer im Gedächtnis haften.

Zu Beginn der 1950er-Jahre gab es auf dem Neuenheimer Neckarvorland unterhalb der Wasserschachtel Reitturniere mit spannenden Hindernis-

159

rennen - ebenfalls eine willkommene Möglichkeit für die Heidelberger Bevölkerung, stadtnah etwas Abwechslung in den oft noch grauen Alltag zu bringen, denn Fernsehen kannte man noch lange nicht.

Dann waren da die Ruderregatten auf dem Neckar. Halb Heidelberg pilgerte hin, wenn die beiden Clubs RGH und HRK zu spannenden nationalen und internationalen Wettkämpfen einluden. Meine Mutter war früher Mitglied in der RGH und kannte noch viele Leute aus ihrer aktiven Zeit. So war es nicht verwunderlich, dass wir oft im Klubhaus unterhalb der Neckarinsel waren und interessiert dem Treiben mit den langen schmalen Booten zuschauten oder bei den groß gefeierten Schiffstaufen dabei waren.

Das größte Spektakel waren, und sind es immer noch, die Heidelberger Schlossbeleuchtungen. Schon der ‚Winterkönig' Kurfürst Friedrich V. wusste um die Wirkung eines Feuerwerks vor der romantischen Kulisse des Heidelberger Schlosses. Seine frisch angetraute Gemahlin Elizabeth Stuart verzauberte er 1613 zur Begrüßung in Heidelberg mit solch einem strahlenden Spektakel. Mark Twain, der auf seiner Europareise im Schlosshotel abgestiegen war, hat die Schlossbeleuchtung im Jahr 1878 gesehen und sie wie folgt beschrieben:
„... mit atemberaubender Plötzlichkeit schossen eine Handvoll buntfarbiger Raketen inmitten eines Donnergeheuls aus den schwarzen Schlünden der

160

Schlosstürme. Gleichzeitig zeichnete sich jede Einzelheit der gewaltigen Ruine gegen den Berg ab. Immer wieder schossen aus den Türmen dicke Bündel von Raketen in die Nacht, und der Himmel erstrahlte im Licht leuchtender Pfeile, die in den Zenith zischten, kurz verhielten und sich dann graziös nach unten bogen, um in einem wahren Springbrunnen von farbig sprühenden Funken zu bersten. (Mark Twain: „Bummel durch Europa")

Wenn wir zur Schlossbeleuchtung gingen, war das immer ein besonderes Ereignis für uns. Wir setzten meist am frühen Abend mit dem Fährschiff des Rohrmann auf die andere Neckarseite über, um dort auf der Neckarwiese zu warten, bis es dunkel wird. Erscholl dann plötzlich und unerwartet der erste gewaltige Böllerschuss, der den Beginn des Feuerwerkes ankündigte, kroch es einem eiskalt den Buckel hinunter. Alle Gespräche verstummten, während der Widerhall des Böllers das Neckartal rauf- und runtergrollte, bis er langsam verebbte. In der aufkommenden Stille begann sich das Schloss langsam durch bengalisches Feuer rot zu färben, bis es wie ein glühender und rauchender Holzscheit am Hang des Berges lag, was von den Tausenden Zuschauern mit einem andächtigen „Ah" und „Oh" begleitet wurde. Ging das Schlossglühen langsam zu Ende, stieg die Spannung merklich auf den Höhepunkt. Wann und wo steigt die erste Rakete in den nachtblauen Himmel? Was dann folgte, beschreibt Mark Twain in seinem Reisebericht sehr schön. Ein letzter Böller beendete das Spektakel und alle Zuschauer wollten plötzlich gleichzeitig nach Hause, was vor allem an der Anlegestelle vom Rohrmann, die am schmalen Traidelpfad lag, zu einem gewaltigen Gedränge wurde. Dabei, so kann ich mich erinnern, wäre meine Mutter mit mir, sie hatte mich sicherheitshalber auf den Arm genommen, fast ins Wasser gestoßen worden, hätte sie nicht ein Mann gerade noch am Ärmel zurückziehen können.

Ein anderer Höhepunkt im Jahresverlauf waren die Sommerfestspiele im Schlosshof unter freiem Himmel. Die Festspiele wurden 1926 mit einer Inszenierung von ‚Ein Sommernachtstraum' von William Shakespeare gegründet. Im Ausland – vor allem in den USA – am bekanntesten ist ‚The Student Prince', eine Operette um den fiktiven Kronprinz Karl Franz von Karlsberg, der sich bei seinem Studium in Heidelberg in die Wirtstochter Kathie verliebt und diese Beziehung aus Gründen der Staatsräson aufgeben muss. Eine rührselige Operette um Liebe und Leidenschaft mit viel Studentenflair, Bierseligkeit und Gesang. Ich erinnere mich, wie beeindruckt ich war, als ich zum ersten Mal dabei sein durfte. Haben da doch echte Pferde mitgespielt, die mit einer Kutsche in den Schlosshof gefahren kamen.

Für Ereignisse wie zum Beispiel die Bürgermeister-, Landtags- oder Bundestagswahl wurde anfänglich noch mit Lautsprecherwagen geworben, die durch die Straßen fuhren und lautstark Werbung für ihre Partei, den Kandidaten und ihre Wahlveranstaltungen machten. Dazu waren meist auf einem Lieferwagen zwei große Trichterlautsprecher montiert, einer nach vorne und einer nach hinten abstrahlend. Im Wagen saß neben dem Fahrer ein Mann und sprach den Text in ein großes Mikrofon. Diese Form der Bekanntmachungen wurde auch dazu genutzt, Informationen und Anordnungen der US-Militärverwaltung unter die Bevölkerung zu bringen. Anfangs gab es ja keine Zeitungen, und als es Zeitungen gab, konnten sich die meisten noch keine leisten. So holte man sich zusätzlich Informationen über Plakatanschläge an Litfaßsäulen und für Wahlen auf Plakatständern. Ich kann mich noch gut an den kurzen Werbespruch des Bürgermeisterkandidaten Carl Neinhaus erinnern, der 1952 zum zweiten Mal kandidierte und auch gewählt wurde. Auf seinen Plakaten stand in großen Buchstaben kurz und bündig: ‚Neinhaus ins Rathaus‘.

Nach dem Krieg benötigten viele Menschen einen sogenannten ‚Persilschein‘, um wieder neu in Brot und Arbeit kommen zu können. Dieser Begriff geht auf das Waschmittel PERSIL zurück und bedeutete, dass die Person eine ‚weiße Weste‘ hat. Überprüft und von mutmaßlichen nationalsozialistischen Straftaten ‚reingewaschen‘, konnten die Menschen wieder eine Wohnung beantragen oder ein Geschäft eröffnen.

Schon damals gehörten also Markennamen in den alltäglichen Sprachgebrauch und galten oft auch als Synonym für Begriffe, die man nicht so wörtlich aussprechen wollte.

Die Reinigungsmittel unserer Kindheit. Bemerkenswert finde ich den Satz auf der IMI Packung: Verkauf nur gegen Rückgabe einer leeren Verpackung.

© Pit Elsasser Winzermuseum Rauenberg

Bei den Wasch- und Scheuermitteln waren es so geläufige Namen wie ATA, IMI, FEWA, VIM oder wie schon erwähnt die wohl bekannteste Waschmittelmarke PERSIL. Für die Schuhpflege, die praktisch täglich ausgeführt wurde, denn gepflegte Schuhe waren ein Aushängeschild für den Träger, gab es Schuhcremes wie AGAL, ERDAL, IMO, LORD usw. In der Küche standen MAGGI, KNORR oder FONDOR auf dem Tisch und am Spülbecken PRIL. Daneben lag die bewährte KERNSEIFE neben einem Bimsstein und einer Handbürste für besonders hartnäckigen Schmutz. Hatte man etwas zu kleben, musste der Alleskleber UHU ran, denn ‚Im Falle eines Falles klebt UHU wirklich alles‘. Lief einem die Nase, sorgte TEMPO für freie Verhältnisse und weniger Ansteckung.

162

Da Kleidung in dieser Zeit schnell von Motten befallen wurde, die Löcher in die Stoffe fraßen, musste oft mit aggressiven Mitteln wie FLITT oder PARAL gespritzt oder Mottenkugeln in der Kleidung gelagert werden. Das hatte zur Folge, dass viele Menschen fürchterlich nach diesen chemischen Keulen stanken. Regnete es und die Kleider wurden nass, konnte man es in einer Straßenbahn kaum aushalten. Noch wusste man nichts von den Nebenwirkungen dieser Mittel – es hätte wahrscheinlich auch niemanden interessiert, da es keine andere Wahl gab. Auch auf Beerdigungen konnte man diesem Geruch, besonders im Winter, nicht aus dem Wege gehen.

Getränkemarken wie LIBELLA oder BLUNA tragen ebenfalls zu Erinnerungen bei, genauso wie das von den Amerikanern mitgebrachte COCA COLA. Die legendäre Blue Jeans schien unser Leben mit einem neuen Lebensgefühl zu bereichern, das sich nach der Freiheit der Cowboys sehnte. Manche Packungen sind bis heute gleich geblieben oder haben sich, wenn überhaupt, kaum merkbar verändert.

Automarken gehören ebenso zu diesen mit Emotionen geladenen Namen, die diese kleine Zeitreise in die Vergangenheit mit Farben füllen. Die großen Markennamen wurden bis heute zum Bestandteil unseres Lebens. Die Namen und Fahrzeuge der untergegangenen Firmen, die für den kleinen Geldbeutel Autos bauten, ringen uns heute noch ein nostalgisches Lächeln ab: Lloyd, Messerschmitt, Fuldamobil oder der Kleinschnittger, der so leicht war, dass es sich Studenten zum Sport machten, solche Fahrzeuge einfach wegzutragen und woanders hinzustellen.

Man könnte diese Listen noch lange fortführen. Für mich ist es einfach schön, zu erkennen, dass auch solche Klänge zu meiner Lebensmelodie beigetragen haben, ohne dass mir das direkt bewusst ist – also im Unterbewusstsein schlummern und bei passender Gelegenheit wieder erwachen. Viele dieser Marken sind heute Kultmarken, andere sind verschwunden und existieren nur noch in Museen und Sammlungen.

Auch manche Gegenstände im städtischen Raum, im Haus und im Haushalt bleiben im Gedächtnis haften. Oft schon vergessen, erzeugen sie beim Wiedersehen regelrechte Erinnerungseruptionen.

Zu diesen gehört zum Beispiel auch das Besteck, mit dem man während seiner ganzen Kindheit und Jugend tagtäglich gegessen hat. Das Silberbesteck, das sich meine Eltern entweder selbst zur Hochzeit geschenkt oder geschenkt bekom-

Das Besteck meiner Eltern, mit dem ich wegen der großen Messer immer Probleme hatte

© Pit Elsasser

163

men haben, muss ziemlich teuer gewesen sein, denn es wurde immer als sehr wertvoll geachtet. „Das ist echt Silber", gehört zu dem, was ich mit diesem Besteck in Verbindung bringe, und dass wir es in bestimmten Abständen mit einem Silbertuch putzen mussten, vor allem, wenn an hohen Festtagen Besuch kam.

Das Neckarufer mit dem historischen Eisengeländer, das heute immer noch so verrostet ist wie damals

© Pit Elsasser

Mauern, über die wir balancierten, Hinterhöfe, in denen wir bei Freunden spielten, Treppenhäuser und Wohnungen, in die wir kamen, tragen ebenso dazu bei wie zum Beispiel auch das Neckarufergeländer, das vom Rohrmann bis zur Alten Brücke die Ufermauer absichert. Wie oft haben wir uns, mit den Füßen in den auf der Spitze stehenden Quadraten der Eisenstäbe und an der oberen Stange festhaltend, entlanggehangelt und durften dabei nicht auf die Mauer oder den Boden treten. Am schwierigsten waren die Einbuchtungen, wo sich die Türen zu den Treppen befanden, die zu den jeweiligen Schiffsanlegestellen führten. Diese Kletterei hatte immer zur Folge, dass wir uns dabei die Schuhe ziemlich ramponierten, was zu Schimpfereien zu Hause führte.

Auch das Laufen auf Kopfsteinpflaster oder Gehwegplatten, die man genau treffen musste, ohne dass man die Fugen berühren durfte, dabei aber auch noch schnell sein musste. Solche Spiele gehörten zu den Spontaneinfällen, während man wie so oft einfach durch die Gegend schlenderte, verloren im Hier und Jetzt, das, was man als Erwachsener so leider nicht mehr oder viel zu selten erlebt – warum eigentlich? Tagträumen wir mehr!

Damit mir meine Erinnerung hier keinen Streich spielt, habe ich das Gerät nachgebaut – und es funktioniert tatsächlich prima

© Pit Elsasser

Eine Besonderheit, die mir im Gedächtnis geblieben ist, waren unsere selbst gebastelten ‚Schlüsselpistolen'. In Ermangelung von Knallplättchenpistolen, selbst die einfachsten waren schlecht zu bekommen, baute unser Vater mit uns aus einem Schrankschlüssel, der eine innere Bohrung hatte, einem abgesägten Nagel, der in diese Bohrung passte, und einer Schnur ein kurioses Schießgerät. Schlüssel und Nagel wurden mit der Schnur verbunden. Dann benötigte man noch eine Rolle Knallplättchen, die in kleine Stücke geschnitten wurden. Legte man jetzt ein Knallplättchen in das Loch des Schlüssels und schob es bis ans Ende der Bohrung, zog dann den Nagel wieder einen Zentimeter zurück, war der Vorderlader bereit zum Schuss. Die Schnur in der Mitte halten und mit einem kräftigen Schwung den Nagelkopf gegen einen Stein oder eine Hauswand schleudern, erzeugte einen Knall wie bei einer Pistole. Dieses Spielzeug war einfach, fast kostenlos, sehr effektiv und mit viel Freude verbunden – allerdings ohne ‚Westerneffekt‘ und sehr mühsam, was das Laden anbelangte – eben ein Vorderlader.

Wolle war in den kalten Wintern nach dem Krieg ein wertvolles und begehrtes Produkt. Entweder man erstand sie auf dem Schwarzmarkt oder über Beziehungen. Gang und gäbe war es, alte Stricksachen aufzuziehen und damit etwas Neues zu stricken oder an einer anderen Stricksache kaputte Ärmel oder Bünde zu erneuern. Die aufgedröselte Wolle wurde, da sie in dem gekräuselten Zustand nicht gut zu verstricken war, nass gemacht und zum Trocknen stramm um eine Stuhllehne gewickelt. Danach musste jemand, meistens waren es wir Kinder, diesen Strang zwischen beide Arme spannen und vor der Mutter stehen. Diese fing damit an, das Ende zu einem kleinen Knäuel zu formen, um dann den Strang darauf aufzuwickeln, während wir in einer Art Achterbewegung die Arme schwenken mussten, damit die Wolle sich schnell und leicht von dem gespannten Strang abwickeln konnte. Waren mehrere solcher Stränge abzuwickeln, war das Gestöhne meist sehr groß, denn dann taten einem bald die Arme weh und man wollte nicht mehr. Diese Stränge gab es aber nicht nur bei gebrauchter Wolle, sondern auch neue Wolle wurde meist in solch groß gewickelten Schleifen verkauft, da sie noch nicht maschinell zu richtigen Knäueln gewickelt werden konnte – vielleicht gab es dafür keine Maschinen mehr, jedenfalls waren Wollknäuel immer teurer.

Typische Kaffee-mühle unserer Zeit

© fotolia

Eine ebenso nervtötende und ‚anstrengende‘ Arbeit‘ war das Kaffeebohnenmahlen. Dazu musste man sich auf einen Hocker oder Stuhl setzen, die Beine spreizen, dazwischen die Kaffeemühle stellen, sie mit den Oberschenkeln festklemmen, damit sie nicht verrutschen konnte, und dann kräftig im Uhrzeigersinn drehen. War die erste Füllung durch, wurde unten die kleine Schublade entleert und der Trichter oben neu befüllt – und weiter ging‘s, bis die ganze Packung leer war. Geduftet hat das ja wunderbar, aber weh taten einem bald die Oberschenkel und die Arme wurden recht schnell lahm. Passte man bei zunehmendem Unwillen nicht auf, pfetzte man sich schnell mal mit der Mühle am Oberschenkel die Haut ein, was ziemlich schmerzhaft war und noch mehr Zorn erzeugte. Vorsicht war auch beim Aufstehen und Wegstellen der Mühle geboten, denn rutschte einem dabei die kleine Schublade samt Inhalt raus und auf den Boden, gab es Ärger seitens der Mutter und wurde mit einer Ohrfeige quittiert, was ja die beliebteste Form der sofortigen Bestrafung war.

Wenn es draußen regnerisch oder zu kalt war, war Spielen in der Wohnung angesagt. Dazu gehörte das Haus- oder Höhlenbauen unterm Tisch. Mehrere Decken oder Tücher wurden so über den Tisch gehängt, dass die Seiten des Tisches geschlossen waren. Auf dem Tisch wurden die Stoffe beschwert, damit sie nicht herunterrutschen konnten. Eine Seite wurde zum Ein- und Ausgang erklärt und die so entstandene Behausung mit allem Möglichen eingerichtet. Brauchte unsere Mutter die kleine Leuchte ihrer Nähmaschine nicht, hatten wir sogar richtiges Licht in unserer gemütlichen Wohnung. Man kann sich kaum etwas Anheimelnderes und Geborgeneres vorstellen, als im eigenen Haus zu leben, überhaupt wenn uns die Mutter zur Krönung noch etwas zum Essen und Trinken hereinreichte.

Auch unser Meerschweinchen, das wir von einer Bekannten, die in der Anatomie arbeitete und dort für Versuchszwecke Kleintiere züchtete, geschenkt bekamen, musste natürlich oft mitspielen. Eines Tages holte ich das kleine Wesen aus seinem Kasten im Flur und hob es hoch an meine Brust.

Das Laubsägewerkzeug, mit dem die tollsten Geschenke gebastelt wurden

© Pit Elsasser

Plötzlich kratzte es mich mit seinen Nägeln am Hals, sodass ich erschrak und es fallen ließ. Auf dem Boden aufgeschlagen, machte es noch ein paar Zuckungen und bewegte sich danach nicht mehr. Ich rief heulend meine Mutter, die natürlich zuerst schimpfte und dann etwas sanfter sagte, dass der Hansi tot sei und sich nicht mehr bewegen könne. Es war das erste Mal, dass ich als Kind mit dem Tod eines Tieres konfrontiert wurde.

Eine beliebte Bastelarbeit für Weihnachts- und Geburtstagsgeschenke waren Laubsägearbeiten. Schlüsselbretter, Kerzenhalter, Buchstützen und vieles mehr konnten wir samt Sägeblättern beim Küstner in der Plöck kaufen. Es gab mit feinen Linien fertig vorgedruckte, ca. 2 - 3 mm starke Sperrholzvorlagen mit einem farbigen Papierbild obendrauf, damit man sich das fertige Produkt besser vorstellen konnte. Am Tisch wurde mit einer

Schraubklemme eine spezielle Laubsägenauflage angeschraubt, und los ging es um Ecken und Kanten. Ein Drillbohrer ermöglichte es, kleine Löcher in Innenräume zu bohren, in die man dann das losgeschraubte Laubsägeblatt einführte und wieder am Laubsägebogen festschraubte, um die Vorlagen dann auszusägen. Ein beliebtes Motiv für Schlüsselbretter oder Topflappenhalter waren die 7 Schwaben mit der langen Lanze und dem Häschen davor. Damit das schmale Sägeblatt leichter rutschte, wurde ab und zu ein Stück Kernseife darübergezogen. Eine preiswerte Arbeit, die meistens gut ankam – es sei denn, man hatte schon mehrere Schlüsselbretter.

So war es auch mit einem anderen Geschenk, das damals hochaktuell war: die ‚Sammeltasse‘. Sie bestand aus Tasse, Untertasse und Dessertteller, die aufeinandergestapelt waren und mit einem Geschenkband und großer Schleife zusammengehalten wurden. Jedes Gedeck sah anders aus und war mit viel Gold und farbigen Schnörkeln verziert. Zu gebrauchen waren diese scheußlichen Dinger kaum, da der kleine Griff der Tasse kaum gehalten werden konnte und wenn, nur mit elegant abstehendem kleinem Finger und viel Kraft zwischen Daumen und Zeigefinger. Die Sammeltassen wurden allerdings meistens nicht benutzt, sondern wanderten, so wie geschenkt, in den Glasvitrinenschrank im Wohnzimmer, damit jeder sehen konnte, wie viele Sammeltassen man schon hatte. Als sie außer Mode kamen, wurden sie dann oft an Polterabenden dem zukünftigen Brautpaar vor die Füße geworfen.

Typische Sammeltasse mit einem Rosendekor und breitem Goldrand
© fotolia

Im Sommer war ein beliebtes und günstiges Getränk die selbst hergestellte Limonade aus der ‚Ahoj-Brause‘, die in kleinen Tütchen verpackt war, auf denen ein Matrosenjunge eine Fahne mit dem Markennamen schwenkte. Dieses zuckrige Trockenpulver gab es in verschiedenen Geschmacksvarianten und wurde einfach in ein Glas Wasser gekippt, wo es sofort anfing zu sprudeln. Noch schöner war allerdings, sich den Inhalt auf die Handfläche zu streuen und mit der Zunge aufzulecken. Ein herrliches Prickeln im ganzen Mund war die Folge. Schüttete man sich die ganze Packung direkt in den Mund, konnte es passieren, dass einem vor lauter Schaum fast die Luft wegblieb. Auch die ‚Prickel Pit‘-Bonbons waren sehr beliebt, vor allem bei mir. Deshalb bekam ich später, so mit ca. 15 Jahren, als ich bei den Pfadfindern war, meinen Uznamen weg. Anfänglich noch als ‚Prickel Pit‘ gerufen, wurde daraus später nur noch der ‚Pit‘, den ich bei Freunden und

später im Beruf als Marke beibehielt. Nur Personen, die mich als Kind kannten, nennen mich
heute noch Peter.

Da Spiele kaum erschwinglich waren, erfan-
den Kinder in der Not eigene Spiele, die zu
einer wahren Leidenschaft werden konnten. So
sammelten wir zum Beispiel weggeworfene Zigaret-
tenpackungen, schnitten die Vorder- und Rückseite aus
und hatten so ein tolles Kartenspiel. Natürlich gab es Zigarettenmarken, die man an jeder Ecke fand, andere waren eher rar und wurden deshalb heiß gehandelt. Mit diesen hatte man einen Joker und konnte
den ganzen Stapel gewinnen, da kein anderer eine gleiche Karte drauflegen
konnte. Stark ausgebeulte Hosentaschen waren das Zeichen eines erfolg-
reichen Spielers, denn ein Stapel Karten wurde mit einem Gummi zusammengehalten und in die Hosentasche gesteckt. Es gab Zigarettenmarken,
die heute niemand mehr kennt, wie zum Beispiel die ‚Overstolz‘, die ‚Juno‘,
die ‚Eckstein Nr. 5‘, die ‚Salem‘ oder die ‚Gold-Dollar‘. Auch amerikanische
Marken wie ‚Camel‘, ‚Lucky Strike‘, ‚Chesterfield‘ oder ‚Pal Mall‘ fand man
in Heidelberg wegen der amerikanischen Soldaten schon öfter. Marken aus
noch ferneren Ländern suchten wir am besten in der Nähe des Schlosses,
wo die vielen ausländischen Touristen die für uns wertvollen Packungen
wegwarfen. Dafür mussten wir häufig auch an gefährliche Stellen klettern,
um sie zu ergattern.

Der Holunderstrauch ist ein tolles Gewächs. Er liefert nämlich einen
Schießapparat und gleichzeitig die Munition dazu. Schnitt man sich ein
ca. 15 cm langes, gerade gewachsenes Stück Ast ab und popelte und drückte das weiche Mark im Innern mit einem harten dünnen Ästchen heraus,
hatte man ein perfektes Blasrohr in der Hand. Die Munition waren die
kleinen   grünen Holunderbeeren, die dann mit Hochdruck durchgeblasen
wurden. Mehrere Kügelchen in den Mund geschoben, wurde
daraus ein Maschinengewehr zum Dauerbeschuss. Wenn
man getroffen wurde, konnte das an der nackten Haut
richtig wehtun. Waren jedoch die Holunderbeeren
reif, weich und dunkelrot, bekam man mit dem
oder der Getroffenen meistens richtig Ärger,
denn dunkelrote Flecken waren besonders auf
weißen Blusen oder Hemden die Folge.
Erwachsene sind eben humorlos!

168

Flüchtlinge, Wohnungsnot, Ringtausch

Millionen Flüchtlinge aus dem Osten, die ohne oder nur mit wenig Hab und Gut übers ganze Land, so auch nach Heidelberg, verteilt wurden, lebten in zugewiesenen, meist sehr engen Verhältnissen. Im September 1945 fehlten in der Stadt ca. 4.000 Wohnungen. Im März 1946 rollten in Heidelberg die ersten Flüchtlingszüge aus den Ostgebieten ein und im August des selben Jahres zählte allein Heidelberg über 13.000 Flüchtlinge.

Bürger mit einer großen Wohnung oder Häusern mit trennbaren Wohneinheiten mussten Zwangszugewiesene aufnehmen. Diese ganze Situation war oft sehr problematisch im Zusammenleben und im Verständnis füreinander. Oft bewohnten sieben bis acht Menschen drei Räume, manchmal mussten sich aber auch zehn Menschen zwei Räume teilen. Die Besetzung vieler Häuser durch die Amerikaner verschärfte noch zusätzlich die Situation. Dazu kam noch der Mangel an Lebensmitteln und Kleidern.

Später, als die Wirtschaft sich langsam wieder erholte, legte

Ausgabe- und Tauschstelle für gebrauchte Kleidung im Klassenzimmer einer Heidelberger Schule

© Stadtarchiv Heidelberg

die Regierung Hilfsprogramme für Flüchtlinge auf, die es ihnen finanziell ermöglichten, meist mit viel Eigenarbeit kleine, aber neue Häuser zu bauen. Dieser Umstand führte dazu, dass die Einheimischen plötzlich in alten Häusern und die Flüchtlinge in neuen Häusern lebten, was wiederum zu Neid und Missgunst führte.

In dieser Zeit der großen Wohnungsnot konnte man nicht einfach umziehen, wenn man wollte, sondern musste erst eine Wohnung beantragen und gewichtige Gründe dafür anführen, warum das nötig sei. Wurde eine Wohnung frei, wurde der Reihe nach zugeteilt. Unproblematisch war es, wenn man einen Ringtausch machte. Das hieß: „Gehst du in meine Wohnung, gehe ich in deine Wohnung." So einigte man sich untereinander, ohne dass das Wohnungsamt seine Finger im Spiel haben musste, was die ganze Sache natürlich erleichterte. Aber so einen Partner zu finden, ähnelte der Suche nach einer Stecknadel im Heuhaufen.

Der Lärm, der Tag und Nacht von der Hauptstraße durch die enge Häuserschlucht nach oben drang und meine Eltern nicht mehr schlafen ließ, war Auslöser für die Suche einer neuen Wohnung. Die erwähnten Schwierigkeiten auf dem Wohnungsmarkt zwangen einen bei der Suche auch in die umliegenden Orte Heidelbergs. So kann ich mich erinnern, dass wir uns eine Wohnung in einem Haus in Neckargemünd anschauten, zu der ein großer Garten gehörte, der mitzupflegen war. Bei solchen Gelegenheiten war meist nur ich dabei und wurde oft zum Zünglein an der Waage, denn zuletzt wurde immer ich gefragt: „Gefällt dir die Wohnung?" In diesem Falle jedoch entschied meine Mutter, dass zwar die Wohnung ganz passabel und groß sei, aber der Garten bzw. die Gartenarbeit nur an ihr hängenbleiben würde. Mein Vater habe zwei linke Hände und würde sich sicherlich erfolgreich davor drücken. Da sie aus dem ländlichen Handschuhsheim kam und als Kind immer mit aufs Feld musste, konnte sie abschätzen, was für eine Arbeit auf sie zukommen würde. Außerdem würde der Weg unseres Vaters nach Ludwigshafen noch wesentlich länger werden, als er es ohnehin schon war. Ich kenne heute noch das Haus, das wir uns damals angeschaut haben und das mir gerade wegen des großen Gartens gut gefiel.

Wie wäre mein Leben verlaufen, wenn wir dahin gezogen wären? Niemand weiß eine Antwort auf so eine Frage – aber einfach einmal darüber nachzudenken, ist schon spannend.

Die Suche zog sich also noch eine ganze Zeit hin und manche Wohnung wurde in Augenschein genommen. Bis meine Eltern eines Tages einen Tipp bekamen, dass ein Ehepaar, das über dem Schloss wohnte, gerne in die Stadt ziehen würde, da es in der Theaterstraße ein Antiquitätengeschäft betrieb und näher bei seinem Geschäft wohnen wollte. Dazu war natürlich die Lage unserer Wohnung, nur eine Straße weiter, ideal.

Dieser Tipp und die daraus resultierenden Veränderungen sollten eine neue Seite in meinem noch jungen Leben aufschlagen und mir im wahrsten Sinne des Wortes einen ganz neuen Blick und ein noch unbekanntes Heidelberggefühl vermitteln. Schnell wurde Kontakt zu den Interessenten aufgenommen und ein Besichtigungstermin vereinbart, an dem ich natürlich auch wieder dabei sein sollte.

Villa, Grizzly, Aussichten

An diesem sonnigen Samstagmorgen gingen meine Eltern mit mir zur Bushaltestelle Peterskirche in der Kurfürstenanlage, die sich direkt am Bahnübergang, kurz vor dem Schlossberg-Tunnel, befand. Die Fahrt ging mit dem schnaubenden Benz-Dieselbus die steile Schlossbergstraße hoch, vorbei an der Schloss-Bergbahnstation auf die nach der Abzweigung zur Molkenkur beginnende Höhenstraße Schloss-Wolfsbrunnenweg. Auf der

Blick vom Schloss kommend auf die Weggabelung Hausackerweg / Schloss-Wolfsbrunnenweg mit der kleinen Eingangstür zum Park der ,Gutermann'schen Villa', dem heutigen ,Parkhotel Atlantic'

© Pit Elsasser

linken Seite unter uns lagen die Schlossruine mit ihrem herrlichen Schlosspark, die Altstadt mit Neckar und der auf der gegenüberliegenden Flussseite liegende mächtige Heiligenberg mit seinen sanft geschwungenen Ausläufern in den Odenwald. Ich kann mich nicht erinnern, dass wir jemals zuvor auf dieser Straße waren. Die kurvenreiche Fahrt führte am ,Schlosshotel' und an wunderschönen Häusern und herrschaftlichen Villen mit zum Teil großen Parkanlagen, die mit hohen Bäumen bewachsen waren, vorbei. Diese Anwesen waren meist von schmiedeeisernen Zäunen oder von weiß gestrichenen Holzumfriedungen begrenzt. Breite, mit Kies belegte Einfahrtswege führten durch Tore zum Haupteingang der Gebäude. An der Bushaltestelle Hausackerweg angekommen, mussten wir aussteigen. Mein Eltern schauten sich um, ob sie die Hausnummer 23 finden könnten. Ein großes Haus, das genau auf der Spitze der Straßengabelung auf einem Hügel stand, musste es sein. Ein mächtiges Gebäude mit einem Türmchen

Die Villa in ihrer ganzen Pracht (die Feuerleitern wurden erst durch die Nutzungsänderung in ein Hotel notwendig). Der Glasanbau war ursprünglich das Musikzimmer der Familie Gutermann. An der Vorderfront über dem Eingang das Treppenhaus und oben auf dem Dach das charakteristische Türmchen mit seinen ovalen Fenstern

© Pit Elsasser

als höchstem Punkt auf dem Dach, das auf mich wie ein Schloss wirkte, stand hinter hohen Bäumen versteckt. Es war von einer teils niedrigen, teils hohen Mauer, je nach Höhe des Geländes, umgeben, auf der ein schwarzer Metallzaun angebracht war. Wir traten durch die kleine Eisentür genau in der Mitte der Umfriedung ein und gingen nach rechts den ansteigenden Gartenweg entlang, der parallel zur Straße verlief. Oben, ca. zwei Meter hoch über der Straße, führte der Weg an einer Sandsteinbalustrade vorbei, die nach dem Vorbild der Schlossgeländer, wie z. B. auf der Scheffelterrasse, gefertigt war. Auf der Krone der Mauer standen Sandsteinsäulen, auf denen eine mit Kletterrosen bewachsene Holzpergola befestigt war. Der Weg führte so fast zur Hälfte um das Haus herum zum eigentlichen Haupteingang, der, wie wir erst jetzt sahen, über eine breite Einfahrt von der Straße her zu erreichen war. Glaubten wir anfangs, das Haus stehe in einem etwas größeren Garten, so wurde uns jetzt erst klar, dass der Garten ein Park war mit einer großen Wiesenfläche und majestätisch hohen und exotischen Bäumen. Staunend, mit großen Augen, betrachtete ich, was sich mir darbot, das so ganz anders war als das, was ich kannte. Sind wir wirklich am richtigen Haus oder haben wir uns geirrt? Sollten wir hier eventuell einmal wohnen? Irgendwie war das, was wir sahen, fast unwirklich und außerdem schien es unverständlich, dass Menschen von hier wegziehen wollten, um mit der lauten Hauptstraße unten in der Stadt zu tauschen. Ein Umstand, der mir jedoch eine wunderschöne Kindheit ermöglichen sollte.

Wir klingelten an der Haustüre, die uns nach einer Weile von einer etwas älteren Frau in einer dunklen Kittelschürze geöffnet wurde. Sie stellte sich als die Hausangestellte Eva vor und bat uns freundlich herein. Hinter einem dicken roten Samtvorhang ging es drei Stufen hoch ins Foyer des Treppenhauses. Eva sagte noch: „Erschrecken Sie jetzt nicht!", doch es war schon zu spät. Vor uns stand plötzlich ein ausgewachsener, aber Gott sei Dank

Der Grizzlybär, der uns einen schönen Schreck eingejagt hat, als er plötzlich in seiner ganzen Größe mit aufgerissenem Maul vor uns stand

© Pit Elsasser
(Fotomontage in ein Bild des Hotels Atlantic)

ausgestopfter Grizzlybär mit weit aufgerissenem Maul und einem silbernen Tablett auf seinen Pfoten. Später erfuhren wir, dass früher darauf Besucher ihre Visitenkarten legten, damit das Hauspersonal die Gäste bei den Herrschaften gebührend anmelden konnte. Diese Zeiten schienen jedoch schon lange vorbei zu sein, denn jetzt reichte es, unseren Namen und den Grund unseres Besuches zu nennen. Eva klopfte an eine große doppelflügelige Tür rechts neben dem Bären. Nach einem „Herein!" öffnete sie diese und kündigte uns an. Wir traten ein und standen unverhofft in einem großen

So sieht heute im ‚Hotel Atlantic' der Salon aus, in dem uns Frau Gutermann damals empfing

© Pit Elsasser

hellen Salon. In einem Sessel saß eine alte grauhaarige Dame. Sie begrüßte uns freundlich, aber mit der ihr gebotenen Zurückhaltung, und deutete uns durch eine Handbewegung an, ihr gegenüber Platz zu nehmen.

So eine Einrichtung hatte ich noch nie gesehen, was natürlich für einen kleinen Jungen wie mich nichts Ungewöhnliches war, aber selbst meine Eltern waren, wie sie mir später sagten, von der Ausstattung der Räume beeindruckt. Auf mich wirkte das Ganze wie ein sagenumwobenes Schloss aus einem Märchen. Der Bär, die Angestellte, die alte Dame, die Einrichtung, die Größe der Räume, die Teppiche, der Park, die großen Ölbilder an den Wänden – all diese Eindrücke, die innerhalb von Minuten auf mich einstürzten, konnten die Fantasie eines Zehnjährigen nicht mehr beflügeln als sie es an diesem wunderschönen Tag taten.

Die Dame, die uns empfing, hieß Frau Gutermann und war die Besitzerin des Anwesens. Die Familie Gutermann hatte eine große Fleisch- und Wurstfabrik und war eine Industriellendynastie, die es, so vermute ich, im Aufschwung nach 1900 zu Reichtum gebracht hatte. Meine Mutter nannte später auf meine Frage, ob das Fürsten, Barone oder Grafen seien, den Begriff „Nein, das sind nur Neureiche!" Neureiche? Was machte das für einen Unterschied, ob jemand alt- oder neureich war? Reich war doch das Wichtigste, oder? Aber allein die Tatsache, dass man ein solches Haus, das ja ursprünglich nur von einer Familie bewohnt wurde, zum Mietshaus mit zwei zusätzlichen Mietparteien machte, sprach ja Bände über eine längst

174

vergangene Zeit im Wohlstand. Es könnte aber auch sein, dass sie wegen der großen Wohnungsnot gezwungen war, Teile des Hauses zu vermieten, da sie es ja vorher nur alleine mit Eva bewohnte.

Die Wohnung, um die es ging, lag im zweiten Stock unter dem großen Walmdach. Das Ehepaar, mit dem wir den Ringtausch vornehmen wollten, führte uns durch alle Räume des Stockwerkes und beantwortete die Fragen meiner Eltern. Die Wohnung war recht geräumig, hatte vier Zimmer, eine Küche, einen Flur und ein enges kleines Bad.

Grandios und einmalig war der Blick aus den Fenstern. Zur Neckarseite, Richtung Norden, konnte man bis zum Fluss hinunterschauen und die berg- und talwärts fahrenden Schiffe beobachten. Auf der gegenüberliegenden Flussseite, unterhalb der Ausläufer des Heiligenbergs, lag das Hotel und Restaurant ‚Haarlass‘ und ein Stück weiter rechts, Richtung Ziegelhausen, das Stift Neuburg. Zur Vorderseite, Richtung Westen nach Heidelberg, sah man über die Rheinebene bis hin zu den Pfälzer Bergen. Das Schloss war aus diesem Blickwinkel leider nicht zu sehen, da es hinter einem Bergrücken liegt. Dafür hatte man aber den breiten Rücken des Heiligenbergs vor sich, über den sich ein gewaltiger Himmel wölbt. Nach Osten sah man die großen Bäume des benachbarten Parks und den anschließenden Berghang. Zur großen Parkseite des Anwesens hatte die Wohnung nur ein ganz kleines Fenster, das sich später aber großer Beliebtheit bei uns und unseren Besuchern erfreute. Es war das Bad- und Toilettenfenster. Saß man auf der

Toilette direkt an dieser viereckigen Luke, konnte man ganz entspannt die Zeit nutzen und bis in den Odenwald zum Stift Neuburg in Ziegelhausen schauen. Es war übrigens auch die einzige Stelle, von wo aus man die ‚Villa Schmeil' sehen konnte, die ansonsten hinter den gewaltigen Bäumen ihres Parkes versteckt war.

Meine Eltern ließen sich alles, was mit der Wohnung zusammenhing, erklären, bevor wir wieder die schöne, mit roten Teppichläufern belegte Treppe hinunter zur Hausherrin gingen. Unterwegs betrachteten wir die großen Ölgemälde an den Wänden auf der Höhe der Treppenabsätze. Sie stellten irgendwelche Ahnen aus der Dynastie der Familie dar, die mit erhabenen Mienen auf den Betrachter herabschauten. Ich freute mich allerdings schon wieder auf den Bären, um ihm sein störrisches Fell zu kraulen und ihn respektvoll von unten anzuschauen, wie er mit offenem Maul, wachsam und bedrohlich wie ein Hund, dastand. Nachdem wir uns von Frau Gutermann verabschiedet hatten und ein Termin für die Zu- oder Absage vereinbart worden war, führte Eva uns noch durch den Park und erklärte alles, was wir noch wissen wollten. Etwas unterhalb und am Rande des Parkes, Richtung Hausackerweg, stand noch ein kleines Holzhaus, das auf einem ebenerdig gebauten Sandsteinkeller errichtet war. Es gab nur eine hölzerne Außentreppe, um es zu erreichen. In diesem Gebäude lebte der Gärtner, dessen Frau, wie uns Eva erklärte, erst vor Kurzem verstorben sei. Sie selbst, erzählte sie uns, würde in einem Zimmer auf dem Speicher wohnen, direkt über unserer eventuellen künftigen Wohnung. Ihre Arbeit bestand aus der Reinigung des unteren Stockwerkes, dem Kochen und der Versorgung von Frau Gutermann. Die Küche befand sich im Keller und das fertige Essen

176

wurde mittels eines Aufzuges, der durch ein Zugseil betätigt wurde, direkt in den Salon befördert, wo Eva den Tisch deckte, dann das Essen aus dem Aufzug nahm und anrichtete.

Ein eigener Gärtner, eine Hausangestellte, ein Essensfahrstuhl – gab es so etwas nicht nur in Märchen oder Filmen? Und der ganze Park könnte unser Revier zum Spielen sein? Er hatte alles, was sich ein Jungenherz im Alter von zehn Jahren wünschen konnte. Es gab in der Einfahrt einen Springbrunnen in einem runden Bassin, in dem Kaulquappen und Frösche lebten, Eichhörnchen, die einem ständig einfach so über den Weg liefen, Vögel, die die Hecken bevölkerten und fantastische Kletterbäume, bei denen man bis in die Wipfel steigen konnte. Ne-

ben heimischen Blautannen standen hier vor allem große exotische Gewächse wie Mammutbäume und Koniferen, was sich damals nur reiche Leute leisten konnten, da diese Pflanzen oft aus dem Ausland eingeführt werden mussten. Aber auch gepflegte Buchsbaumhecken und Hortensien in den schönsten Farben schmückten den Park. Manche der Baumriesen hatten Äste bis auf den Boden, unter denen man sich wie in einer Höhle verstecken und einrichten konnte. Ihr Nadel- und Harzduft liegt mir heute noch in der Nase und vermittelt mir, wenn ich ihn irgendwo rieche, ein Gefühl von Heimat.

Wir verabschiedeten uns von Eva und gingen noch etwas benommen durch das große Tor auf die Straße. Dann standen wir wieder an der Bushaltestelle und blickten zurück. Da oben, unterhalb des ovalen Fensters im Giebel, könnten wir vielleicht bald wohnen. Meine Eltern unterhielten sich über das Für und Wider der Wohnung und der Lage. Wobei hier natürlich auch wieder der weite Weg, den mein Vater täglich ins Geschäft nach Ludwigshafen zurückzulegen hätte, ins Gewicht fiel. Auch unsere Schulwege und das Einkaufen waren wichtige Aspekte, die es zu bedenken galt. Dann kam die obligatorische Frage an mich: „Kannst du dir vorstellen, hier oben zu wohnen?" Wie aus der Pistole geschossen, kam von mir ein klares

„Ja", das keinen Zweifel daran aufkommen ließ, dass mir alles gefallen hat. Klar, die ganze Tragweite konnte ich in dem Alter natürlich nicht ermessen, denn wir hatten ja kein Auto, alles musste zu Fuß, mit dem Bus oder der Straßenbahn, die unten auf der Schlierbacher Landstraße nach Heidelberg fuhr, erledigt werden. Geschäfte gab es da oben selbstverständlich keine, aber es sollte jede Woche einmal ein fahrender Händler vorbeikommen, bei dem man einkaufen und Bestellungen aufgeben könne, wie uns

Eva noch gesagt hat. Unten am Beginn des Hausackerweges, an der Bahnlinie, gab es noch ein kleines Milchgeschäft, das die allernötigsten Lebensmittel führte. Auf der Heimfahrt schwiegen wir alle drei und ließen die erlebten Bilder noch einmal vor unserem geistigen Auge vorüberziehen, während die wunderschöne Landschaft Heidelbergs wie ein Film im Hintergrund vorbeizog.

Ein Schnappschuss von meinem euphorischen Schneespaziergang am frühen Morgen

© Pit Elsasser

Ich glaube, dass die Entscheidung meiner Eltern für den Umzug in dem Augenblick gefallen ist, als wir wieder in der lauten, belebten Hauptstraße ankamen. Welch eine Ruhe und welcher Frieden herrschten doch da oben, wo wir gerade herkamen. Endlich könnten sie mal wieder durchschlafen, ohne Straßenbahn- und Autolärm, ohne nächtliches Gekicke von Blechdosen und lauten Verabschiedungen vor dem Haus. Schon am darauffolgenden Montag mussten sie den Wohnungstausch perfekt machen, um die Kündigungsfristen beider Partner mit ihren Vermietern einhalten zu können. Entscheidend bei einem solchen Ringtausch war natürlich auch, dass die Vermieter mit den neuen Mietern einverstanden sein mussten. Aus diesem Grunde hatten sich unsere Ringtauschpartner vorher auch schon unsere Wohnung angeschaut und sich dem Vermieter vorgestellt. Erst, wenn das alles zusammenpasste, konnte der Tausch stattfinden. Ich staune heute noch, dass sich die alte Dame für eine Familie mit zwei Jungs entschieden hat. Vielleicht lag es aber auch daran, dass mein Bruder in dieser Zeit bei einer mehrwöchigen Kindererholung in Königsfeld im Schwarzwald war und an der Besichtigung nicht teilnehmen konnte, sie also nur ein Kind sah. Als Volker zurückkam, war also alles schon perfekt gemacht und für ihn ein ziemlicher Schock, denn er hatte alle seine Schulfreunde in der Stadt und war auch von dem weiten Weg in die Schule nicht begeistert. Er fühlte sich, zu Recht, völlig überrumpelt und hatte auch lange Zeit damit zu kämpfen.

Ich weiß nicht mehr, wie viele Wochen es gedauert hat, bis wir umzogen. Ich weiß nur noch, dass das Heidelberger Umzugsunternehmen ‚Fritz Fels' unseren kompletten Haushalt in seinem großen LKW verstaut hat und Volker und ich im Führerhaus mitfahren durften. Die andere Ringtauschpartei musste ja ebenfalls zur selben Stunde ihre Wohnung leergemacht haben, um mit ihren Möbeln hinunter in die Stadt zu fahren. Ob wir uns unterwegs begegnet sind, weiß ich nicht, hätte aber gut sein können, denn die Uhrzeit war genau vereinbart worden.

Ich war 1952 zehn Jahre alt, als für mich eine ganz neue, spannende und erlebnisreiche Zeit begann, durch die ich Heidelberg von einer ganz anderen Seite kennenlernen durfte. Es ist der Abschnitt meiner Kindheit, der mich am stärksten geprägt und die Liebe zu meiner Geburtsstadt nachhaltig in meine Erinnerungen eingebrannt hat. Jahrzehnte später kann ich da noch hochfahren und die Gefühle, Düfte und Bilder auffrischen, die ich als Kind eingesogen habe. Wenn sich auch in den letzten Jahren, nach Jahrzehnten des Dornröschenschlafes, dort oben ebenfalls einiges verändert hat, bleibt dieser Ort immer noch meine unvergessene geliebte Heimat.

Blick aus dem ehemaligen Musikzimmer in den winterlichen Park mit den Sandsteinsäulen, der Pergola und der Balustrade über der Straße

© Pit Elsasser

Leider gibt es aus unserer Zeit im ‚Obergeschoss Heidelbergs' kein einziges Foto, das die damalige Situation und unser Leben zeigen könnte. Die Bilder in diesem Buch habe ich erst in jüngerer Zeit gemacht. Vor allem die Schneebilder haben eine ganz besondere Geschichte.

Nach dem Tod von Frau Gutermann und unserem Wegzug nach Ludwigshafen wurde das Haus verkauft und in ein Hotel umgewandelt. Vorher wurden jedoch Teile des Parks als Bauplatz verkauft und bebaut.

Der Name des Hotels hat mich später immer irritiert. Wie kann man ein Hotel ‚Atlantic' nennen, wenn es mitten in Deutschland auf einem Berg liegt? Dieses Geheimnis sollte sich für mich erst im Jahr 2005 lüften, als ich mir endlich einen lange gehegten Traum erfüllte, nämlich mit meiner Frau in diesem Hotel zu übernachten. Wer hat schon die Möglichkeit, in seinem früheren Kinderzimmer nach über 50 Jahren ein Wochenende mit seiner Frau zu verbringen und dabei seine Kindheit an authentischem Ort Revue passieren zu lassen? So habe ich diesen Traum im April 2005 wahr werden lassen und genau dieses Hotelzimmer zur Neckarseite hin gebucht, in dem mein Bruder und ich unser Kinderzimmer hatten.

Da es ja schon Ende April war, hoffte ich auf ein Frühlingswochenende mit aphrodisischen Düften und schön wärmenden Sonnenstrahlen. Bei der Anreise am Samstag, wir hatten es ja von Wiesloch-Baiertal aus über den Königstuhl nicht weit, was übrigens auch seinen ganz besonderen Reiz hat, wenn man in der Nähe seines Wohnortes mal abtaucht, war das Wetter alles andere als das, was ich mir erhoffte. Es war kalt, grau, trüb und regnerisch. Nach dem Einchecken habe ich Linda alles gezeigt, erklärt und in den schönsten Farben beschrieben, wie wir damals als Familie hier gelebt haben und was ich im Besonderen hier erlebte. Sie hat mir mit großer Neugier, aber auch mit viel Geduld zugehört. Danke.

Als ich am nächsten Morgen erwachte, traute ich meinen Augen nicht und konnte es zunächst nicht wirklich realisieren. Über Nacht hatte es an-

Winterlich gedämpfte Ruhe im leichten Schneefall an der Abbiegung zum Hausackerweg

© Pit Elsasser

gefangen kräftig zu schneien und eine dicke Schneedecke hingelegt. Und es schneite immer noch in großen Flocken. Mein Herz machte wahre Luftsprünge. Ich weckte Linda, weil ich es nicht für mich behalten konnte, stand auf, zog mich an, nahm die Kamera und rannte aus dem Haus, um wie ein kleines Kind im Schnee zu hüpfen. Das war ein absolutes Déjà-vu-Erlebnis, wie es emotionaler nicht sein konnte. Denn gerade auch die Winter waren es, die dort oben auf dem Berg eine ganz besondere, verzaubernde und still gedämpfte Atmosphäre hatten. In meiner Kindheit gab es, Gott sei Dank, noch richtige Winter mit allen Möglichkeiten zum Schlitten- und Skifahren sowie immer genug Material für Schneeballschlachten oder um Schneemänner bauen zu können. Da der Schnee, der fiel, nass war, blieb er auf jedem kleinsten Ästchen und den Drähten der Zäune liegen und zauberte auf alle Zaunspitzen

180

ein Sahnehäubchen. Was ich nie zu träumen gewagt hätte, wurde plötzlich fast surreale Wirklichkeit. Ich hüpfte und sprang, ich sang und träumte und lief fast alle Wege ab, die ich in dieser frühen Morgenstunde erreichen konnte. Meine Digitalkamera lief trotz Kälte heiß und ich war froh, dass ich alles in Bildern festhalten konnte. Zurück bei meiner Frau, die mich wahrscheinlich ein bisschen spleenig fand, frühstückten wir gemütlich im eleganten Ambiente des Salons, in dem uns damals Frau Gutermann

empfangen hatte. Danach hielt uns nichts mehr, und wir wanderten durch diese traumhaft weiße Winterlandschaft über den oberen Klingenhüttenweg nach Schlierbach zum Restaurant ‚Wolfsbrunnen‘, um dort in der historischen Wirtsstube ein Gläschen Rotwein zu trinken und das Leben, so wie es sich gerade spontan anbot, zu genießen.

Der kleinere Salon vor dem Musikpavillon, wie er heute eingerichtet ist

© Pit Elsasser

Am Abend gingen wir vom Hotel aus über das Schloss zu Fuß in die Stadt. Es war die Strecke, die früher einmal mein Schulweg war. In der Nacht kamen wir den gleichen Weg zurück und waren ziemlich erledigt und darüber erstaunt, was wir als Kinder doch leisteten, wenn wir täglich in die Stadt zur Schule mussten. Der Höhenunterschied zwischen der Stadt und der ‚Gutermann'schen Villa‘ beträgt rund einhundert Höhenmeter und das über eine Strecke von zweieinhalb Kilometern – das spürt man in den Beinen. Später habe ich mit meinen Kindern Kim und Kelly, etwa in dem Alter wie ich es damals war, zur Demonstration den gleichen Weg mit Fahrrädern nachvollzogen, damit sie erleben konnten, was auch ohne Auto alles geht, ohne dass man daran zugrunde geht.

Ich wollte aber noch erwähnen, woher das Hotel ‚Atlantic‘ seinen Namen hat, was mir die freundlichen Damen an der Rezeption erklärten. Die Decke und das Wanddekor im großen Salon sind eine Kopie aus dem weltberühmten Hotel ‚Atlantic‘ in Hamburg. Seinerzeit sicher ein Symbol für Weltoffenheit und Wohlstand, um bei der besseren Gesellschaft zu glänzen und im Gespräch zu bleiben.

Die Damen des Hauses brachten viel Verständnis für meine Euphorie auf und gestatteten mir, das Haus innen und außen zu fotografieren, sodass ich diese Bilder jetzt als Ersatz für nicht vorhandene eigene Aufnahmen aus dieser wundervollen Zeit habe. Dieses Wochenende war so voll von unglaublichen Eindrücken und Erinnerungen, wie man es ganz selten erlebt, wo sich die Vergangenheit mit der Gegenwart liebevoll paarte und emotionale Luftsprünge machte.

Dieses Erlebnis war jedoch fünf Jahrzehnte, nachdem wir auf den Berg gezogen waren. Damals war Sommer, die Natur prall gefüllt mit Leben und mit vielen noch unerforschten und verwunschenen Plätzen, die auf Eroberungen und die damit verbundenen Abenteuer eines kleinen, blonden und verträumten Jungen warteten, der diese Zeit später niemals in seinem Leben hätte missen wollen.

Ein atmosphärisch gediegener Ort, der Eingangsbereich des Hauses hinter hohen Bäumen

© Pit Elsasser

Namen, Generäle, Geschichte

Die großen Villen am Schloss-Wolfsbrunnenweg wurden meist nach den Namen ihrer oft berühmten Erbauer genannt. Die größte unter ihnen mit über 1.800 m² ist die ‚Villa Bosch‘, die von dem Heidelberger Nobelpreisträger Carl Bosch bewohnt wurde. Das repräsentative schlossähnliche Landhaus mit Nebengebäuden und einer eigenen Sternwarte wurde 1921 von der Badischen Anilin- und Soda-Fabrik AG eigens für ihren vielfach ausgezeichneten Vorstandsvorsitzenden errichtet.

Dann ist da die ‚Villa Schmeil‘, die der berühmte Biologe, Pädagoge und Autor Otto Schmeil schon um 1908 erbaut hatte. Er war einer der Ersten, der einige der hoch über dem Neckar gelegenen Streuobstwiesen und Weingärten zu einem großen Grundstück zusammenlegte und sich ein repräsentatives Gebäude im Landhausstil inmitten eines Parkes mit großem Baumbestand errichten ließ. Er gilt als der Reformator des biologischen Unterrichts und hat mit seinen Schulbüchern Generationen von Schülern und Studenten in Biologie begleitet.

Die erhabene ‚Gutermann’sche‘ inmitten ihrer gewaltigen Bäume im Park

© Pit Elsasser

Dann die ‚Villa Gutermann‘, in die wir eingezogen sind und die von der Wurst- und Fleischdynastie Gutermann ebenfalls im 19. Jahrhundert erbaut wurde. Richtung Schlierbach auf halber Höhe hatte der Architekt und Rüstungsminister Hitlers, Albert Speer, für sich und seine Familie die ‚Villa Speer‘ errichtet. Viele berühmte Menschen wohnten an dieser Straße, so unter anderem auch die erste Ehrenbürgerin von Heidelberg, Anna Blum. In einem etwas abseits gelegenen kleinen Haus am Hausackerweg lebte die Familie von Carl Friedrich Goerdeler, dem ehemaligen Oberbürgermeister von Leipzig und Widerstandskämpfer gegen den Nationalsozialismus. Er gehörte zu den führenden zivilen Köpfen der Widerstandsbewegung, die am 20. Juli 1944 das gescheiterte Attentat auf Hitler verübten und dafür hingerichtet wurden.

Es gab noch einige andere größere Anwesen an dieser noblen Höhenstraße, die über dem Schloss beginnt und parallel zum Neckar bis zum historischen Wolfsbrunnen führt, von dem sie auch ihren Namen hat. Danach fällt sie steil über die Wolfsbrunnensteige hinunter nach Schlierbach ab, direkt bis an den Neckar.

Man fragt sich heute unweigerlich, wieso Menschen mit so viel Geld ihre Häuser an einen Berghang bauten, der von der Sonne nicht gerade verwöhnt wird und viele Stunden am Tag im Schatten liegt. Über den Dächern Heidelbergs wurde in einer Epoche gebaut, in der es für die gehobene Gesellschaft schick war, einen blassen Teint zu haben. Es war die Zeit, in der die Damen einen Sonnenschirm aufzuspannen pflegten und die Herren im Sommer breitkrempige Panamahüte trugen, um ja wenig Sonne abzubekommen. Also haben sie auch ihre Häuser nicht auf Süd-, sondern auf nach Norden ausgerichtete Hänge gebaut, um möglichst wenig von der bräunenden UV-Strahlung abzubekommen. Gebräunte Haut hatten in dieser Zeit nur die im Freien arbeitende Arbeiterschicht und die Bauern auf dem Lande. Menschen von ‚gehobenem Stand‘ waren blass.

Die ersten Gebäude in der direkten Nachbarschaft zum Schloss waren das ‚Schlosshotel‘ und das ‚Hotel Bellevue‘, ein als Sanatorium genutztes Haus, das 1919 durch einen Brand zerstört und danach vollständig abgerissen wurde

© Stadtarchiv Heidelberg

Zu den ersten Gebäuden am Schloss-Wolfsbrunnenweg gehörten das um 1873 erbaute ‚Schlosshotel‘ und das 1886 eröffnete ‚Hotel Bellevue‘. Dieses als Sanatorium betriebene Haus wurde 1919 ein Raub der Flammen und musste danach vollständig abgerissen werden. Lediglich die weiter östlich liegende Direktorenvilla blieb erhalten. Können wir uns heute vorstellen, dass neben dem als ‚Klotz‘ empfundenen ‚Schlosshotel‘ noch einmal so ein großes Gebäude mit Zinnen und Türmchen stand? Kaum.

Als wir 1952 in die ‚Gutermann'sche‘ einzogen, waren längst alle Villenanwesen am Schloss-Wolfsbrunnenweg ab 1945 von den Amerikanern besetzt und nur den höchsten Generälen und Offizieren als Wohnsitz vorbehalten. Die deutschen Besitzer mussten in oft kleine, kurzfristig errichtete Häuschen umziehen. Warum das repräsentative Jugendstilhaus der Gutermanns als Einziges ausgenommen wurde, entzieht sich meiner Kenntnis. Vielleicht hat der Bär den Amerikanern Angst eingejagt und sie vertrieben? Ich bin froh, dass es so war, sonst würde mir diese erlebnisreiche Zeit in meinem Leben fehlen.

Der höchste General und Oberkommandierende der US-Streitkräfte in Deutschland, der mit vier Sternen ausgezeichnet war, wohnte immer in der ‚Villa Bosch‘. Er war damit außerhalb Amerikas der ranghöchste Vertreter der US-Armee. Der erste und wohl bekannteste war gleich nach Kriegsende der Oberbefehlshaber der alliierten Streitkräfte, Dwight D. Eisenhower, der 1953 als 34. Präsident der Vereinigten Staaten von Amerika Präsident Harry S. Truman ablöste. Alle nachfolgenden Viersternegeneräle zogen ebenfalls in dieses repräsentative Anwesen ein. In die kleineren, aber ebenfalls schön gelegenen Häuser wurden Offiziere mit etwas niedrigeren Dienstgraden mit ihren Familien einquartiert. In manche dieser Häuser konnte ich als Kind reinschnuppern, entweder als Spielkamerad von amerikanischen Kindern oder mit meiner Mutter, wenn sie für die Offiziersfrauen nähte. Ei-

Die ‚Villa Bosch‘ nach der aufwendigen und originalgetreuen Renovierung

© *Pit Elsasser*

nes der wenigen Häuser, in das ich nie kam, war die ‚Villa Bosch‘. Sie wurde von der ‚MP‘, der Militärpolizei, bewacht. Tag und Nacht stand die Wache in Paradeuniform an der großen Einfahrt in einem hölzernen Wachhäuschen mit geschultertem Gewehr. Kam ein Fahrzeug mit Besuchern oder anderen Militärs, wurde erst salutiert, dann die Identität festgestellt und danach wieder salutierend die Einfahrt freigegeben. Ein Vorgang, dem wir Kinder natürlich gerne zusahen. Erst als Erwachsener bekam ich vor einigen Jahren einmal die Gelegenheit, in dieses, von dem SAP-Mitbegründer Klaus Tschira übernommene und total restaurierte Haus Einblick zu nehmen. Die repräsentative Größe und die Atmosphäre der Ausstattung haben mich auch dann noch sehr beeindruckt.

Der letzte hohe US-General, der in einer Villa an der Wolfsbrunnensteige 18 wohnte, war Frederick J. Kroesen, der 1981 am Karlstor in Heidelberg zum Anschlagsziel der RAF wurde. Er blieb dank seines gepanzerten Wagens unverletzt, zog danach jedoch aus Sicherheitsgründen in die amerikanischen US-Kasernen in Rohrbach um.

Wir Kinder hatten viel Kontakt mit den Chauffeuren des obersten Generals. Diese lebten und arbeiteten in dem ehemaligen Garagenhaus des

Carl Bosch, das sich genau gegenüber dem Parkeingang unseres Hauses befand. Das ganz symmetrisch gebaute Gebäude hat in der Mitte in einem Querbau drei großzügige Garagen mit hölzernen Flügeltüren und den charakteristischen Sternenfenstern sowie rechts und links je ein zweistöckiges Wohnhaus. Es kursierte immer ein Gerücht, dass es einen unterirdischen Gang gäbe, der direkt in die ‚Villa Bosch‘ führen solle. Ob das stimmt, weiß ich nicht, aber es war ein prickelndes Geheimnis, das uns zu manchen abenteuerlichen Fantasien anregte.

Hier, wo einst die noblen Automobile der Marken ‚Horch‘ und ‚Maybach‘ von Carl Bosch standen und seine Chauffeure und andere Bedienstete wohnten, parkten jetzt die großen schwarzen, chromblitzenden Cadillacs des obersten amerikanischen Militärs und wohnten dessen Fahrer und Mechaniker. Ein Fahrzeug dieser Flotte war ein sogenannter ‚Standartenwagen‘ mit Trittbrettern an der Seite, auf denen bei bestimmten repräsentativen Anlässen auch Sicherheitsbeamte stehen konnten. An beiden vorderen Kotflügeln war eine Standarte, mit der US-Flagge auf der einen und dem Armeesiegel auf der anderen Seite. Das Nummernschild hatte nur die Zahl ‚1‘ und zeigte darüber die vier kleinen dreidimensionalen goldenen Sterne des Dienstgrades. Die anderen Generäle der verschiedenen Waffengattungen hatten entweder einen, zwei oder drei Sterne sowie die entsprechende Zahl. Dieses bullige schwarze Ungetüm war also eine richtige Staatskarosse für große Auftritte, die jedoch nur ganz selten zum Einsatz kam. Alle anderen Fahrzeuge wurden, auch wenn sie zum Teil wenig benutzt wurden, permanent gewartet, gewaschen und poliert. So waren die Fahrer immer irgendwie beschäftigt, wenn sie nicht gebraucht wurden. Zu uns Kindern waren sie immer sehr freundlich und lustig. Dabei wanderte so manches Chewinggum in unseren Mund und wir hatten viel Spaß beim Fußballspielen miteinander. Kam ein Einsatz während ihrer Rufbereitschaft, war es mit dem Spaß aber ganz schnell vorbei und sie schickten uns freundlich aber bestimmt mit einem „Let's go" oder „Go home" von ihrem Hof.

Der letzte Chauffeur von Bosch lebte bis zu seinem Lebensende zwei Grundstücke weiter im Haus Nr. 48. Er hieß mit Nachnamen Heitz und war für jedermann auch einfach ‚der Heitz‘. Ich kenne ihn nur, wie er in seinen direkt an der Straße gelegenen Garagen bei offenen Toren an der Werkbank werkelte und seinen alten Mercedes pflegte und wartete. Er hatte immer einen kurzen Zigarrenstumpen seitlich zwischen seine Lippen eingeklemmt, der jedoch oft erloschen war und nur zwischendurch für ein paar Züge wieder Feuer bekam. Beim Reden und Arbeiten blieb dieser Stumpen wie angeklebt an seiner Stelle, ohne herauszufallen. Das war so markant für ihn, dass man glauben konnte, er gehe damit auch ins Bett. Mit seinem wettergegerbten Gesicht und der scharfkantigen Nase hätte er mit dem entsprechenden Kopfschmuck spielend den Indianerhäuptling Sitting Bull abgeben können.

Mein Vater kannte ihn ganz gut, da er ja ebenfalls in der BASF arbeitete und die Geschichte von und um Carl Bosch kannte. So hatten die beiden BASFler oder ‚Aniliner', wie man sie meistens nannte, immer Gesprächsstoff, wenn sie sich trafen. Dabei erzählte Heitz so manche Anekdote über die großen Fahrten mit Carl Bosch z. B. in den Urlaub nach St. Moritz oder in die Städte der großen weiten Welt. Nicht selten gab es dabei so manche Überraschung und Panne zu überwinden, die er mit verschmitzten Augen, die einen lustig an-

schauten, zum Besten gab. Ich stand dann mit großen Ohren dabei und liebte es, einfach bei den Erwachsenen zu stehen und ihnen zuzuhören. Ging ich alleine oder mit meinen Spielkameraden an der Heitz'schen Garage vorbei, kam meist ein zwischen Lippen und Stumpen herausgepresster Spruch rüber wie: „Na Buwe, widder zu große Abenteuer unnerwegs?" Gab es mal eben schnell etwas am Fahrrad festzuschrauben, war ‚der Heitz' immer gerne bereit, zu helfen und hatte gleich das richtige Werkzeug zur Hand. Er war ledig und lebte mit seiner Schwester Maria, die mit meiner Mutter ganz gut bekannt wurde, im selben Haus. Dieses Anwesen spielt in meinen weiteren Erinnerungen noch einmal eine Rolle, die vielleicht auch meine spätere Berufswahl beeinflusst hat.

Das Garagenhaus der ‚Villa Bosch', in dem heute das Carl-Bosch-Museum untergebracht ist

© Pit Elsasser

Im Garagenhaus der ‚Villa Bosch' wurde das Carl-Bosch-Museum eingerichtet, das das Leben und Werk dieses großen Chemikers, Nobelpreisträgers, Wirtschaftsführers, Schmetterlingssammlers und Astronomiebegeisterten in einer sehenswerten Dauerausstellung anschaulich präsentiert.

Der Schloss-Wolfsbrunnenweg, eine abgeschiedene, stille und außer-

187

Die Erinnerungstafel über den Aufenthalt der österreichischen Kaiserin „Sissi" im Haus Nummer 1 am Molkenkurweg über dem Schloss

© Pit Elsasser

gewöhnliche Landschaft, in der die Geschichte Heidelbergs, Deutschlands und sogar die Weltgeschichte lebendig waren. Eine Ruheinsel, auf der Menschen aus Literatur, Politik, Wissenschaft, Industrie und Forschung abseits des Trubels um ihre Person leben, arbeiten und forschen konnten. Ja, sogar gekrönte Häupter wie die österreichische Kaiserin Elisabeth I., die legendäre Sissi, hatten sich in die Landschaft und Stadt verliebt und in dem Haus Nr. 1 am Molkenkurweg, über dem Schloss, im Sommer 1887 logiert. Nach ihr ist auch der ‚Elisabethenweg' genannt, der zum historischen Schützenhaus hinaufführt.

Freunde, Freundinnen, Schulweg

Wer jemals als Kind schon umgezogen ist, weiß, dass es eine kurze Zeit braucht, bis man am neuen Platz neue Freunde findet. Der Schloss-Wolfsbrunnenweg war jetzt nicht gerade die Gegend, wo junge Familien mit Kindern wohnten. Der Altersdurchschnitt war sicher sehr hoch. Deshalb war es anfänglich fast unmöglich, auf der Straße Kinder spielen zu sehen. Gab es welche, dann meistens in Begleitung von Erwachsenen. So musste es dem Zufall überlassen werden, Kontakte zu finden. Gleich am Beginn des Haus-

ackerweges gab es ein aus Sandstein gemauertes Trafohäuschen. Es befand sich etwas zurückgesetzt auf einem kleinen Platz kurz vor einem steil abfallenden Wiesenhang. An der Abbruchkante stand eine Bank, von der aus man eine herrliche Aussicht auf den Neckar und die gegenüberliegenden Berge hatte. Seitlich des Trafohäuschens war ein kleiner Raum, den die Straßenkehrer, die gab es damals noch, dazu nutzten, den gesammelten Kehricht und im Herbst die Blätter zu lagern. Oft lag da auch ein Sandhaufen, der für Reparaturarbeiten aufgeschüttet wurde und für mich ein idealer Platz war, mit meinem kleinen hölzernen Traktor und seinem Anhänger zu spielen. So entstanden ganze Landschaften mit Straßen, Tunnels und Wegen, die nach einem heftigen Regenguss immer wieder mühsam neu aufgebaut werden mussten.

Unser Trafohäuschen an der Straßengabelung Hausackerweg/ Schloss-Wolfsbrunnenweg

© *Pit Elsasser*

Aber so, wie der Schmetterlingsbusch mit seinem Duft Schmetterlinge von weit her anlockt, so scheinen Kinder vom Spiel anderer Kinder angelockt zu werden. Und plötzlich stand er da. Christian, der Enkelsohn von Carl Goerdeler, der rechts unterhalb des Trafohäuschens wohnte. Irgendwie finden zwei Jungs sofort einen Weg zueinander, wie sie gemeinsam mit ihrer Fantasie neue Welten entdecken können. Als wir uns am Abend trennten, war klar, dass wir uns am nächsten Tag wieder sehen würden, um das begonnene Werk fortzusetzen. Es war der Beginn einer kurzen, aber schönen Kinderfreundschaft, die auch noch seinen jüngeren Bruder Frieder miteinschloss. Wie beim Schmetterlingsbusch kamen im Laufe der Zeit langsam

189

immer mehr Kinder dazu, die allerdings teilweise weit verstreut auf dem Schloss-Wolfsbrunnenweg, dem Hausackerweg oder dem Klingenhüttenweg wohnten. Das Trafohäuschen wurde zum beliebten Treffpunkt, unsere Zuflucht und Burg. Auch das anschließende verwilderte Gartengrundstück spielte dabei eine wichtige Rolle. Hier standen große kräftige Büsche, in denen sich Kletterlianen in Ruhe breitgemacht hatten. Mit der Ruhe war es für sie aber vorbei, denn jetzt saßen wir wie die Affen darin und machten weite Tarzansprünge von Ast zu Ast mit dem dazugehörigen typischen Tarzanschrei. Je mutiger der Springer, umso weiter der Sprung. Ein Spielkamerad, der in seiner Beweglichkeit sehr gemächlich und langsam war und auch weniger mutig, traf oft den nächsten Ast nicht und landete dann unsanft auf dem Boden. Irgendjemand brachte dann für ihn den Spitznamen ‚Lama' auf. So wurde der Sprungbaum zum ‚Lamabaum' und die Sprünge zum ‚Lamasprung'. Solche liebevollen Gehässigkeiten bringen nur Kinder fertig.

Die Kletterlianen haben wir später noch für unsere ersten Rauchversuche benutzt. Da diese Gewächse längs verlaufende Kapillarröhrchen haben, konnte man sie, wenn man sich ein etwa 10 cm langes Stück abschnitt und

Filmtransparente, wie sie in den 50er- und 60er-Jahren von Gebrauchsgrafikern und Künstlern gestaltet wurden und meist über dem Eingang zum Kino für die neuesten Streifen warben

© *Kinotransparente-Sammlung: M. Stute*

es anzündete, wie Zigaretten rauchen. Man glaubt gar nicht, welche Erinnerungskraft in einem Duft oder Geschmack steckt. Das merkte ich, als ich mir als Erwachsener auf einer Wanderung solch eine ‚Zigarette' schnitt und anzündete – die Zeit meiner Kindheit stand plötzlich wieder ganz real vor meinen Augen.

Ein anderer Junge, ich glaube sein Name war Michael, lebte in dem selben Haus wie Carl Boschs ehemaliger Chauffeur Heitz im obersten Stock. Er wuchs bei seinem Onkel auf, einem bekannten Gebrauchsgrafiker, der die großen Transparente für die Kinos in der ganzen Region malte. Damals wurden noch lange schmale Leinwandtransparente über den Haupteingang von Kinos gehängt, auf denen der Titel sowie die Hauptdarsteller und Szenen des Films und der Name des Regisseurs künstlerisch dargestellt wurden. In seinem Atelier sah es immer recht wild aus, denn überall standen Farbtöpfe, Pinsel und fertige oder halbfertige Transparente herum. Die künstlerisch kreative Umgebung hat mir sehr gefallen und mich vielleicht auch ein wenig beeinflusst, später ebenfalls Gebrauchsgrafiker, so hieß der Beruf auch noch, als ich studierte, zu werden.

Michael hatte ein eigenes Zimmer, in dem unter anderem auch so etwas wie ein Sideboard stand. Auf diesem halbhohen Schrank stand ein großes

190

graues Schiffsmodell, das meine Blicke immer wieder anzog. Eines Tages, als ich mal neugierig fragte, was das denn für ein Schiff sei, erklärte mir der Onkel, was es damit auf sich hatte. Wenn ich mich recht erinnere, war es ein Modell der ‚Wilhelm Gustloff‘, ein Schiff, das im Zweiten Weltkrieg, am 30. Januar 1945, von einem russischen U-Boot versenkt wurde und dabei über 9.000 Flüchtlinge, die sich an Bord befanden, sowie Besatzungsmitglieder mit in die Tiefe der Ostsee riss. Nur ca. 1.200 Menschen überlebten die größte Schiffskatastrophe der Geschichte. Unter den Toten waren auch Michaels Eltern. Ob er selbst an Bord war und überlebt hatte, weiß ich nicht mehr. Sein Onkel hat später in Handschuhsheim ein Haus gebaut und ist mit Michael dorthingezogen.

Ein anderer Spielkamerad, Hans, kam etwas später zu unserer Clique, als er mit seinem Vater in den Westlichen Klingenhüttenweg zog. Der Vater war Binnenschiffer, verwitwet und hatte sein Schiff verkauft, um mit seinem Jungen sesshaft zu werden. Er kaufte ein Haus hoch oberhalb des Schloss-Wolfsbrunnenweges und fing an, es zu renovieren und neue weiße Lattenzäune um das große Grundstück zu ziehen, da die alten verfault waren. Ich glaube, er betrachtete die Bretterzäune wie die Reling eines Schiffes, wo permanent ‚klar Schiff‘ gemacht werden musste. Das Grundstück hatte eine extreme Hanglage, war mit hohen Bäumen bewachsen und war zum größten Teil für nichts nutzbar. Hans‘ Vater arbeitete und werkelte wie wild, kam aber nicht wirklich vom Fleck. Später habe ich gehört, dass sie das Haus wieder verkauft haben und weggezogen sind.

Kurze Zeit hatte mein Bruder auch Kontakt zu den Kindern von Speers, die mit ihrer Mutter oberhalb ihrer von den Amerikanern besetzten Villa in einem Holzhaus am Oberen Klingenhüttenweg lebten. Ich war noch zu jung, um bei den Älteren mitmischen zu können. Außerdem hatte ich ja mittlerweile genug Freunde.

Ja und dann fing es an, dass sich das weibliche Geschlecht verstärkt in mein Leben drängte – Freundinnen wurden nun auch Teil meiner Erfahrungen und Erinnerungen. Die Erste war eine Amerikanerin und hieß Doan. Sie lebte mit ihren Eltern in dem kleinen Haus am Ende unseres Parkes. Wir trafen uns das erste Mal zufällig beim Fahrradfahren. Sie hatte eines der typisch amerikanischen Fahrräder, die aussahen wie Mopeds. Im Rahmenteil hinter der Lenkstangenlagerung befand sich ein geformtes Blechteil, das wie ein Tank wirkte. Es hatte Weißwandreifen, einen großen Sattel, einen breit ausladenden verchromten Lenker und eine stromlinienför-

Ein typisch amerikanisches Fahrrad, wie es meine amerikanische Freundin damals besaß

191

mige Lichtattrappe auf dem vorderen Schutzblech. Außerdem war da vor der Gabel noch ein Gestänge, das aussah wie eine Vorderradfederung, aber keine war. An unseren Fahrrädern konnte zum Beispiel der Lenker nicht sportlich kurz genug sein. Ihr Lenker dagegen wirkte wie das Horn eines Elches. Unsere Beleuchtung musste natürlich funktionieren, da wir ja auch nachts unterwegs waren. Doan durfte von zu Hause aus immer nur auf dem Gehweg fahren, während ich schon auf der Straße fahren konnte. So trip-

Das Trafohäuschen, auf dessen Stufen ich meinen ersten Kuss von meiner ameri- kanischen Freundin bekam
© Pit Elsasser

pelten wir nebeneinander her Richtung Schloss und wieder zurück, Richtung Schloss und wieder zu- rück. Dabei lernten wir uns gegenseitig Begriffe in der jeweiligen Sprache des anderen. Wir deuteten einfach auf Baum, Straße, Gehweg, Zaun, Haus usw., und jeder sagte das Wort auf Englisch und Deutsch. So wurde unsere Umge- bung zu Sprachobjekten. Natürlich auch unsere Na- men sowie Junge, Mädchen und Fahrrad. Ich hatte zu dieser Zeit noch kein Englisch in der Schule und war an meiner neuen Englischlehrerin sehr in- teressiert. Sie entsprach ganz meiner kindlichen Vorstellung eines Engels: blond, hübsch, keck und duftete nach Chewinggum. Es blieb also nicht aus, dass wir uns jetzt jeden Tag sehen wollten, was zwar etwas schwierig war, da sie in die amerikanische Schule in der Henry-Patrick-Village ging. Jeden Morgen wurde sie, wie alle amerikanischen Kinder, mit dem Schulbus abge- holt und kam erst am späteren Nachmittag wieder zurück. Mit der Zeit kam es, dass wir uns gegenseitig mit nach Hause nahmen und uns den El- tern vorstellten. Durch sie kam ich dann auch in andere Häuser der Militärs im Schloss-Wolfsbrunnenweg. Ich erinnere mich an einen Besuch in dem Haus Nr. 47, wo mir der dort lebende Offizier in seinem Büro auf Englisch die amerikanische Flagge erklärte, die, wie bei den Militärs üblich, hinter seinem Schreibtisch hing. Mit Händen und Füßen, mit einem Fingerzeig zum Himmel und mithilfe einer großen Karte der USA verstand ich irgend- wann, was für eine Bedeutung die ‚Stars and Stripes‘ haben.

Doan war in unserer Freundschaft der mutigere und informiertere Part, während ich, noch gezeichnet von der Erfahrung mit Gabi aus der

Friedrichstraße, der Schüchterne und Ängstliche war. Eines Tages saßen wir nach einem Radausflug allein auf den Stufen des Trafohäuschens und kauderwelschten unser ‚Denglisch', als Doan mir ganz nahe kam und mich plötzlich auf den Mund küsste. Ich war zunächst völlig perplex, hatte mir dann aber den Mut genommen, sie zurückzuküssen. Ich weiß nicht, wie oft das hin und her ging, ich weiß nur noch, dass ich unverhofft ihre Zunge an meinen Lippen spürte. Da bekam ich eine leichte Panik, denn noch glaubte ich, dass Babys durchs Küssen ‚entstehen'. Wir trennten uns etwas aufgewühlt und verabredeten uns für den nächsten Tag. Sie konnte es tags darauf anscheinend nicht abwarten, mich zu sehen, und holte mich von zu Hause ab. Doch Doan hatte dabei nichts Besseres im Sinn, als meiner Mutter wichtigtuerisch von unserem Kusserlebnis zu berichten. Da meine Mutter ja ganz gut Englisch konnte und detailliert nachfragte, Mütter haben das so an sich, wurde sie immer ernster und die Erinnerung an meine frühkindliche ‚Affäre' mit Gabi stand auch ihr wieder vor Augen. Daraufhin wurde mir verboten, mich weiter mit Doan zu treffen, mit ihr zu spielen und geschweige denn, sie zu küssen. Wurden die Babys also doch durch das Küssen gezeugt? Mit dieser Frage wurde ich allerdings alleine gelassen und wieder mal nicht aufgeklärt.

Das Problem, ihr nicht mehr zu begegnen, löste sich bald darauf von alleine, da ihr Vater versetzt wurde und die Familie wegzog. Dafür kam eine neue Familie mit zwei Jungs in dieses Haus. Einer davon hieß Jimmy und hatte wie mein Bruder die Leidenschaft für Waffen und Kämpfen. So kam es eines Tages zwischen den beiden zu einem Waffentausch. Volker hatte irgendwoher ein deutsches Seitengewehr, das ist ein langes Messer, das im Krieg im Nahkampf auf das Gewehr gesteckt wird, und Jimmy hatte irgendwoher ein Florett. Beide Eltern wussten natürlich nichts von diesen ‚Waffengeschäften' ihrer Kinder, und ich wurde unter Androhung von Schlägen dazu verdonnert, kein Sterbenswörtchen darüber zu verlieren. Das Florett ist heute noch in meinem Besitz, warum auch immer.

Meine zweite Freundin war ein deutsches Mädchen, das im ‚Schlosshotel' lebte, wo ihr Vater eine Art Hotelmanager bei den Amerikanern war, die das Schloss zu dieser Zeit als Offizierskasino nutzten. Ich war mittlerweile elf Jahre alt und ging noch in die Ebertschule. Meine Leistungen waren nicht so berauschend, sodass ich nicht nach der vierten Klasse auf das Gymnasium wechseln konnte, sondern noch ein Jahr weiter die Volksschule besuchen durfte. Das hatte auch zur Folge, dass ich weiterhin mit dem Bus den langen Schulweg zurückzulegen hatte, während mein Bruder mit dem Fahrrad fuhr. Eines Tages stand ich an der Haltestelle oberhalb der Peterskirche an der Bahnstrecke und wartete auf den Bus, der aber nicht

Das Florett von Jimmy, leicht angerostet und verbogen – ob er das getauschte Seitengewehr auch noch hat?
© Pit Elsasser

193

kam. Mit mir stand da noch ein Mädchen mit langen braunen Zöpfen und wartete ebenfalls ungeduldig. Irgendwie kamen wir über unser momentanes gemeinsames Schicksal ins Gespräch und stellten fest, dass wir den gleichen Weg hatten. Wir machten uns also zu Fuß auf, zusammen den steilen Schlossberg zu erklimmen und durch den Schlossgarten bis zum

Die kleine katholische Kirche in Schlierbach am Hang über dem Neckar

© Pit Elsasser

,Schlosshotel' zu laufen. Unterwegs plapperten wir wohl ständig über alles Mögliche, und als ich mich von ihr verabschiedete, war irgendwie klar, dass wir uns wiedersehen würden, und zwar am nächsten Tag im Bus. Von da an saßen wir im Bus immer zusammen und unterhielten uns. Dabei stellten wir auch fest, dass wir beide katholisch sind und doch mal gemeinsam in die Kirche gehen könnten. Gesagt, getan. Ich habe Elisabeth, so hieß sie, versprochen, ganz Kavalier, sie am nächsten Sonntag am ,Schlosshotel' abzuholen und mit ihr nach Schlierbach in die dortige Kirche zu laufen, in die ich oft mit meinem Vater ging. Ein ganz schön weiter Weg, von unserem Haus zum ,Schlosshotel', den gleichen Weg wieder zurück und weiter nach Schlierbach. Eine Wegstrecke von ungefähr 3,5 Kilometern hin und wieder zurück. Was doch so eine junge Liebe alles bewegen kann. Ich weiß nicht mehr, wie ich das meinen Eltern beigebracht habe, aber irgendwie hat es geklappt. Das ging dann etwa ein halbes Jahr so, bis auch Elisabeth wegzog, da ihr Vater eine neue Arbeitsstelle angenommen hatte.

Kurz vor meinem Wechsel ins Gymnasium lernte ich ein Mädchen kennen, das in die Liselotte-Schule ging und, so glaube ich, Erika hieß. Sie war meine erste große Liebe mit den noch unbekannten kribbelnden Gefühlen, wie sie nur zwischen den Geschlechtern entstehen können. Ich begleitete sie von da an immer öfters von der Schule nach Hause, um länger mit ihr zusammen zu sein. Sie wohnte allerdings in der ganz entgegengesetzten Richtung, nämlich fast am Karlstor. Am Anfang ging das nur bis zum Uniplatz, wurde aber von Mal zu Mal länger, bis ich sie zum Schluss bis nach Hause begleitete. Sie wohnte im Haus Nr. 237 in der hinteren Hauptstraße kurz nach dem ,Roten Ochsen' und dem ,Seppl'. Dieses Gebäude stand ganz nah an dem schmalen Gehweg an einer Biegung der Hauptstraße nach der ehemaligen ,Herrenmühle'. Seit vielen Jahren ist darin das Restaurant

,Herrenmühle' etabliert. Ihr Vater war Straßenbahnfahrer und fuhr häufig auch die Strecke vom Bismarckplatz bis zum Karlstor und auch nach Neckargemünd. Immer, wenn er an seinem Haus vorbeikam, bimmelte er zwei-, dreimal mit der Fahrglocke, um zu sagen „Hallo, ich bin's." Manchmal stoppte er dann kurz und bekam schnell von seiner Frau sein Vesper gereicht.

Erika war ein resolutes Persönchen und deswegen sehr interessant für mich. In diesem Jahr, 1954, war gerade das Lied ,Ganz Paris träumt von der Liebe' von Caterina Valente der Top-Schlager, den man immer wieder im Radio hören konnte. Klar, dass wir diesen Text auf uns und unsere ,Beziehung' bezogen. Damit hatten wir einen Ohrwurm, der uns für immer verbinden sollte – dachten wir. Noch heute erinnert mich dieses Lied im Rückblick an die unbeschwerte und spannende Zeit des angeborenen, aber noch unbewussten Forschens nach dem Sinn des Lebens und der Liebe.

Das Begleiten meiner Freundin, mit der ich jetzt ,ging', wie man sagte, hatte natürlich auch einen unschönen Nebeneffekt, denn ich kam regelmäßig zu spät nach Hause, da ich öfters den Bus verpasste und dadurch ständig den unangenehmen Fragen meiner Mutter ausgesetzt war. Da fing es an, dass man Lügen erfand, um sich aus der Situation zu retten. Auf keinen Fall hätte man aber gesagt, dass man eine ,feste Freundin' hat, denn das könnten ja Eltern sowieso nicht verstehen und würden dem Treiben mit drakonischen Maßnahmen sicherlich sofort einen Riegel vorschieben. Da war es immer noch besser, zu sagen, man hätte sich irgendwo verspielt, was man von mir ja sowieso hinlänglich kannte. Nützte alles nichts, wurde einem mal wieder der Hosenboden stramm gezogen und der Kochlöffel sprach sein Credo auf den Hintern, denn mit der bloßen Hand auf die Lederhose hat es unserer Mutter selbst zu sehr wehgetan.

Da der Winter in diesem Jahr früh hereinbrach und der erste große Schnee fiel und liegen blieb, wollten Erika und ich uns auf dem Kohlhof zum Skifahren treffen. Wir fuhren getrennt, sie von der Stadt und ich vom Schloss aus, mit der Bergbahn auf den Königstuhl und mit den Skiern durch den Wald zum Kohlhof hinunter. Treffpunkt sollte vor dem Kohlhof-Restaurant sein. Als ich dort ankam, sah ich von Weitem schon Erika mit einem Jungen meines Alters lachend herumhampeln. Ich erstarrte. Jetzt lernte ich die negative Seite der Liebe kennen – Eifersucht. Ich wusste nicht, was ich machen sollte, und entschied mich schließlich, den Rückzug anzutreten, da ich den Jungen als einen Konkurrenten einschätzte. Ich ging, ohne mit ihr gesprochen zu haben, zur Bergbahn zurück und fuhr nach Hause. Meine Mutter wunderte sich, dass ich schon wieder da war und stellte wie immer bohrende Fragen,

So mancher langgediente Kochlöffel fand auf unserem Hosenboden sein jähes Ende

© Pit Elsasser

195

die ich jedoch nur mit einem unverständlichen Gemurmel beantwortete und versuchte, so schnell wie möglich aus ihrem Blickfeld zu kommen.

Am nächsten Tag nach der Schule fragte mich Erika ganz empört, wo ich denn gestern gewesen sei, sie hätte mit ihrem Bruder eine ganze Stunde gewartet. Der musste sie nämlich begleiten, da sie alleine nicht hätte gehen dürfen. Stotternd und mit allerlei Ausflüchten versuchte ich, mich aus der für mich extrem peinlichen Situation herauszureden. Es nützte nichts. Unsere ‚Beziehung‘ hatte einen Knacks bekommen und ging bald darauf ohne klärende Worte meinerseits auseinander. Dumm gelaufen.

Es gab für mich in der Zeit meines Lebens über dem Schloss drei verschiedene Wege, um in die Schule, ins Schwimmbad oder in die Turnhalle am Klingenteich zu kommen. Der erste war den Hausackerweg hinunter auf die Schlierbacher Landstraße zur Straßenbahn. Mit ihr fuhr ich bis in die Hauptstraße und stieg am Uniplatz aus, um zu Fuß in die Sandgasse zur Schule zu laufen. Nach der Schule ging das Ganze rückwärts, jedoch war der Anstieg wesentlich anstrengender. Der Hausackerweg ist wie eine Passstraße gebaut, mit mehreren Haarnadelkurven, um auf kürzestem Weg diesen steilen Hang zu erklimmen. Es gab zwei Abkürzungen, die einzelne Kurven abschnitten. Die unterste war eine lang gezogene Treppe und die zweite an der obersten und spitzesten Kurve ein Trampelpfad über eine kleine Wiesenfläche. Hier habe ich mir das Jodeln angewöhnt; immer in Richtung unseres Hauses gewandt, habe ich laut gejodelt, damit meine Mutter wusste, dass ich im Anmarsch bin und sie das Essen fertigmachen konnte. Ein Schulweg, auf dem manche Fantasien geboren, auf dem Erlebtes verarbeitet wurde. Manchmal war der Ranzen besonders schwer, wenn in seinem Innern eine vor Rot starrende Klassenarbeit auf ihre Offenbarung zu Hause harrte. Dann pflückte ich auf dieser Wiese einen kleinen Blumenstrauß, um meine Mutter gnädiger zu stimmen. Angeblich habe ich ihr öfter einen mitgebracht.

Der zweite Schulweg war, mit dem Bus über das Schloss den Klingenteich hinunterfahren und an der Peterskirche aussteigen. Der dritte und für mich heiß ersehnte kam dann, als ich 1954 ins Helmholtz-Gymnasium in der Kettengasse kam. Es war die gleiche Schule, in die mein Bruder schon drei Jahre lang ging. Von da an durfte ich zusammen mit ihm morgens mit dem Fahrrad in die Stadt hinunterfahren. Eine nicht ganz ungefährliche Fahrt, da es Jungs so an sich haben, alles an Geschwindigkeit herauszuholen, was geht, und das war schon halsbrecherisch. Da gab es manche gefährlichen Situationen, in denen schwere Stürze um Haaresbreit gerade noch vermieden werden konnten. Das Fahrrad wurde natürlich rennradmäßig aufgemoppt. Es bekam Doppelscheinwerfer, eine Neuheit in dieser

Zeit, und eine Seilzugklingel, die durch Ziehen einer Schnur am Lenker an das Vorderrad gedrückt wurde. Die machte besonderen Spaß, da man mit ihr einen Dauerklingelton oder auch rhythmische Klingelzeichen erzeugen konnte. Diese Art der Fahrradklingeln muss den Erwachsenen tierisch auf den Wecker gegangen sein, denn sie wurden dann leider irgendwann per Gesetz verboten. Um ein Motoren-geräusch zu erzeugen, klemmten wir mit Wäscheklammern einen oder zwei Bierdeckel oder Zigaret-tenpackungen so an die Vorderrad-gabel, dass die Speichen den Karton streiften und damit ein geschwin-digkeitsabhängiges Rattergeräusch erzeugten – je schneller, desto lau-ter. Was war das für ein Vergnügen, so den Schlossberg hinunterzudü-sen und schon von Weitem gehört zu werden, sodass die Köpfe der Fußgänger herumflogen.

Der Heimweg aus der Stadt war dafür umso mühsamer. Mit der schweren Schultasche auf dem Ge-päckträger drückten wir das Rad, nicht ohne zwischendurch Pausen einzulegen, über das grobe Kopf-steinpflaster den steilen Schlossberg hoch, vorbei am Schlosseingang bis an die Straßengabelung zur Mol-kenkur. Erst ab da konnte man sich wieder auf das Fahrrad schwingen und sich bei leichtem Tritt erholsam die Straße entlangrollen lassen. Im Sommer eine schweißtreibende Angele-genheit. Im Winter bekam ich eine Karte für die Bergbahn, um wenigstens bis zur Schlossstation fahren zu können, da der Schlossberg meist stark vereist war, denn Salz hat man damals noch nicht gestreut. Dazu durfte ich das Fahrrad auf die vordere offene Plattform stellen und beim Fahrer stehen bleiben, was sonst nicht erlaubt war. Der kam zur Abfahrt mit einem hölzernen Rad, das wie ein Lenkrad ohne Speichen aussah. Er steckte es in einen Viereckdorn an einem Bremsgestänge, betätigte die Klingel, um sei-ne Abfahrbereitschaft zur Bergstation an der Molkenkur zu signalisieren,

Die alte Bergbahn mit der offenen Plattform beim Ver-lassen der Station Schloss mit dem einmaligen Blick auf Stadt, Brücke und Philosophenweg

© Stadtarchiv Heidelberg

und wartete auf das Gegenklingelzeichen von oben. Währenddessen trug er in ein mitgebrachtes schwarzes Buch die Abfahrtszeit und die Anzahl der Fahrgäste ein. Wenn das Klingelsignal von oben kam, drehte er die Bremse mit dem Rad auf und die Fahrt konnte mit einem leichten Ruck sanft beginnen.

Die Tunnelröhre hatte im Winter ihren ganz besonderen Reiz. Aus den Fugen der Sandsteinblöcke, mit denen das Gewölbe gemauert war, trat immer Wasser aus, das im Winter zu ganz bizarren und teilweise großen Eiszapfen gefroren ist. Während der gemütlich wackeligen Fahrt im fahlen Licht der alle paar Meter montierten Glühlampen konnte man das funkelnde und glitzernde Schauspiel betrachten, das einen in eine andere unwirkliche Welt zu führen schien. Die Lichtreflexe, das dumpfe Fahrgeräusch, das Knatschen des Zugseiles auf den stark eingefetteten Rollen waren die Begleitmusik zu einem kurzen Trip durch die Unterwelt Heidelbergs. Auf einer Länge von 113 Metern hat das erste Teilstück bis zum Schloss eine Steigung von 25-38 Prozent zu überwinden. Das ist so ein starker Anstieg,

Umstieg an der Molkenkur in die obere Bahn

© HSB

dass man lange Zeit nicht das Licht am Ende des Tunnels sehen kann, da die Strecke quasi einen Bogen nach oben beschreibt. Je nachdem, welcher Fahrzeugführer Dienst hatte, kamen wir manchmal auch in ein kurzes Gespräch, das aber meistens mit einer typischen Erwachsenenfrage, die lustig sein sollte, begann, wie, "Na, wie war's heut in de Schul, hot der Lehrer sei Sach gekännt?" Ha, ha, ha.

Die Schaffner, die auf dieser unteren Strecke Dienst hatten, mussten sich ganz schön dick anziehen, da sie ja auf der offenen Plattform Wind und Kälte direkt ausgesetzt waren. Heizung, auch in den Fahrgasträumen, war ein Fremdwort. Deshalb gingen sie nach der Ankunft oft für kurze Zeit ins Maschinenhaus, um sich aufzuwärmen. An der Mittelstation kam dann die abwärtsfahrende Bahn auf der Ausweichschiene entgegen und beide Wagen hielten mit einem sanften Ruck genau parallel nebeneinander. Der Fahrer stieg aus und musste die Schiebetüren, die Treppe abwärts laufend, von außen öffnen und zur Seite ziehen, damit die Fahrgäste aussteigen konnten. Kurz vor der Abfahrt schloss er sie wieder von unten nach oben. Die typischen Geräusche der Türen, das Klingelsignal für die Weiterfahrt und das Anrollen der Wagen klingen mir heute noch wie Musik in den Ohren. Waren die Wagen weg, hörte man nur noch das schmatzende Geräusch des Seiles, an dem der abwärtsfahrende Wagen hing und das über die fettigen Führungsrollen lief. Kamen das Seil und die Rollen nach einer Weile zum Stehen, wusste man, dass die Bahnen unten und oben angekommen waren. Das Prinzip hat sich bis heute nicht geändert, aber die neuen Wagen haben nun alle Annehmlichkeiten unserer modernen Zeit.

Im Winter war die Bergbahn das Transportmittel für die Skifahrer, Rodler und Spaziergänger schlechthin, um auf den Königstuhl und den Kohlhof zu kommen. An Tagen und Wochenenden mit idealen Schneeverhältnissen musste man oft sehr lange an der Talstation warten. In zwei mit Holzböden ausgestatteten Warteräumen und mit nur wenigen Sitzmöglichkeiten standen die Wintersportler dicht gedrängt, bis der Schaffner der angekommenen Bahn die Tür öffnete und mit seiner Knipszange die Fahrkarten entwertete. Dann begann ein Drängeln und Schieben, ein Rufen nach Kindern und ein Kampf mit den Schlitten, Skiern und Skistöcken. Bis alles verstaut war und jeder einen Platz gefunden hatte, verging immer eine ganze Weile. Hatte man die Molkenkur erreicht, begann die gleiche Zeremonie an der oberen Bahn, nur dass man da im Freien auf der Treppe stehen und warten musste, bis die Bahn vom Königstuhl herunter in die Station einfuhr.

Die höchste Bergbahnstation ‚Königstuhl' im abendlichen Licht mit einer fantastischen Weitsicht in die Rheinebene

© Pit Elsasser

Was für ein herrliches Gefühl beschlich einen, wenn die Bahn an der Königstuhlstation ankam und einen dieser wunderbare Blick auf das verschneite Heidelberg für alle Mühe entlohnte. Viel Zeit hatte man für solche Betrachtungen allerdings meistens nicht, denn jetzt hieß es, schnell die Ski anschnallen und sich auf den Weg zum Kohlhof machen. Das bedeutete aber erst einmal Langlauf. An der Sternwarte vorbei, ging es durch den tief verschneiten Wald. Hatte man etwa die Hälfte dieser Strecke geschafft, wurde der Weg leicht abschüssig und ließ bis zur Kohlhofklinik schon eine leichte Abfahrt mit kräftig schiebender Unterstützung zu. Danach ging es über die Straße, die zum Königstuhl führte, und dann den recht steilen kurzen Buckel zum Kohlhof hinunter. Dieser war nur im Schneepflug oder seitlich abrutschend zu schaffen. Wer da in Schuss kam, machte schnell mit den seitlich befindlichen Zäunen schmerzhafte Bekanntschaft. Unten angekommen, atmete man erst einmal auf. Die Erwachsenen gönnten sich oft erst einen Kaffee oder Schnaps im Kohlhof-Restaurant. Wir Kinder mussten natürlich sofort auf die Piste, um die Zeit auszunützen. Einen Lift oder so etwas gab es natürlich noch nicht und man musste die ganze Strecke, die man abwärtsfahren wollte, auch wieder mühsam hinaufsteigen.

Nach so einem Skitag war man rechtschaffen müde und ausgepumpt. Wenn wir dann quengelten und nicht mehr zur Bergbahn laufen oder unsere Skier nicht mehr tragen wollten, gab es kein Pardon. Wir lernten ganz konsequent, dass, wer Ski fahren will, seine Skier und Stöcke auch selber tragen muss, egal, wie müde man war – eine harte Schule in eisiger Kälte.

Boschwiese, Teufelskanzel, Schlossgeschichten

Unsere Spiele bewegten sich zwischen Langeweile am Trafohäuschen, Abenteuer pur, bis hin zu lebensgefährlichen Handlungen, von denen natürlich unsere Eltern nichts ahnten. Die Boschwiese war Sommer wie Winter unser beliebtester Spiel- und Abenteuerplatz. Hier fingen wir Schmetterlinge und sammelten Käfer für unser Herbarium, suchten nach schönen Blüten oder Blättern zum Pressen, tollten über die Wiese, rollten sie von oben hinunter und lagen danach einfach erschöpft unter den alten Obstbäumen der letzten großen Streuobstwiese am Schloss-Wolfsbrunnenweg. Diese Nähe zur Natur, die Nähe zu den Düften der Pflanzen und der Erde, die einen umfingen, und der Blick durch die Baumkronen in den blauen Himmel darüber ist ein prägendes und heute noch sehnsuchtsvolles Erlebnis meiner Kindheit. Alle Wege kannten wir in- und auswendig, vor allem natürlich die verbotenen. Es gab Grundstücke, die offener und für uns leicht einzunehmen waren, und andere, die sich uns zur Wehr setzten. So wie zum Beispiel der ‚geheime Garten' auf dem Weg oberhalb der Boschgaragen. Dieses Grundstück war eingezäunt und ringsum völlig zugewachsen, sodass man nirgends reinschauen konnte. Es hatte am oberen Klingenhüttenweg ein fest verschlossenes, blickdichtes Eisentor, an dem ein Schild prangte mit der Aufschrift: ‚Betreten verboten, Vorsicht Fußangeln'. Solche Schilder waren auch an dem Zaun ringsum angebracht. Man sah kein Haus und keine Hütte und es war schwer vorstellbar, warum das so scharf bewacht war. Wir haben mehrere Anläufe genommen, um eindringen zu können, aber der Respekt vor den Fußangeln war doch zu groß, da wir Bilder von den Fallenstellern in Abenteuerromanen im Kopf hatten, wo Tiere in Fallen traten und danach elendig verendeten.

Oberhalb der Boschwiese am Waldrand war ein ebenfalls sehr merkwürdiges Grundstück. Dort gab es ein kleines Restaurant, das halb in die Erde gebaut worden war. Ich vermute, dass es ein umfunktionierter ehemaliger Keller war. Auf jeden Fall ging es zwei, drei Stufen hinunter in einen relativ dunklen Raum mit eigenartigen Möbeln. Alles war aus rohem, entrindetem Holz angefertigt. Die Stühle und die Tischfüße waren aus abgesägten Holzstämmen, die Tischplatten, die Wandverkleidung und der Tresen waren aus rohen Brettern. Ich glaube, ich war mit meinen Eltern nur ein- oder zwei-

Die alten Obstbäume, unter denen wir oft lagen und in den blauen Himmel starrten, stehen heute noch

© Pit Elsasser

201

mal dort, danach nie mehr. Die Luft war nicht gerade frisch und die Dunkelheit drückte auf das Gemüt. Ein Stück weiter stand das Holzhaus von Speers, das die Familie nach dem Krieg auf dem oberen Teil ihres Grundstückes gebaut hatte, um eine Bleibe zu haben. Ging man den Weg weiter, konnte man bis nach Schlierbach und zum Wolfsbrunnen laufen.

Im Winter war die Boschwiese unser Ski- und Rodelparadies. Solange es auch nur noch eine Spur von Schnee gab, konnte man uns dort finden. Eine quer verlaufende Böschung in der Mitte des Geländes wurde zum Schanzentisch und musste für die waghalsigsten Sprünge, oder besser Flüge, herhalten. Schnee gab es jeden Winter genug und die Temperaturen waren da oben immer ein paar Grad niedriger als in der Stadt. Ging auf der Boschwiese nichts mehr, wurde die Kohlhofwiese auf dem Königstuhl unser Skiparadies.

Die Kälte und die Nässe bereiteten mir anfänglich noch immer meine starken Ohrenschmerzen mit Eiterausfluss. Doch es wurde mit ca. 12 Jahren immer besser, sodass ich nach und nach davon befreit war. Es war aber auch kein Wunder, dass man ständig eine laufende Nase hatte, denn die Kleidung von damals war noch nicht so Nässe abweisend wie heute. Das einzige Kleidungsstück, das man bedingt Wasser abweisend behandeln konnte, war der Anorak, und diese Imprägnierung musste immer wieder erneuert werden, da die Wirkung mit der Zeit nachließ.

202

Die Kälte im Winter war aber auch ein großes Problem in unserer Wohnung. Da es keine Zentralheizung, sondern nur Öfen gab, die über Nacht meistens ausgingen, wurde es bei den einfach verglasten Fenstern ohne Dichtungen bitterkalt und feucht. Der Erste, der morgens aufstand, und das war meist unser Vater, musste das Feuer neu entfachen. Zum Übergang, bis der Ofen wieder Wärme abgab, wurden die vier Gasflammen am Kochherd und im Backofen angezündet.

Die Fensterscheiben, vor allem in der Küche, waren am Morgen mehrere Millimeter dick mit herrlich bizarren Eisblumen zugefroren, sodass man nicht hindurchsehen konnte. Wollte man trotzdem einen Blick nach draußen werfen, hauchte man sie an oder drückte seinen Daumen auf die Eiskristalle, bis sie an der Stelle geschmolzen waren und den Blick freigaben. Kurze Zeit später waren auch diese Gucklöcher wieder zu. Beim Sprechen und Atmen hatte man ständig eine Atemfahne. Aus dem Bett zu gehen, kostete schon sehr viel Überwindung, das Waschen mit kaltem Wasser noch viel mehr und das Anziehen wurde meist in Windeseile und zähneklappernd vollzogen.

War alles so richtig schön eingeschneit, waren die Abende, vor allem an Weihnachten, traumhaft schön. Die Amerikaner haben etwas nach Deutschland gebracht, was wir hier noch gar nicht kannten. Lichterketten mit bunten Glühbirnen, mit denen mindestens eine der großen Tannen vor

deren Villen bestückt wurde. Am besten gefiel mir der Baum bei der ‚Villa Reiner‘, Nr. 35, in der der oberste Marineadmiral wohnte. Hier stand die Tanne direkt vor dem Haus und tauchte das ganze Gebäude in ein fantastisch festliches Lichtspiel ein. Zu Weihnachten gehörte bei den Amerikanern fast immer auch ein Lebkuchen-Hexenhaus. Meine Mutter kannte die Haushälterin des amerikanischen Ehepaares, das in der ‚Villa Speer‘ lebte, und wir wurden eingeladen, uns das große, aus selbst gebackenen Lebkuchen gebaute Kunstwerk, das mit farbigem Zuckerguss verziert war, anzuschauen. So was Schönes hatten wir zuvor noch nicht gesehen und es war wie in einem Film, als es dann unter den großen beleuchteten Weihnachtsbaum im Livingroom gestellt wurde – für uns war das purer Luxus.

Wollten mein Bruder und ich uns ein paar Pfennige oder sogar Mark verdienen, brauchten wir nur gegen Abend zum Östlichen Klingenhüttenweg unterhalb der ‚Villa Speer‘ zu gehen. Hier, wo die Straße relativ steil in einer Rechtskurve den Berg ansteigt, blieben auf der schneeglatten Straße meistens die großen amerikanischen Straßenkreuzer hängen und kamen nicht mehr weiter. Wenn wir dann mit vereinten Kräften das Auto den Berg hochbekamen, fiel für uns immer etwas ab, das unser spärliches Taschengeld aufbesserte.

Manche Spiele will man sich heute gar nicht mehr vorstellen, weil sie absolut gefährlich, ja sogar lebensgefährlich waren. Dazu gehörten die Spiele an der ‚Teufelskanzel‘ und in unserer Felsenhöhle am Steilhang über dem

204

Neckar. Diese Kanzel, eine kleine, mit einem niedrigen Geländer begrenzte Metallplattform, stand auf einer spitzen Felsennase direkt über der Bahnlinie nach Neckargemünd und genau gegenüber vom Kloster Stift Neuburg. Von hier aus soll der Sage nach der Teufel mit süßen Versprechungen und Lügen versucht haben, die Pilger, die mit Booten von Heidelberg hochgerudert kamen, davon abzuhalten, den Gottesdienst zu besuchen. Ist ihm das nicht gelungen, soll er sogar mit Felsbrocken nach ihnen geworfen haben. Eine Sage! Ich bin heute froh, dass wir diesem schaurigen Ort und seinem Unglück verheißenden Namen durch einen möglichen Unfall unsererseits keine Nahrung gegeben haben.

Der steile Nordhang, der mit hohen Bäumen bewachsen ist, die fast kein Licht durchlassen, besteht aus einer zerklüfteten Felsformation aus Sandstein, die auch höhlenähnliche Einschnitte hatte. Der Sandstein war teilweise sehr brüchig und das Klettern deshalb sehr gefährlich. Stieg man über das Geländer der Kanzel, kam man ein erstes Stück gut voran, bis es dann richtig zur Sache ging. Mancher kleinere und größere Stein verlor dabei seinen Halt und schoss den Abhang hinunter. Wir blickten ihm dann bangend nach, in der Hoffnung, dass er an einem der Bäume hängen blieb und nicht bis zur Bahnlinie rollte. Eine dieser Felsspalten direkt unter der Kanzel wurde dann zu unserer Geheimhöhle ernannt, von der niemand etwas erfahren durfte. Heute noch dreht sich mein Magen um, wenn ich daran denke. Irgendwann hat die Stadt den Zugang zur Teufelskanzel ver-

Blick auf das hoch über Heidelberg gelegene Schloss, den Glockenturm mit der Fahnenstange und die Rückfront des Ottheinrichsbaues

© Pit Elsasser

sperrt und das ganze Gelände dicht zuwachsen lassen. Wenn man vom Stift Neuburg aus mit dem Fernglas auf die andere Neckarseite blickt, kann man die Felsnase in vegetationsarmen Zeiten noch genau erkennen.

Das Heidelberger Schloss ist für viele Menschen aus aller Welt ein Grund, hierherzukommen und es auf geführten Wegen zu betrachten und zu erleben. Das war auch in unserer Zeit schon so. Der einzige Unterschied zu heute ist jedoch, dass es damals noch viele Möglichkeiten gab, auf verborgenen Pfaden in verbotene Regionen vorzudringen. Überhaupt schmale Kinder, wie ich eines war, fanden immer die Möglichkeit, irgendwo durchzuschlupfen, reinzukriechen oder darüberzuklettern. So kamen wir zum Beispiel über Trampelpfade auch in den ‚Krautturm‘, der durch seine meterdicken Mauern und seine abgesprengte und abgestürzte Außenwand in aller Welt berühmt ist. Die runden offenen Räume mit den Gewölbedecken und der Mittelsäule kamen einem riesig vor, wenn man darin stand. Erwischen durfte man sich natürlich nicht lassen, deshalb gingen wir meist in der beginnenden Dämmerung rein. Doch das hatte eine ganz besondere Pro-

Der ‚Krautturm‘ (Pulverturm) mit seiner abgesprengten Flanke, die ihn wie ein ausgeweidetes Tier erscheinen lässt. Die Außenwände sind 6,50 Meter dick

© Pit Elsasser

blematik, denn es war auch die Zeit, in der die dort lebenden Fledermäuse erwachten und uns wie Kampfflugzeuge im Sturzflug umkreisten. Lange hielt man das nicht aus und wir traten meist mit einer Gänsehaut gezeichnet schnell wieder den Rückzug an.

Ein anderes riskantes Abenteuer war die untere ‚Kasematte‘, ein vor Artilleriebeschuss geschütztes Gewölbe zwischen Apothekerturm und Krautturm, am Weg von der Scheffelterrasse über das Friesental hinunter in die Altstadt. Dieses Gebäude war inklusive Dach völlig aus Sandsteinquadern erbaut und außer einigen Schießscharten ringsum hermetisch abgeschlossen. Der Zugang in den Wehrbau führte früher von oberhalb des Gebäudes über einen schmalen Treppenschacht, durch den die Soldaten geschützt einsteigen konnten. Die einzigen vorhandenen Öffnungen am Boden waren zwei kleine Durchlässe für ein Rinnsal, das vom Hirschgraben kommend durch das Gebäude floss. Ich stelle mir vor, dass die Soldaten am Einlauf immer frisches Wasser hatten und am Auslauf ihre Notdurft darin abfließen konnte. Die sehr enge Öffnung war für einen erwachsenen Menschen viel zu klein, für einen schmächtigen Jungen aber groß genug, um den Versuch zu wagen, einen Blick in das Innere des von uns als Folterkammer gewähnten Gebäudes zu werfen, vermuteten wir doch, dort noch einige Skelette zu finden. Mit einem dicken Kloß im Bauch kroch ich als Dünnster, von den anderen angefeuert, in diese Röhre, die nach hinten immer enger wurde. Die Angst kroch mit und sagte mir irgendwann, wenn du noch weiterkriechst, bleibst du stecken und kommst nie, nie mehr raus. Ganz drin war ich nicht, aber der kurze Blick in einen kahlen, leeren Raum hat gereicht. Ich rief den anderen zu, mich rauszuziehen, was mit hektischem Rückwärtskriechen und gemeinschaftlichem Hauruck auch gelang. Die Kleider sahen natürlich verheerend aus, sie stanken und ich hatte zum wiederholten Male zu Hause viel Ärger.

Die ‚Kasematte‘ unterhalb des Apothekerturmes mit dem Glockenturm im Hintergrund

© Pit Elsasser

Gefährliche Spiele, die wenige Jahre, nachdem wir von Heidelberg nach Ludwigshafen umgezogen waren, zu einem tödlichen Unfall führten, den uns unser Vater mahnend aus der mitumgezogenen RNZ vorlas. Vier Jungs hatten die Idee, die Flagge im Glockenturm des Schlosses auf Halbmast zu ziehen. Diese Fahne auf dem großen Turm konnte man von der ganzen Stadt aus sehen und, so dachten sie, das würde am nächsten Tag groß in den Zeitungen stehen. Sie kletterten also gemeinsam über Schleichwege in den Turm, um über die Treppenstufen in der Außenwand emporzuklettern. Als sie jedoch plötzlich nicht mehr weiterkamen, entschlossen sie sich, wie vorher vereinbart, ihren Plan aufzugeben und nach Hause zu gehen. Am nächsten Morgen blickten drei von den Freunden zum Schloss und sahen die Fahne auf Halbmast wehen. Bestimmt ist wieder ein hohes Tier gestorben, dachten sie. In der Schule, sie gingen wie ich in die Friedrich-Ebert-Schule, warteten die drei auf ihren Freund, der jedoch nicht kam. Als während des Unterrichts der Rektor mit zwei Polizisten in die Klasse kam und sagte, dass ihr Freund im Schloss tödlich verunglückt sei, standen die drei unter Schock. Ihrem Freund, der die Idee geboren hatte, ließ es keine Ruhe, dass sie das Unternehmen abgebrochen hatten, und er ging noch mal alleine los, um es zu vollenden, was ihm auch gelang. Die Flagge wehte auf Halbmast. Beim Zurückklettern war dann das Unglück passiert und er stürzte über 20 Meter tief in den Tod. Alle Zeitungen berichteten am nächsten Tag groß darüber – nur, so hatten sich die vier das nicht vorgestellt.

Wesentlich harmloser stellt sich in diesem Zusammenhang mein erstes Aufeinanderprallen mit einem Gesetzeshüter dar. In unseren Träumen von großen Heldentaten spielten natürlich Waffen, wie Messer, Pistolen, Schleudern und auch Pfeil und Bogen, eine wichtige Rolle. Dazu brauchte man einen geraden elastischen Stock von einem Haselnussstrauch, der nicht zu dünn und nicht zu dick sein durfte, um die richtige Spannung zu haben. Zwei Kerben, mit dem Messer an jedes Ende geschnitzt, eine dünne, aber starke Schnur unter Spannung angeknotet, und fertig war der Bogen. Jetzt zu den Pfeilen: Dünne Haselstöcke waren nicht immer kerzengerade und flogen doch sehr ungenau ins Ziel. Was tun? Hatten wir da nicht mal im Schloss beim Neptunteich herrlich gerade, dünne Bambusstöcke wachsen sehen? Zu Hause ein Messer holen, sich aufs Fahrrad schwingen, mit einem Freund zum ,Schlosshotel‘ fahren und dort das Rad abstellen, war ein Gedanke und eine Tat. Den Zickzackweg runter in den Schlossgarten zum Neptunteich, der sich damals noch näher an der Goethebank befand. Dort angekommen, stand mein Freund Schmiere und ich benahm mich erst mal sehr, sehr unauffällig. Dann, als ich glaubte, dass mich niemand sähe, hechtete ich mit einem schnellen Sprung an den Rand des Beckens und schnitt einige der Stäbe unserer Begierde ab. Kaum hatte ich meine Beute in der Hand und wollte gerade die nicht brauchbaren oberen Hälften der langen Halme abschneiden, ertönte hinter mir eine laute, viel zu laute Männerstimme, die Unheil verhieß: „Was machst du denn da?" Hinter mir stand der Wildschütz, das war eine Art Polizist für Feld, Wald und Flur. Ich zuckte zusammen, lief rot an und stotterte irgendetwas zu meiner Rechtfertigung, was natürlich völlig unschuldig daherkam. Es half nichts. Er nahm

meine Adresse auf und wollte am Nachmittag bei meinen Eltern vorbeikommen, um mir einen Strafzettel zu bringen. Auf der Heimfahrt und zu Hause hatte ich keine ruhige Minute mehr, bevor ich die Tat beichtete. Der Wildschütz kam mittags auch, aber er war gnädiger als ich vermuten durfte und sprach nur, im Beisein meiner Mutter, eine Ermahnung aus, die ich mit hochrotem Kopf dankbar annahm. Uff, du alter Indianer, das war ja gerade noch einmal gut gegangen.

Der Neptunteich, mit der bärtigen Figur des Vater Rhein auf einer kleinen, mit Farn bewachsenen Insel, so, wie er zu meiner Zeit noch ausgesehen hat – ohne Hand, ohne Dreizpitz und mit einem unter der Nase durchtrennten Kopf

© RNZ

Apropos Indianer – unsere Freundesclique wollte irgendwann ein geheimes Zeichen haben, das nur wir kannten, an dem wir uns erkennen und mit dem wir uns auch gegenseitig warnen könnten, wie es zum Beispiel bei meiner Bambusfreveltat sehr nützlich gewesen wäre, wo ich das geflüsterte ‚Achtung‘ meines Freundes nicht gehört hatte. Dafür brauchten wir die Stimme eines Tieres, die in unserer Gegend unauffällig und vor allem leicht nachzumachen war. Wir versuchten es mit allen möglichen Tierstimmen, was uns aber mehr schlecht als recht gelang. Eines Tages hatte ich einen Einfall. Bei uns gab es sehr viele Eichelhäher, deren hellblau, weiß, schwarz gestreifte Flügelfedern man immer wieder mal im Wald fand und die wir als Besonderheit sammelten. Ihren Warnruf konnte man, wenn man es verstand, ohne Finger durch die Zähne zu pfeifen und dabei vor dem Mund beide Hände zu einem Schalltrichter formte, fast identisch nachahmen. So wurde der markante Ruf dieses schönen, aber räuberischen Gesellen zu unserem unverwechselbaren Erkennungszeichen, das ich noch heute beherrsche.

Der schrille Ruf des Eichelhähers wurde zu unserem Erkennungszeichen

© fotolia

Die Historie des Schlosses ist gefüllt mit spannenden und faszinierenden Sagen und Geschichten. Schiller soll auf seinem Sterbebett gesagt haben: „Gebt mir Märchen und Sagen zum Lesen, denn in ihnen ist der Keim zu allem Schönen, Großen und Guten enthalten!" Sie spiegeln also etwas Menschliches, glaubwürdig Unglaubwürdiges wider, das einen gefangen nimmt, in Träume versetzen kann und dabei Geschichte vermittelt, die nicht immer beweisbar ist und die deshalb eine besondere Aura umgibt.

Die Geschichte vom ‚Elisabethen-Tor' gehört zum Beispiel zu den unwahrscheinlich wahrscheinlichen des Heidelberger Schlosses. Der grenzenlos verliebte Friedrich V. hat es seiner jungen Frau Elisabeth von England, die er 1613 heiratete, 1615 zum Geburtstag geschenkt. Es soll in einer Nacht errichtet worden sein und sie soll es morgens, als sie aus dem Fenster blickte, freudig überrascht entdeckt haben. Wahrscheinlich oder eher unwahrscheinlich? Eine Geschichte, die manche Touristin ihrem Partner gegenüber zu der augenzwinkernden Bemerkung veranlasst: „Siehste, das ist Liebe!"

Ein anderes Beispiel ist die Sage vom Hexenbiss am Torturm. Der große schwere Eisenring des Anklopfers am ‚Nadelöhr' im großen Tor zum Schlosshof, einer kleinen Tür, die nur für Spätheimkehrer geöffnet wurde, wenn das große Tor schon verschlossen war, wurde zum Ring der Begierde.

Der Ring des Anklopfers mit dem ‚Hexenbiss'. Man erkennt den Sprung und auch das Loch, an dem sich die Hexe ihren Eckzahn ausgebissen haben soll

© Pit Elsasser

Ein Fürst des Schlosses hatte nämlich einen Wettbewerb ausgerufen, dass der- oder diejenige, die diesen Ring durchbeißen könnte, das Schloss mit allen seinen Schätzen als Preis bekäme. Niemand schaffte es, bis eines Tages eine Hexe kam, die den Ring mit ihrem Biss zwar zum Bersten brachte, ihn jedoch nicht ganz durchbeißen konnte und ohne Gewinn weiterziehen musste. In diesem Torturm sind auch noch die weiteren Verteidigungsmechanismen dieser Zeit zu sehen: das schwere Fallgitter, wenn der Feind doch das schwere Tor bezwungen haben sollte, und danach noch eine Öffnung in der Decke, durch die heißes, klebriges Pech und Schwefel geschüttet werden konnten, um zu guter Letzt den Feind doch noch kampfunfähig zu machen.

Eine weitere Geschichte ist die des Fußabdruckes in der Sandsteinplatte auf dem Altan. Hier soll sich ein Ritter in voller Rüstung bei einem Feuer im Friedrichsbau aus dem obersten Stock durch einen Sprung auf den Altan gerettet und dabei im Stein seinen Fußabdruck hinterlassen haben. Er soll diesen Sprung überlebt haben, was man beim Anblick der Entfernung kaum glauben kann. Es gibt jedoch noch andere Versionen dieses Ereignisses, wie zum Beispiel diese, dass er bei einem Burgfräulein zu einem Techtelmechtel verabredet war, dabei überrascht wurde und, um die Ehre der Frau zu retten, noch in voller Rüstung aus dem Fenster sprang. Egal, wie es sich wirklich abgespielt hat, wenn überhaupt, der Fußabdruck wurde zum größten Anziehungspunkt auf dem Altan und Millionen Füße haben sich durch ‚Anprobieren' in ihm gemessen. Die Sandsteinplatte musste schon öfter ausgetauscht werden.

Dass so eine wichtige Residenz wie das Heidelberger Schloss neben allem Prunk auch ein Gefängnis brauchte, ist fast selbstverständlich. Der Turmbau im ‚Hirschgraben', links vom Torturm, war vermutlich sehr ausbruchsicher, wenn man sich die Stärke der Mauern und seine Lage im tiefen Graben anschaut. Im Volksmund nannte man ihn ‚Seltenleer', da immer jemand einsaß und er eben selten leer war.

Das Schlossgefängnis ‚Seltenleer' im Hirschgraben, der früher auch einmal 3 Meter hoch mit Wasser gefüllt gewesen sein soll

© Pit Elsasser

Seit Jahrhunderten pilgern Touristen schon zum Schloss hinauf, um diese imposante Ruine zu betrachten. Früher kamen die Künstler mit Staffelei und Leinwand, mit Papier und Zeichenstift, um festzuhalten, was sie hier so faszinierte. Die Zeit der Romantik machte die verwunschene Ruine zum Mythos einer ganzen Epoche. Nach der Erfindung des Fotoapparates ging es dann aber erst richtig los mit dem Sammeln von ‚Memories of Heidelberg'. So schossen Heerscharen von Touristen Fotos, die irgendwo in Alben oder Fotokisten verschwanden, nachdem sie zuvor interessierten Freunden und Verwandten gezeigt worden waren. Besondere Fotos wurden im Schlosshof von einem professionellen Fotografen angefertigt, dem ich bei seiner Arbeit gerne zugeschaut habe. Ganze Busladungen von Touristen aus aller Welt wurden vor dem prächtigen Friedrichsbau auf Zelluloid gebannt. Hatte er einen neuen Auftrag bekommen, drapierte er die wuselnde Menschenmenge auf vier Holzstufen, die über die ganze Breite des Platzes vor dem Königssaal speziell dafür errichtet worden waren. War es ihm nach langem Hin und Her endlich gelungen, eine gewisse Ordnung und Ruhe herzustellen, verschwand er kurz hinter seiner Kamera, legte ein schwarzes Tuch über den Kopf, stellte scharf und drückte, nachdem er das Tuch wieder zurückgeschlagen hatte, nach einem auffordernden „Achtung,

Aufnahme!" auf den Auslöser. War das Bild im Kasten, löste sich die vorher noch erstarrte Menge lachend und lautstark wieder auf .

Der Weg führte sie, entweder vorher oder nachher, hinunter zum großen Fass, um sich dieses größte je gefüllte Fass der Welt anzuschauen, das Kurfürst Karl Theodor 1751 erbauen ließ. Es ist 8,5 Meter lang und 7 Meter breit und fasst 220.000 l oder 300.000 Flaschen. Oben auf dem Fass gibt es einen Tanzboden, der bei fröhlichen Festen genutzt wurde.

Gegenüber dem Fass steht eine Holzfigur von 1728, die den Hofnarren Perkeo darstellt, der als „an Wuchse klein und winzig, an Durste riesengroß" beschrieben wird. Dieser stammte aus Tirol und hatte auf dem Schloss die absolute Narrenfreiheit, die es ihm erlaubte, als Einziger alles sagen zu dürfen, was er wollte. Sein Name ist wahrscheinlich eine eingedeutschte Kurzform einer Redewendung von ihm. Wurde er gefragt ob er ein Glas Wein möchte, antwortete er auf Italienisch: „Perché no!", was so viel heißt wie „Warum nicht".

Seine Streiche sind legendär. So hängte er an die Wand neben der Wendeltreppe, für ihn etwas zu hoch, sodass er nicht mit der Hand heranreichen konnte, einen Kasten, der aussah, als wäre es eine große Wanduhr. Mit dem Argument, er sei zu klein und könne die Uhr deshalb nicht aufziehen, bat er Gäste, dies für ihn zu tun und an einem Ring unterhalb des Kastens zu ziehen. Tat der Gast, worum er gebeten, sprang plötzlich der Deckel des Kastens nach vorne auf, eine laute Glocke ertönte und ein Fuchsschwanz flog dem so Genarrten, der fast zu Tode erschrak, direkt ins Gesicht. Perkeo hat sich darüber sicherlich jedes Mal köstlich kichernd amüsiert. Vielleicht freut es ihn auch heute noch, wenn er von seinem kleinen Podest aus die Besucher des Fasses betrachtet, die immer und immer wieder seinen Scherz wiederholen – Hunderte Male am Tag, Tausende Male im Jahr.

Die Stirnwand im Fasskeller mit der bemalten Perkeofigur aus Holz und seiner ‚Neckuhr', dem Stechzirkel und einem Hobel, die man für den Fassbau benötigte

© Pit Elsasser

Bei unseren Streifzügen durch das Schloss hatten wir immer auch die Hoffnung, die Schüssel zu finden, die Liselotte eines Tages in Panik aus ihrem Fenster gworfen hatte. Das soll sich folgendermaßen zugetragen haben: Das Lieblingsgericht von Liselotte war Speckkraut. Sie liebte es über alles und ließ nichts unversucht, es zu bekommen. Das hatte zur Folge, dass sie es sich oft heimlich besorgen musste, da ihr Leibesumfang schon beträchtlich zugenommen hatte und ein Verbot des Vaters im Raume stand. Wieder einmal hat sie eine Schüssel voll Kraut auf ihr Zimmer geschmuggelt und aß es genüsslich am offenen Fenster. Als plötzlich die Tür aufging und ihr Vater hereinkam, warf sie in ihrer Not die Schüssel samt Inhalt in den Burggraben hinunter. Wir fanden sie leider nicht, so sehr wir auch suchten – bis heute.

Berühmte Maler, Dichter und Denker haben Heidelberg besucht oder hier gelebt, sich in die Stadt und ihre Romantik verliebt, ihre große Liebe gefunden oder auch für immer beendet.

Hier sei nur einer erwähnt, der deutsche Dichterfürst Johann Wolfgang von Goethe. Er weilte acht Mal in Heidelberg. Bei seinem letzten Besuch traf er zum letzten Mal seine große Liebe Marianne von Willemer. Danach kam er nie mehr zurück. Eine Schrifttafel im Stückgarten zitiert die Verse, in denen Marianne von Willemer ihre Gefühle bei dieser bewegenden Begegnung ausdrückt und die in der letzten Zeile enden mit den Worten: „Hier war ich glücklich, liebend und geliebt!"

Ein Ginkgo-Baum im Schlosspark hat Goethe zu seinem Gedicht ‚Ginkgo biloba' inspiriert, das er Marianne von Willemer widmete und das in seine Gedichtesammlung ‚West-Östlicher Divan' einfloss. Er schrieb das Gedicht auf ein Blatt Papier, auf das er zwei Gingko-Blätter klebte, die das Geschriebene illustrieren sollten. Seit dieser Zeit gilt das Ginkgo-Blatt als Symbol der Freundschaft und Liebe.

Wie viele ausländische Dichter und Denker, besuchte auch der Franzose Victor Hugo 1838 Heidelberg und spazierte dabei besonders gerne in den Ruinen des Schlosses herum, dessen geschichtlichen Hintergrund er in einem Brief ganz treffend so zusammenfasste:

„Lassen Sie mich nur von seinem Schloß sprechen. (Das ist absolut unerläßlich, und eigentlich hätte ich damit beginnen sollen). Was hat es nicht alles durchgemacht! Fünfhundert Jahre lang hat es die Rückwirkungen von allem hinnehmen müssen, was Europa erschüttert hat, und am Ende ist es darunter zusammengebrochen. Das liegt daran, daß dieses Heidelberger Schloß, die Residenz des Pfalzgrafen, der über sich nur Könige, Kaiser und Päpste hatte und zu bedeutend war, um sich unter deren Füßen zu krümmen, aber nicht den Kopf heben konnte, ohne mit ihnen aneinanderzugeraten, das liegt daran, meine ich, daß das Heidelberger Schloß immer irgendeine Oppositionshaltung gegenüber den Mächtigen eingenommen hat."

Ginkgo biloba

Dieses Baum's Blatt,
der von Osten
Meinem Garten
anvertraut,
Gibt geheimen Sinn
zu kosten,
Wie's den Wissenden
erbaut.

Ist es ein lebendig
Wesen?
Das in sich selbst
getrennt,
Sind es Zwei, die sich
erlesen,
Daß man sie als Eines
kennt?

Solche Frage zu
erwidern
Fand ich wohl den
rechten Sinn;
Fühlst du nicht an
meinen Liedern
Daß ich Eins und
doppelt bin?

Der Brief Goethes
mit dem Gedicht
,Ginkgo biloba' und
den zwei aufgeklebten
Ginkgo- Blättern

© Goethe Museum

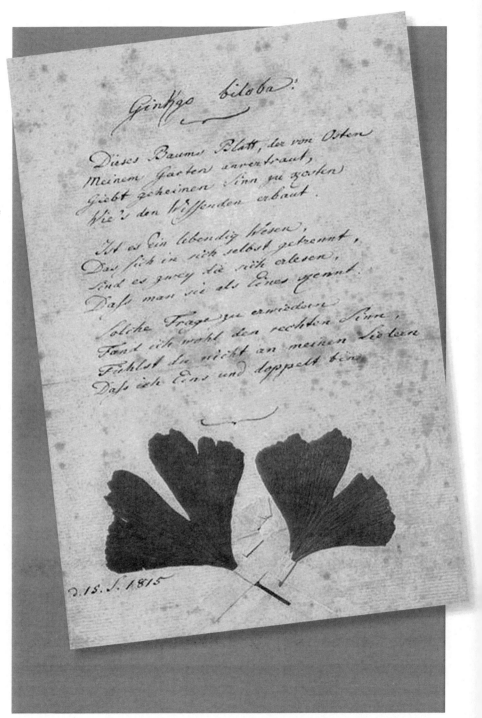

Stürme, Vicky, Casino

Die exponierte Lage der ‚Gutermann'schen' hatte ihre großen Vorteile, wenn es darum ging, eine herrliche Aussicht zu genießen. Wetterveränderungen konnten wir bis in die Rheinebene verfolgen bzw. vorhersagen, da wir sogar die Pfälzer Berge sehen konnten. Der Wind pfiff, von Westen kommend, mal stärker, mal schwächer ins Neckartal und damit um unser Haus. Die hohen Bäume sprachen dabei ihre eigene Sprache, rauschend in den Blättern oder leise pfeifend in den Tannen und Koniferen. Dass ich den Wind so liebe, hängt bestimmt mit dieser Zeit zusammen. In die Wipfel klettern und sich von unsichtbarer Hand hin- und herbewegen lassen, gehörte zu meiner liebsten Freizeitbeschäftigung, wenn nichts anderes anstand. Als wir eingezogen waren, mussten mein Bruder und ich natürlich als Erstes das höchste ‚Zimmer' in der Villa auskundschaften – das Türmchen. Stieg man durch eine kleine Bodenluke, die über eine steile Leiter vom Dachboden aus erreicht werden

Das Türmchen auf der ‚Gutermann'schen' eröffnete einem die schönsten Aussichten auf Heidelberg, das Neckartal und die Rheinebene

© Pit Elsasser

konnte, eröffnete sich einem ein fantastischer Rundblick über die Odenwaldberge und die Rheinebene bis hinüber zum Pfälzer Wald. Man hatte fast das Gefühl zu fliegen, so stand man über der darunterliegenden Welt. Gegen Ende des Krieges wurde diese Aussicht als Spähposten genutzt, um die Feindbewegungen in der Rheinebene zu beobachten. Zeugnis davon gaben noch ein mit rotem Samt gepolsterter Stuhl und ein Feldtelefon mit Drehkurbel. In dem gerade mal etwa einen Quadratmeter großen Räumchen mit seinen acht ovalen Fensterchen, die in jede Himmelsrichtung einen tollen Ausblick gewährten, konnte man es sich so richtig gemütlich machen und unerreichbar sein.

Die hohe Position des Hauses auf einer unterirdischen Felsnase hatte auch ihre Nachteile. Zum Beispiel spürte vor allem unsere Mutter jedes kleine Erdbeben, was ihr immer sehr unheimlich vorkam. Wenn wir sagten, da sei nichts gewesen, wurden wir am nächsten Tag eines Besseren belehrt. Stand dann doch in der Zeitung, dass die Sternwarte auf dem Königstuhl wieder ein Beben registriert hatte.

Gewitter, die von Westen heraufzogen, waren für meinen Bruder und mich ein herrliches Schauspiel. Da unsere Mutter furchtbar Angst hatte, machte es uns umso mehr Vergnügen, am Fenster zu stehen und das Schauspiel am Himmel zu verfolgen. Mit Warnungen wie: „Man darf während eines Gewitters nicht essen, keine Türklinke und keinen Wasserhahn anfassen, nicht baden und vor allem nicht am Fenster stehen", hat sie versucht, uns von dort wegzubekommen, was aber meistens nicht gelang.

Die Wettervorhersagen für diesen Tag, es muss etwa im Herbst 1953 gewesen sein, verhießen nichts Gutes und es war auch den ganzen Tag über schon sehr stürmisch. Gegen Abend wurde der Sturm immer schlimmer und nahm nach und nach Orkanstärke an. Dazu regnete es wie aus Kübeln und die Wassermassen peitschten gegen unsere Fenster, sodass auf der Wetterseite Wasser durch die Rahmen gedrückt wurde und wir Handtücher auf die Fensterbänke legten, um es aufzusaugen. Aber damit noch nicht genug. Mitten in der Nacht weckten uns unsere Eltern. Sie waren komplett angezogen und hatten auch schon zwei Koffer gepackt. Auch wir mussten uns sofort anziehen. Da krachte es auf dem Dach und Ziegel rutschten herab. Der Sturm, der jetzt schon Stunden tobte, hatte mittlerweile so eine Kraft, dass er den Regen durch das Mauerwerk ins Wohnzimmer drückte und alles nass wurde. Alles, was aus Stoff war, von Bettwäsche bis schmutzige Wäsche, musste herhalten, um der Lage einigermaßen Herr zu werden. Beim Blick aus dem Fenster sah ich meine Baumwipfel, in denen ich so gerne saß, in apokalyptischen Schwingungen tanzen und ich überlegte kurz, ob ich mich wohl da jetzt noch halten könnte. Es hat nicht mehr viel gefehlt und wir wären mit unserem Gepäck aus der Wohnung ins Erdgeschoss gegangen. So saßen wir spannungsgeladen auf den Koffern und hofften, dass der Sturm langsam nachlassen würde, was er Gott sei Dank gegen Morgen dann auch tat. Der Park war am nächsten Tag übersät mit Ästen und Blättern und der Gärtner hatte einiges zu tun, bis alles wieder aufgeräumt war.

Die schlechte verkehrsmäßige Anbindung und das aufwendige Einkaufen waren für unsere Mutter schon recht schwierig, vor allem wenn man vorher gewohnt war, einfach über die Straße zu gehen und alles zu bekommen, was man brauchte. Es gab für sie verschiedene Möglichkeiten, an das, was täglich gebraucht wurde, zu kommen. Die eine war, mit dem Bus in die Stadt zu fahren und alles im Einkaufsnetz hochzuschleppen. Dann gab es die Möglichkeit, beim Goedecke am Kornmarkt telefonisch, wir hatten unser erstes Telefon gleich nach dem Umzug bekommen, alles zu bestellen und anliefern zu lassen. Eine weitere Einkaufsgelegenheit war der fahrende Lebensmittelladen ‚Mannsperger‘, der einmal in der Woche den Schloß-Wolfsbrunnenweg bis nach

Ein Lloyd LP 300, die große Errungenschaft unserer Mitbewohner, die wir neugierig und fast ein wenig neidisch bestaunten

Schlierbach entlangfuhr und an bestimmten Stellen hielt. Mit dem Läuten einer großen Glocke kündigte er sich an, und aus den Häusern kamen die Frauen und stellten sich an. So konnte jede sehen, was die andere kochte, und manche Essensvorschläge wurden dabei ausgetauscht. Das Angebot war jedoch sehr begrenzt, sodass immer etwas gefehlt hat. Ich lief gerne, wenn der Wagen weiterfuhr, nebenher und durfte dabei die Glocke läuten, bis die nächste Haltestelle erreicht war. Dass ich mich dabei oft vergaß, was ja mein grundsätzliches Problem war, und erst in Schlierbach merkte, dass es schon wieder so spät war, brachte mir zu Hause immer wieder große Schwierigkeiten und Ärger ein.

Da es den Menschen in den 50er-Jahren immer besser ging, weil das Wirtschaftswunder in vollem Gange war, hatten auch immer mehr Menschen ein Auto, sodass der rollende Kaufmannsladen nicht mehr rentabel war und eingestellt wurde. Auch das Ehepaar, das unter uns wohnte, kaufte sich ein Auto. Ich werde nie vergessen, wie wir auf die Straße gingen und das Gefährt bestaunten. Es war ein ‚Lloyd LP 300' mit einer Sperrholzkarosserie, die mit Kunstleder überzogen war. Der Spitzname für dieses fahrbare Vehikel war ‚Leukoplast-Bomber', da er eine Farbe wie das Leukoplast für Wunden hatte. Oft genug wurden mit diesem medizinischen Klebeband auch kaputte Stellen repariert und Risse kaschiert. Im Volksmund hieß es bald: „Wer den Tod nicht scheut, fährt Lloyd." Auf der Motorhaube gab es eine kleine rechteckige Öffnung, unter der sich, fast verloren, ein 300-ccm-Einzylinder-Zweitakt-Motorradmotor befand. Besondere Markenzeichen waren die gewaltige Rauchentwicklung und der Gestank, wenn das Fahrzeug sich in Bewegung setzte und am Berg fast stehen zu bleiben schien.

Unsere heiß geliebte himmelblaue „Vicky III"

© Prospektillustration

Aber auch für uns sollte bald das Zeitalter der Motorisierung kommen und das Einkaufen ‚wesentlich' erleichtern: ein blaues elegantes Moped mit dem Namen ‚Vicky III' von den Victoria-Motorenwerken. Dieses Moped gehörte nach der ‚NSU Quickly' zu den beliebtesten motorisierten Zweirädern mit Tretkurbelbetrieb. Dieser hatte den Vorteil, dass man auch mal ohne Motor wie mit einem Fahrrad vorwärtskommen konnte. Die ‚Vicky' zeichnete eine Besonderheit aus, sie hatte nämlich eine ganz moderne Linienführung mit einem in den Rahmen integrierten Tank. Genau in der Mitte des Rahmens gab es einen stabilen Griff, mit dem sie bequem in den Keller getragen werden konnte, denn so ein Gefährt konnte man nicht im Freien stehen lassen, ohne dass am nächsten Tag ‚zwei' dagestanden wären. Meine Mutter bekam noch zwei stabile Satteltaschen, in denen sie alles verstauen konnte, was sie unten in der Stadt beim ‚Goedecke' oder im ‚Kaisers Kaffee-Geschäft' eingekauft hatte. Oft genug hingen aber auch noch ein oder zwei Netze am Lenker. Wenn es regnete, war die ganze Sache um einiges schwieriger, da sie dann noch ein Regencape anziehen musste, das an allen Ecken und Enden hinderte und die Fahrt zu einem gefährlichen Abenteuer machte.

Die ‚Vicky' war erst ganz kurze Zeit in unserem Besitz, als ein Anruf unseres Großvaters aus Handschuhsheim kam, dass die Großmutter plötzlich im Sterben liege und unsere Mutter schnell kommen solle. Straßenbahn, Bus, alles hätte viel zu lange gedauert, aber mit dem Moped durch die ganze Stadt, das hatte unsere Mutter noch nie gewagt. Also musste mein Bruder mit dem Fahrrad bis nach Handschuhsheim direkt neben ihr herfahren und ihr dabei ständig Anweisungen zum Schalten und Kuppeln zurufen.

Mein Bruder war der Ingenieur in unserem Hause und solange er nicht fahren durfte, hat er die Pflege und Wartung der ‚Vicky' übernommen. Seine Technikbesessenheit artete manchmal jedoch ganz schön aus. Wenn meine Mutter dann in den Keller kam, lag das komplette Moped wie ein ausgeweidetes Wild da und es gab in ihren Augen kaum noch Hoffnung, dass das jemals wieder fahren sollte. Dann flogen oft die Fetzen. Stand dann jedoch das Gefährt wieder wohlbehalten und funktionierend vor der Tür, war der Rauch bald verzogen. Viel habe ich in dieser Zeit von meinem Bruder über die technischen Zusammenhänge gelernt, da er mich meistens zu seinem Helfer verdonnert hat, was nicht immer ohne Tränen vonstattenging. Dadurch erlernte ich aber die Fähigkeiten, später meine eigenen Motorräder, bis hin zu den Autos, selbst zu reparieren bzw. auch zu restaurieren.

Wie ein stolzer Hahn trug ich die Würde meines Festtages im Park vor der ‚Gutermann'schen', das einzige Foto, das es aus dieser Zeit gibt

© Pit Elsasser

Ein besonderes Erlebnis war für mich, als ich zur ersten heiligen Kommunion gehen durfte. Die Vorbereitungsstunden fanden in der Jesuitenkirche bei Pfarrer Richard Hauser statt, was für mich jedes Mal einen weiten Weg bedeutete. Als dann der große Tag da war, wurde ich in meinen neuen, von meiner Mutter genähten Kommunionanzug mit kurzen Hosen gesteckt, bekam weiße Kniestrümpfe an und mein wildes Haar wurde fein gekämmt.

Stolz wie ein Pfau lief ich mit meiner Familie an diesem herrlichen, sonnigen Sonntag den Schloss-Wolfsbrunnenweg entlang, durch den Schlosspark und den Schlossbuckel runter bis zur Kirche neben dem Uniplatz. Ein langer Weg, bei dem ich mit der Kerze in der Hand immer vorauslief und die neugierigen Blicke der Menschen, die uns begegneten, genoss. Ich kam mir unheimlich wichtig vor, sodass ich erst in der Stadt merkte, wie mir die Hand vom Tragen der Kerze schmerzte. Auf dem Heimweg nach der Zeremonie habe ich diese gerne an meine Eltern abgegeben, da ich nicht mehr die Kraft hatte, sie zu tragen. Außerdem fuhren wir zur Feier des Tages mit der Bergbahn zum Schloss. Dann kam eine Überraschung: Wir gingen zum Mittagessen ins ,Casino', wo meine Eltern einen Tisch bestellt hatten. Das war etwas ganz Besonderes, denn das konnten wir uns als ganze Familie normalerweise kaum leisten.

Schräg gegenüber vom ,Dicken Turm' gab es damals noch ein vornehmes Restaurant mit großen Terrassen – das ,Schlosspark-Casino', ein gesellschaftlicher Treffpunkt für Heidelberger und Touristen gleichermaßen. Der Ort war für Heidelberg eine einmalige Einrichtung und so mancher schwelgt, wie ich, noch in Erinnerungen an die schönen Sonntagnachmittage im Garten-Café direkt vor der Ostfront des Schlosses. Die Abende waren häufig Konzerten und Ballveranstaltungen vorbehalten, die auch meine Eltern öfters besuchten. Noch heute, wenn ich an dieser leeren Rasenfläche vorbeigehe, überkommt mich ein wehmütiges Gefühl und es stellt sich mir die Frage: „Warum muss ein Bauwerk, das seine Ursprünge bereits 1771 mit einem ‚Oktogon' hatte, einem achteckigen Lusthaus, das von dem Freiherrn von Oberndorf errichtet wurde und über Jahrhunderte immer wieder verändert und vergrößert wurde, abgerissen werden, nur weil es irgendwelchen Historikern nicht in den Kram passte? Ist nicht auch das Schloss in völlig unterschiedlichen Epochen und damit auch Stilen errichtet worden?" Was nach dem Abriss der Gebäude und der Gartenanlage kam, war leider alles nur schlechtes Stückwerk. Heidelberg wurde damit auf dem Schloss ein würdiger Treffpunkt für Einheimische und Touristen genommen, der bis heute keinen Ersatz gefunden hat.

Die RNZ hat im August 2008 aus gegebenem Anlass, wegen der eventuellen Rekonstruktion des ‚Hortus Palatinus', in einem großen Artikel an diese wunderschöne Zeit mit dem Ausflugslokal im Schlossgarten erinnert.

Auszug aus dem Cafasö-Werbeprospekt für das Schlosspark-Casino:

„Als letzter und bedeutendster Cafasö-Betrieb wurde im Jahre 1931 das Schloßpark-Casino nach den Plänen des Herrn Oberregierungsbaurates Dr. Schmieder - Heidelberg errichtet, eine Sehenswürdigkeit ersten Ranges. Inmitten des Hortus Palatinus, des alten Pfälzischen Gartens, einige Schritte weit vom Schloßeingang gelegen, bildet es einen Ausflugsort und Anziehungspunkt ohnegleichen. Man muss vom Casino aus den Blick auf die Ruinen des Heidelberger Schlosses genossen haben, man muss im Gartenrestaurant abends gesessen und den ganzen Zauber der romantischen Gegend genossen haben, um zu verstehen, warum das Schloßpark-Casino binnen kurzem eine solche Berühmtheit werden konnte. Die Innenräume bieten für 550 Personen Platz, der Garten kann weitere 2000 Gäste aufnehmen. Wegen der besonderen Geräumigkeit der Gastzimmer werden diese für Kongresse, Konferenzen, Festlichkeiten und Familienfeiern immer wieder in Anspruch genommen. Die Einrichtung hat die Note vornehmer Eleganz, ist mit künstlerischen Mitteln geschmackvoll ausgeschmückt und stellt ein Kabinettstück deutscher Gediegenheit dar. Der Stil ist zwar einheitlich, doch stellenweise wirkungsvoll variiert, so daß beispielsweise der Gartensaal, das arabische Zimmer und das Jägerzimmer recht verschiedenen Eindruck machen. Bei besonderen Anlässen wird durch die Firma Cafasö die ganze Ostfront des Heidelberger Schlosses bengalisch beleuchtet. Bei größeren Festlichkeiten bewirtschaftet die Firma Cafasö auch das alte berühmte Bandhaus in Heidelberg und die noch berühmteren Keller des Schlosses. Wer hier einmal am Heidelberger Fass gesessen und gezecht hat, dem bleibt der Tag unvergesslich. Nirgendwo anders herrscht dann solche von Romantik gesättigte Stimmung."

Auch am Schloss-Wolfsbrunnenweg gab es im Haus Nr. 32 zu unserer Zeit noch ein Gartencafé mit einer hoch über der Straße gelegenen Terrasse, das ebenfalls in den 50er-Jahren geschlossen werden musste. Leider ging nach und nach die Zeit der großen Gartencafés und Ausflugslokale vorbei. Nur einige haben sich noch Jahrzehnte gehalten, wie zum Beispiel der ,Wolfsbrunnen', die ,Waldschänke' auf dem Heiligenberg oder das ,Königstuhl-Restaurant'. Doch auch ihnen ging in den letzten Jahren teilweise die Luft aus. Das quirligfröhliche Sommervergnügen mit seinen Düften und dem gedämpft-lockeren Stimmengewirr, den Kinderstimmen, die vom Spielplatz herüberwehten, und der Atmosphäre des im Sonnenlicht blinzelnden Baumschattens war in meiner Kindheit ein beliebter Bestandteil der meist sonntäglichen Familienausflüge.

Ich weiß nicht, warum es aus dieser Zeit keine Fotografien in der Familie gibt, obwohl wir mittlerweile zwei Fotoapparate unser Eigen nannten. Die Kamera meiner Eltern, eine ,Agfa Isolette' mit Balkenauszug, und eine ,Bilora Boy' für uns Kinder mit einem Bakelitgehäuse, dem ersten Kunststoff, aus dem auch Radios und Telefone hergestellt wurden. Sicher, das Fotografieren war jedes Mal ein Abenteuer. Stimmten die Belichtungszeit, der Abstand, die Blende – immer wieder musste neu eingestellt werden, und ob es dann etwas wurde, stand noch in den Sternen. Unsere ,Boy' hatte lediglich einen kleinen Hebel, mit dem man entweder einen offenen Verschluss für Langzeitaufnahmen einstellen konnte oder ein Dreißigstel. Keine Blende und keine Entfernungseinstellung. Filme, Entwicklung und Bildabzüge waren zu teuer für oft völlig falsch belichtete Negative und deshalb wurde vermutlich so selten fotografiert.

Die original Fotoapparate unserer Familie

© Pit Elsasser

221

*Typische Schwarz-
Weiß-Fotoabzüge
jener Zeit, meistens
ziemlich klein und
mit Zackenrand
versehen*

© Pit Elsasser

222

Seifenkiste, Schatzkiste, Umzugskiste

Zu dem vielen, was es aus dieser Zeit noch zu berichten gibt, gehören unter anderem auch unsere waghalsigen Rennen auf dem Hausackerweg, der sich mit seinem Gefälle und seinen Kurven geradezu dafür anbot. Wir hatten immer noch den alten Steiff-Roller, den ich einmal zu Weihnachten bekommen habe, der jedoch durch das Fahrrad abgelöst wurde und verwaist im Keller stand. Irgendwann wurden wir auf die in Deutschland neu stattfindenden Seifenkistenrennen aufmerksam. Diese wurden 1948 nach dem amerikanischen Vorbild der ‚Soap-Box-Derbies' für die deutsche Jugend eingeführt. Es gab allerdings auch in Deutschland schon ab 1904 Kinderautomobil-Rennen. Ab 1951 übernahm die Adam Opel AG die Betreuung der Ausschreibungen, erstellte nach internationalen Regeln die Bauanleitung und übernahm den Vertrieb der vorgeschriebenen Achsen, Räder und Lenkung.

Natürlich wollten wir so etwas auch haben, hatten aber weder das Geld noch den Vater, der uns da hätte anleiten können. Also wurde die Idee geboren, dass wir zwar keine wettbewerbsfähige Kiste bauen, aber unser eigenes Modell kreieren könnten. Dafür mussten der Roller und eine Achse mit Rädern von einem Kinderwagen herhalten. Vorne haben wir die Lenkung des Rollers mit nur einem Rad eingebaut, hinten unter ein Brett die Kinderwagenachse. Die Lenkung bestand aus zwei Holzstangen mit einer Seilzugverbindung zur Lenkstange und einer Holzbackenbremse auf einem Hinterrad. Ein skurriles und nicht ganz verkehrstaugliches Gefährt. Da es nur ein Fahrzeug gab, konnten wir nur Zeitrennen austragen. An jede Kurve wurde ein Posten gestellt, der eventuelle Autos ankündigen musste, und los ging's in halsbrecherischer Fahrt gegen die Uhr. Mancher Sturz und noch mehr Schrammen mussten ausgehalten werden, was jedoch den Spaß in unserem letzten Sommer auf dem Berg nicht schmälern konnte.

Als Frau Gutermann Ende 1954 gestorben ist, war es klar, dass unsere Zeit in dem Haus zu Ende gehen würde. Die Erben räumten die Wohnung aus und warfen einen Großteil der Einrichtung in ein ehemaliges Gewächshaus am Ende der großen Wiese. Diese Abfälle waren für mich eine wahre Fundgrube und eine Gelegenheit, wertvolle Schätze daraus zu sammeln. Da wurden einfach Lampen und Kronleuchter aus bunten Glasperlen und geschliffenem Bergkristall hineingeworfen, Gegenstände aus dem persönlichen Besitz, die keiner mehr haben wollte, wie zum Beispiel ein echt silberner Kammrücken, Ketten und Besteckkästen. So einen Besteckkasten habe ich mir genommen und all meine kleinen Schätze darin aufbewahrt. Diese geheime Schatzkiste, die mit violettem Filz und glänzender Seide

Der dunkelrote Besteckkasten mit dem ,wertvollen' Innenleben und dem goldenen Verschlussmechanismus, ein Behältnis voller Erinnerungen an meine alte Liebe Heidelberg

© Pit Elsasser

ausgeschlagen ist, hat mich mein Leben lang begleitet. Immer wieder habe ich da kleine Kostbarkeiten reingelegt, die es wert waren, aufgehoben zu werden und für die man sonst keinen anderen Platz fand. So befinden sich heute darin auch die Uhrenkette meines Vaters, eine Halskette meiner Mutter und die Eheringe unserer Eltern. Ebenso kleine Halbedelsteine, Münzen und ein Andenken an einen herrlichen Urlaub auf dem Bauernhof in Nesselwängle in Tirol. Mein erstes Taschenmesser, mit dem ich die Schneiderpuppe traktiert habe, ist auch noch vorhanden.

Wo der Bär aus der Villa hingewandert ist, entzieht sich meiner Kenntnis. Nachdem unsere Eltern unserem Verlangen, ihn als Familienmitglied aufzunehmen und in die Wohnung zu stellen, nicht nachgaben, mussten wir uns schweren Herzens von ihm verabschieden. Ich hoffe nur, dass er nicht auch auf den Müll geworfen wurde.

Als Erstes zog das Ehepaar unter uns aus und unsere Eltern suchten eine Wohnung in Ludwigshafen, damit der weite Anfahrtsweg in die BASF für meinen Vater wegfiel. Die Firma hatte eine eigene Wohnungsbaugesellschaft, die Wohnungen für Betriebsangehörige errichtete. Nach verschiedenen Optionen haben wir uns für eine Wohnung in einer wieder aufgebauten Doppelhaushälfte in der Wittelsbachstraße 47 entschieden, da es hinter diesem Haus einen Garten mit hohen Bäumen gab, der uns wenigstens ein klein wenig für das verlassene Paradies in Heidelberg entschädigte.

In dem noch teilweise von den Bomben des Krieges stark gezeichneten Ludwigshafen begann dann eine völlig neue Zeit meiner Kindheit und Jugend. Die gefährlichen Spielplätze waren jetzt Ruinen, Bahngleise oder der Rhein. Ganz neue Freundschaften wollten geschlossen werden, die in einer Großstadt nach völlig anderen Gesetzmäßigkeiten funktionierten.

Blick vom Königstuhl in die Rheineben mit den Bergen in der Pfalz und dem Silber-band des Neckars

© Pit Elsasser

225

Anfänglich ging ich noch auf das Lessing-Gymnasium in Mannheim, da die Schulen in Ludwigshafen nicht Englisch als erste Fremdsprache hatten, sondern Französisch. Dies hing damit zusammen, dass Rheinland-Pfalz in der französischen Besatzungszone lag und jede Besatzungsmacht ihre eigene Sprache, in Ostdeutschland war das zum Beispiel Russisch, als erste Fremdsprache forderte. Nachdem meine Leistungen in Mannheim jedoch nicht entsprechend waren, kam ich zurück auf die Volksschule nach Ludwigshafen und besuchte die Wittelsbachschule, die sich unweit unserer Wohnung in derselben Straße befand.

In die katholische Jugend und in die Pfadfinder der Herz-Jesu-Kirche eingebunden, erlebte ich auch in Ludwigshafen eine rundum gute Zeit. Hier erlernte ich den Beruf des Dekorateurs im Kaufhof, studierte zuerst zwei Semester an der Freien Akademie im Schloss in Mannheim und fuhr später vier Jahre lang täglich mit der Bahn nach Mainz zum Studium der Gebrauchsgrafik.

Die Stadt Ludwigshafen ist für mich bis heute, obwohl ich elf Jahre dort gelebt habe, trotz aller auch schönen Erinnerungen als Lebensraum ohne nachhaltigen emotionalen Bezug geblieben.

Dagegen hat sich die Sehnsucht nach Heidelberg tief in mein Herz eingegraben. Meine Erinnerungen entspringen, wenn ich mich umdrehe und zurückschaue, wie ein unerschöpflicher Quell immer wieder neu aus der Mitte meines Herzens.

Epilog und Sahnehäubchen

Zu dem, was ich erzählt habe, könnte sich noch so vieles dazugesellen, aber ich merkte, ich muss ein Ende finden. Jeder, der in meiner Kinderzeit groß geworden ist, wird es weiter ergänzen oder ändern. Dabei wünsche ich viel Freude. Den Jüngeren, für die das Gelesene schon längst Geschichte ist, wünsche ich, dass sie ein klein wenig verstehen, was uns Ältere geprägt hat.

Zum Schluss noch ein Sahnehäubchen. Futter für die Augen und Ratespaß für die grauen Zellen. Abseits der Touristenmotive findet der in Heidelberg Verliebte wunderschöne Ansichten und Details. Die Kamera fängt sie ein, hält sie fest und gibt sie ohne Worte wieder.

Wen die Auflösung interessiert kann sich unter **www.portrait-skulptur-kunst.de**, >Button „Buch HD", ein farbiges .pdf mit den Informationen herunterladen. Viel Spaß.

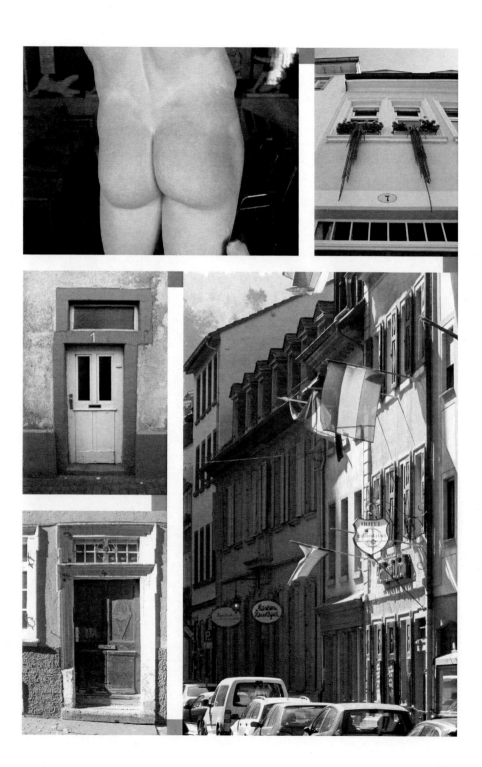

235

Erinnerung

Alle haben sie –
nicht alle lieben sie

Erwachsene haben mehr –
Kinder haben weniger

Ohne sie wären wir arm –
ist sie gut, sind wir reich

Manche schwelgen in ihr –
andere verdrängen sie

Sie ist immer Vergangenheit –
sie kann aber Zukunft gestalten

Sie kann grausam und schmerzhaft sein –
sie kann eine Wohltat für die Seele sein

Sie bereichert die Gegenwart –
und gibt Hoffnung und Zuversicht für die Ewigkeit

– die Erinnerung

Autor unbekannt

Für persönliche Erinnerungen

Für persönliche Erinnerungen

Für persönliche Erinnerungen

Für persönliche Erinnerungen